LA CASA
DE LA PRADERA

EL LARGO
INVIERNO

Laura Ingalls Wilder

EL LARGO
INVIERNO

Dibujos de Garth Williams

NOGUER Y CARALT
EDITORES

Título original
The Long Winter

© 1940, text copyright by Laura Ingalls Wilder
© 1968, Copyright renewed by Roger L. MacBride
© 1953, Illustrations copyright by Garth Williams
© 1981, Illustrations copyright renewed by Garth Williams
Published by arrangement with HarperCollins Publishers, Inc.
New York, N.Y., U.S.A.

© 1995, Noguer y Caralt Editores, S.A.
Santa Amelia 22, Barcelona

Reservados todos los derechos

ISBN: 84-279-3231-6

Traducción: Ana Cristina Werring Millet
Ilustración: Garth Williams

Tercera edición: julio 2001

Impreso en España - Printed in Spain
Limpergraf, S.L., Barberà del Vallès
Depósito legal: B - 29402 - 2001

Capítulo uno

FORRAJEANDO MIENTRAS BRILLA EL SOL

Desde el antiguo despeñadero de búfalos al sur de las tierras de la cabaña, donde la hierba de tallo azul crecía alta y espesa, se oía el alegre zumbido de la segadora. Papá se encontraba cortándola para hacer forraje.

En lo alto, el cielo se estremecía de calor sobre la reluciente pradera. El sol, ya hacia el ocaso, llameaba como si fuera el mediodía. El viento era abrasador. Pero a papá todavía le quedaban horas de trabajo de siega antes de regresar a casa por la noche para descansar.

Laura sacó un cubo de agua del pozo que se hallaba al borde del Gran Estero. Enjuagó la garrafa hasta que la sintió fresca y después la llenó de agua cristalina, la cerró con el tapón de corcho bien apretado y se dirigió con ella en la mano hacia el campo de heno.

Un enjambre de pequeñas mariposas revoloteaba por el sendero. Una libélula de diáfanas alas volaba veloz a la caza de un mosquito. En el campo de rastrojos, las ardillas se amontonaban en busca de un refugio. De pronto, todas echaron a correr para salvar sus vidas y se metieron en sus madrigueras. De repente, Laura vio una sombra que pasaba rauda sobre su cabeza y al mirar hacia arriba sus ojos se encontraron con las garras y los ojos de un halcón. Pero las pequeñas ardillas ya estaban a salvo en sus agujeros.

Papá se alegró al ver llegar a Laura con la garrafa de agua fresca. Se apeó de la segadora y bebió un gran sorbo.

—¡Ah, qué buena! Es justo lo que necesitaba —dijo llevándose la garrafa a la boca otra vez. Después, le puso el tapón y la dejó en el suelo cubriéndola con hierba cortada—. Este sol provoca ganas de cortar hierbajos para cobijarse bajo su sombra —añadió bromeando.

Prefería que no hubiera árboles pues cada verano en los Grandes Bosques había tenido que arrancar muchos matojos del calvero que

5

rodeaba su casa. Aquí, en las praderas de Dakota, no había ni un solo árbol, ni un matojo, ni un poco de sombra en ninguna parte.

—De todas maneras, los hombres trabajamos mejor cuando entramos en calor —dijo alegremente papá mientras silbaba a los caballos.

Sam y David reemprendieron la marcha arrastrando la máquina segadora. La cuchilla de acero, larga y dentada, chirriaba continuamente contra la hierba alta y la hacía caer plana sobre el suelo. Papá iba sentado en el elevado asiento de acero al aire libre con una mano en la palanca.

Laura se sentó en la hierba para contemplar cómo su padre daba una vuelta. Allí, el calor olía tan bien como el de un horno al cocer pan en él. Las pequeñas ardillas a rayas marrones y amarillas correteaban de nuevo de un lado a otro pasando junto a Laura. Unos pájaros diminutos revolotearon y fueron a posarse sobre los tallos de hierba cortada que se balancearon ligeramente. Una culebra listada surgió de entre la hierba alta cimbreando su cuerpo. Laura, que seguía sentada con la mejilla apoyada en sus rodillas, se sintió como una montaña cuando la culebra alzó la cabeza y se quedó mirando fijamente el alto muro que formaba la falda de percal de la niña.

Los ojos de la culebra eran redondos y brillaban como bolas de cristal. Su lengua vibraba tan rápidamente que parecía un pequeño surtidor de vapor. Aquella serpiente de vivos colores era de aspecto inofensivo. Laura sabía que aquellas culebras de agua no atacaban a nadie y era bueno que las hubiese en la granja porque se comían los insectos que destruían la cosecha.

La serpiente volvió a estirarse y girando sobre sí misma en ángulo recto al no poder deslizarse por encima de Laura, se alejó reptando entre la hierba.

Entonces, la segadora chirrió más fuerte y los caballos se acercaron balanceando las cabezas lentamente al ritmo de sus pasos. Al oír la voz de Laura bajo su cara, David dio un respingo.

—¡Soo! —exclamó papá sorprendido—. ¡Laura!, pensaba que te habías ido. ¿Por qué te escondes en la hierba como una chocha?*

—Papá —dijo Laura—. ¿Por qué no puedo ayudarte con el forraje? Por favor, papá, déjame ayudarte.

Papá se quitó el sombrero y se pasó los dedos por entre los cabellos húmedos de sudor despeinándoselos para que circulara el aire entre ellos.

---

* Ave del orden de las zancudas, común de las praderas, poco menor que la perdiz.

—Porque no eres ni lo suficientemente mayor ni lo suficientemente fuerte, mi Media Pinta.

—Voy a cumplir catorce años —dijo Laura—. Puedo ayudar, papá. Sé que puedo hacerlo.

La segadora había costado tanto dinero que a papá ya no le quedaba para contratar a alguien que le ayudara. Tampoco podía intercambiar trabajos con alguien porque en aquellas tierras nuevas había pocas granjas y los granjeros estaban ocupados en sus propias tierras. Pero ahora papá necesitaba ayuda para hacinar el heno.

—Está bien —dijo papá—. A lo mejor puedes. Vamos a intentarlo. Si puedes, ¡por san Blas!, conseguiremos apilar el forraje sin más ayuda.

Laura comprendió que había quitado un peso de encima a papá y corrió hacia la cabaña para pedir permiso a su madre.

—Bueno, supongo que podrías intentarlo —dijo mamá dubitativa.

A mamá no le gustaba ver a las mujeres trabajando la tierra. Únicamente lo hacían las forasteras. Mamá y sus niñas eran americanas y no consideraban apropiado tener que ejecutar los trabajos de los hombres. Pero si Laura ayudaba con el forraje, resolvería el problema. Así pues, decidió:

—Está bien, Laura. Puedes ayudar.

Carrie también se ofreció ilusionada:

—Yo os llevaré el agua para beber. Ya soy bastante mayor para acarrear la garrafa.

Carrie tenía casi diez años pero era de estatura pequeña para su edad.

—Y yo haré tu parte además de la mía en las tareas domésticas —dijo Mary alegremente.

Estaba orgullosa de poder fregar platos y hacer las camas tan bien como Laura a pesar de su ceguera.

El sol y el viento cálido secaron el forraje tan rápidamente que al día siguiente papá lo pudo rastrillar. Primero lo extendió en hileras y luego lo amontonó. A la mañana siguiente, cuando el amanecer todavía era fresco y las alondras de la pradera trinaban, Laura se subió a la carreta con su padre y juntos se dirigieron al campo.

Una vez allí, papá caminó junto a la carreta y condujo a los caballos para que pasasen entre los montones de heno. Detenía los caballos junto a cada montón y con la horca arrojaba dentro de la carreta el heno que caía suelto desde el alto borde y Laura lo pisoteaba para aplastarlo, yendo de arriba abajo y de un lado a otro pisoteando el forraje con toda la fuerza de sus piernas mientras la horca golpeaba una y otra vez el borde de la carreta. Laura seguía pisoteando mientras el carro avanzaba traqueteando hacia el siguiente montón. Después, papá arrojó más heno desde el otro lado.

El forraje iba amontonándose bajo sus pies y Laura hacía lo posible por aplastarlo todo lo que podía. Iba de un lado a otro del carro, ora pisando deprisa, ora pisando con más fuerza. Sus piernas no cesaban de moverse. Subía y bajaba del montón y lo aplastaba también por el centro. Ahora, los rayos del sol desprendían más calor y el olor del forraje ascendía fuerte y dulzón. Bajo sus pies, la hierba cimbreaba y no dejaba de caer por encima del borde de la carreta.

Laura se elevaba cada vez a más altura sobre el apisonado forraje. Su cabeza sobresalía por el borde de la reja del carro y hubiera vislumbrado toda la pradera si hubiese dejado de pisotear. Poco después el carro quedó lleno de forraje y aún seguía llegando más desde la horca de papá.

Laura estaba ahora subida a un montón muy alto de forraje resbaladizo con pronunciada pendiente. Siguió pisoteando con cautela. Su rostro y su cuello transpiraban y las gotas de sudor le resbalaban por la espalda. Su gorro le colgaba sobre la espalda sujeto de las cintas y sus trenzas se habían deshecho. Su largo cabello castaño volaba suelto al viento.

Entonces papá se subió al balancín, apoyó un pie en la ancha anca de David, y se encaramó en el montón de forraje.

—Has hecho un buen trabajo, Laura —aprobó—. Has pisado tan bien la hierba que hemos conseguido una buena carga.

Laura descansó sobre el caliente y punzante forraje mientras papá conducía la carreta hasta la entrada del establo. Después se apeó y se sentó a la sombra del carro. Papá cogió unos cuantos manojos de heno con la horca, después lo esparció uniformemente para formar la base de un almiar grande y circular. Volvió a subir al carro y desalojó más forraje. Después bajó otra vez para nivelarlo en el almiar y apisonarlo.

—Yo podría esparcirlo, papá —dijo Laura—. De esta manera no tendrías que subir y bajar.

Papá se echó el sombrero hacia atrás y se apoyó durante unos minutos sobre la horca.

—Amontonar el forraje es un trabajo de dos. Eso sí que es cierto —dijo—. Así toma demasiado tiempo. Tu buena voluntad ayuda mucho pero eres pequeña todavía, mi Media Pinta.

Todo lo que consiguió Laura es que su padre dijera:

—Ya veremos.

Pero cuando regresaron con la segunda carretada, le entregó la

horca y le dejó probar. La horca era más alta que Laura y además no sabía cómo utilizarla por lo que sus movimientos fueron muy torpes.

Mientras papá descargaba el forraje del carro ella lo esparcía como mejor podía dando vueltas y más vueltas alrededor de la hacina para amontonarlo lo más compacto posible. A pesar de su esfuerzo, antes de traer la siguiente carga de heno, papá tenía que nivelar el almiar.

Ahora, el sol y el viento desprendían todavía más calor y las piernas de Laura temblaban al pisar el forraje. Se alegraba de poder descansar unos momentos en el trayecto entre el campo y el almiar. Tenía sed, mucha sed y llegó al punto de no poder pensar en nada más que en beber agua. Hasta las diez, cuando llegó Carrie con la garrafa medio vacía, el tiempo le había parecido una eternidad.

Papá le dijo a Laura que bebiera la primera pero no mucho. No había nada mejor que aquel frescor deslizándose por su garganta. Al saborear el agua Laura se detuvo sorprendida y Carrie aplaudió y gritó:

—¡No digas nada, Laura, no digas nada hasta que papá la pruebe!

Mamá les había preparado agua de jengibre. Había endulzado el agua fresca del pozo con azúcar, le había echado un poco de vinagre para darle sabor y había añadido mucho jengibre para calentar sus estómagos y para que así pudieran beber hasta saciar la sed. El agua de jengibre no les haría el daño que causa el agua corriente cuando uno está tan acalorado. Aquella recompensa había convertido aquel día normal en un día especial; el primer día en que Laura ayudaba a hacinar.

Al atardecer ya habían transportado todo el forraje y el almiar estaba terminado. Papá acondicionó la parte de arriba. Hay que saber mucho para redondear la cima del almiar y así protegerlo de la lluvia.

Cuando regresaron a la cabaña, la cena estaba preparada. Mamá miró detenidamente a Laura y preguntó:

—¿Ha sido demasiado duro el trabajo para ella, Charles?

—¡Oh, no! Es más fuerte que un caballito normando —respondió papá—. Yo solo, habría necesitado todo el día para amontonar el forraje y, de esta manera, me queda toda la tarde libre para segar.

Laura estaba orgullosa. Le dolían los brazos, las piernas y la espalda y aquella noche en la cama le dolió todo tanto que se le llenaron los ojos de lágrimas pero no se lo dijo a nadie.

Tan pronto como papá hubo cortado suficiente forraje, él y Laura levantaron otro almiar. Las piernas y los brazos de Laura se fueron acostumbrando al trabajo y ya no le dolían tanto. Le gustaba contemplar los almiares que ella había ayudado a construir. Ayudó a su padre a formar un almiar a cada lado de la puerta del establo y otro largo encima del techo del establo subterráneo. Además de éstos, formaron tres almiares más, de mayor tamaño.

—Todo el heno de la meseta está cortado. Ahora quiero amontonar la hierba del cenagal —dijo papá—. No cuesta dinero y a lo mejor se puede vender en primavera cuando lleguen los nuevos colonos.

Así pues, papá segó la alta y tosca hierba del Gran Cenagal y Laura le ayudó a formar el almiar. Como era mucho más pesada que la hierba de tallo azul, Laura no podía cogerla con la horca por lo que se limitó a pisarla.

Un día en el que papá trepaba hacia lo alto de la pila de hierba, Laura le dijo:

—Papá, allí detrás te has dejado un buen montón.

—¿Sí? —preguntó papá sorprendido—. ¿Dónde?

—Allí, junto a la hierba alta.

Papá miró hacia donde ella señalaba. Luego aclaró:

—Aquello no es un montón de hierba, mi Media Pinta. Es una madriguera de ratas almizcleras.

Se quedó observándola un minuto más y añadió:

—Voy a echarle un vistazo desde más cerca. ¿Quieres venir conmigo? Los caballos esperarán aquí tranquilos.

Papá empezó a caminar a través de la alta hierba y Laura le siguió muy de cerca. El suelo bajo sus pies estaba blando y barroso y entre las raíces había charcos de agua. Laura sólo podía ver la espalda de papá y la hierba a su alrededor, más alta que ella misma. Andaba con cautela pues el suelo estaba cada vez más mojado. De pronto, surgió frente a ella un estanque brillante. Al borde del estanque se encontraba la madriguera de las ratas almizcleras. Era más alta que Laura y tan ancha que sus brazos no podían abarcarla. Los laterales redondeados y el techo eran burdos y duros y de color gris. Las ratas almizcleras habían roído pedacitos de hierba seca y los habían mezclado con barro para obtener un buen emplasto para su casa, y la habían construido sólida con el tejado liso y torneado para protegerla de la lluvia.

La casa no tenía entrada. No había ningún sendero que llevara hasta ella. Por el campo de rastrojos de alrededor y por el borde del estanque no se observaba ni una huella. No había ni una señal que indicara cómo entraban y salían de su madriguera las ratas almizcleras.

Entre aquellas paredes silenciosas y gruesas, explicó papá, las ratas almizcleras estaban ahora durmiendo. Cada familia acurrucada en su propia estancia forrada de suave hierba. Cada habitación tenía un pequeño pasillo que desembocaba en un recibidor en pendiente. El pasillo serpenteaba hacia abajo desde lo alto de la casa para desembocar en las negras aguas. Aquélla era la entrada principal de la casa de las ratas almizcleras.

Después de la puesta del sol, las ratas almizcleras se despertaban y se deslizaban, con pasos ligeros y apresurados, por el suelo resbaladizo del pasillo de barro, se sumergían en las negras aguas y salían a la superficie del estanque bajo el vasto cielo de la noche agreste. Y entonces se pasaban toda la noche bajo la luz de las estrellas o de la luna jugando al borde del estanque, alimentándose de raíces, tallos y hojas de las plantas y de las hierbas de agua. Cuando se acercaba el gris y fantasmagórico amanecer, nadaban hacia su madriguera. Buceaban y llegaban a la puerta principal de su hogar. Empapadas subían por la rampa de su pasillo cada una a su habitación forrada de hierba. Allí se acurrucaban confortablemente para dormir.

Laura apoyó la mano en la pared de la casa. El rudo emplasto se había caldeado por el viento y los rayos del sol pero entre aquellas gruesas paredes de barro, en la oscuridad, el aire debía de ser fresco. A Laura le gustaba imaginarse a las ratas almizcleras durmiendo allí dentro.

Papá movía la cabeza dando muestras de desaprobación.

—Vamos a tener un invierno muy duro —dijo, disgustado por la perspectiva.

—¿Cómo lo sabes? —preguntó Laura sorprendida.

—Cuanto más frío vaya a ser el invierno, más gruesas construyen las ratas almizcleras las paredes de su casa —dijo papá—. Y nunca había visto unas paredes tan gruesas como éstas.

Laura volvió a mirarlas. Eran muy sólidas y muy grandes. El sol caía a plomo quemando su espalda a través del fino y descolorido tejido de su vestido y el viento soplaba y el olor que desprendía la hierba madura, abrasándose al sol, era aún más penetrante que el olor del barro húmedo del cenagal. Y a Laura le era imposible ahora pensar en el hielo, la nieve y el frío despiadado.

—Papá, ¿y las ratas almizcleras cómo lo saben?

—No sé cómo lo saben —dijo papá—, pero lo saben. Me imagino que de alguna manera Dios se lo dice.

—Entonces, ¿por qué Dios no nos lo dice a nosotros también? —quiso saber Laura.

—Porque nosotros no somos animales —respondió papá—. Somos seres humanos y, tal como expresa la Declaración de la Independencia, Dios nos creó libres. Esto quiere decir que tenemos que cuidar de nosotros mismos.

—Yo creía que Dios cuidaba de nosotros —dijo Laura con voz tenue.

—Y así es —respondió papá—. Siempre y cuando obremos bien.

Y nos ha dado una conciencia y un cerebro para saber lo que está bien y lo que está mal, pero nos deja actuar como queramos. Ésta es la diferencia entre nosotros y todo lo demás de la creación.

—¿Las ratas almizcleras pueden hacer lo que quieren? —preguntó Laura asombrada.

—No —respondió papá—. No sé por qué no pueden, pero está claro que no pueden. Fíjate en su madriguera. Las ratas almizcleras tienen que construir este tipo de casas. Siempre lo han hecho y siempre lo harán. Es obvio que no pueden construir otro tipo de casa pero las personas construimos todo tipo de casas. Un hombre puede construir cualquier tipo de casa que imagine. Así que si su casa no le protege de la intemperie, es su elección; él es libre e independiente.

Papá se quedó pensativo por un momento, después inclinó la cabeza y dijo:

—Vamos, mi pequeña Media Pinta. Será mejor que recojamos la hierba mientras hace sol.

Sus ojos parpadearon y Laura rió porque el sol brillaba con todas sus fuerzas. Pero durante el resto de aquella tarde permanecieron muy serios.

Capítulo dos

HAY QUE IR AL PUEBLO A POR UN ENCARGO

Una mañana del mes de septiembre, la hierba estaba blanca y cubierta de escarcha. Era una escarcha fina que se derretiría en cuanto saliera el sol. Cuando Laura pudo contemplar la reluciente mañana, ya se había fundido. Pero a la hora del desayuno, papá comentó que era sorprendente que hubiera habido escarcha estando todavía a finales del verano.

—¿Estropeará el forraje? —preguntó Laura.

—Oh, no —respondió papá—. Esta escarcha tan ligera hará que, una vez cortado, se seque antes. Pero será mejor que me dé prisa porque pronto será demasiado tarde para segar la hierba.

Aquella tarde papá trabajó tan deprisa que apenas se detuvo cuando Laura le trajo la garrafa de agua. Estaba segando el forraje en el Gran Cenagal.

—Tápala con hierba, mi pequeña Media Pinta —le dijo devolviéndole la garrafa—. Estoy decidido a segar este pedazo de tierra antes de que se ponga el sol.

Y diciendo esto silbó a Sam y a David, que echaron a andar de nuevo arrastrando la máquina giratoria. Entonces, de pronto, la máquina emitió una especie de gañido y papá gritó:

—¡Sooo!

Laura corrió para ver lo que había sucedido. Papá estaba observando la cizalla. La hilera de puntas de acero brillantes estaba mellada. La cizalla había perdido los dientes. Papá recogió unos pedazos pero no se podía reparar.

—No hay nada que hacer —dijo papá—. Habrá que comprar una nueva.

Ante aquella situación no había nada que decir. Papá recapacitó durante unos minutos y luego añadió:

15

—Laura, me gustaría que fueras al pueblo y la compraras tú. Yo no quiero perder tiempo. Según y como, mientras tú vas a por la cizalla, yo seguiré segando. Ve lo más deprisa que puedas. Mamá te dará los cinco centavos que vale. Cómprala en la ferretería de Fuller.

—Sí, papá —dijo Laura.

A Laura le aterrorizaba ir al pueblo porque allí había mucha gente. No es que tuviera miedo pero le incomodaba que la mirasen tantos ojos desconocidos.

Tenía un vestido de percal limpio para ponerse y unos zapatos. Mientras corría hacia la casa pensó que, a lo mejor, su madre le dejaría ponerse la cinta de los domingos para el pelo e incluso, quizá también, el gorro de Mary recién planchado.

—Tengo que ir al pueblo, mamá —dijo sin aliento al entrar precipitadamente en la casa.

Mientras explicaba lo que había sucedido, Carrie y Mary la escuchaban atentamente. Incluso Grace la miraba con sus grandes y serenos ojos azules.

—Iré contigo para hacerte compañía —propuso Carrie.

—Qué bien. ¿Puede venir conmigo, mamá?

—Bueno, si se arregla tan deprisa como tú, sí —respondió su madre accediendo.

Rápidamente se mudaron de ropa y se pusieron los calcetines y los zapatos pero mamá no vio la razón para que llevara la cinta de los domingos para el pelo en un día entre semana y añadió que Laura debía usar su propio gorro.

—Si tuvieras más cuidado con él, estaría menos arrugado —dijo mamá.

El gorro de Laura estaba hecho un higo y las cintas caían fláccidas, pero la culpa no era de nadie más que de ella misma.

Mamá le entregó cinco centavos del billetero de papá y Carrie y Laura se encaminaron presurosas hacia el pueblo.

Siguieron el sendero hollado por las ruedas del carro de papá. Pasaron por delante del pozo y descendieron por la pendiente llena de hierba seca del Gran Cenagal cruzando entre la alta hierba por la ladera hasta llegar al otro lado. En aquel momento, la pradera reluciente parecía extraña. Incluso el viento que soplaba contra la hierba producía un sonido más salvaje que nunca. Aquello le gustaba a Laura y prefería no tener que ir al pueblo, en donde las falsas fachadas de los edificios se erguían cuadradas para simular que las tiendas que albergaban detrás de ellas eran más grandes de lo que en realidad eran.

Cuando llegaron a la calle principal, ni Laura ni Carrie pronunciaron palabra. Frente a las tiendas había algunos hombres y también dos carros atados a un poste. Al otro lado de la calle principal se alzaba solitario el almacén de papá. Era una tienda alquilada a dos hombres que en aquel momento se encontraban allí sentados hablando.

Laura y Carrie se dirigieron a la ferretería. Dos hombres se apoyaban en unos barriles de clavos y otro en un arado. Dejaron de hablar y se quedaron mirando a Laura y a Carrie. La pared de detrás del mostrador relucía con las sartenes, las palas y los quinqués de latón en ella colgados.

Laura dijo:

—Papá quiere una pieza de la segadora, por favor.

El hombre que estaba sentado sobre el arado dijo:

—Se le ha roto la cizalla, ¿no?

Laura respondió afirmativamente y observó cómo aquel hombre envolvía en un papel la reluciente y dentada cizalla. Debía de tratarse del señor Fuller y Laura le entregó los cinco centavos, recogió el paquete, dio las gracias y salió de la tienda acompañada de Carrie.

El encargo ya estaba cumplido pero siguieron sin hablarse hasta salir del pueblo. Entonces Carrie dijo:

—Lo has hecho muy bien, Laura.

—Oh, únicamente se trataba de comprar algo —respondió Laura.

—Ya lo sé, pero yo, cuando la gente me mira me siento incómoda. No es que tenga miedo pero me siento... —dijo Carrie.

—No hay nada que temer —aseguró Laura—. Nunca debemos tener miedo.

De pronto le dijo a su hermana:

—Yo me siento igual que tú.

—¿De verdad? Esto sí que no lo imaginaba. No lo parece. Cuando tú estás conmigo siempre me siento a salvo —dijo Carrie.

—Te sientes a salvo —respondió Laura—, porque cuido de ti. Por lo menos hago lo que puedo para cuidarte.

—Ya lo sé —concluyó Carrie.

Era agradable caminar juntas. Para no estropear los zapatos no andaban por las polvorientas roderas de carro sino que lo hacían por la parte más dura del centro del camino, en donde únicamente las huellas de las pezuñas de los caballos impedían que creciera la hierba. No caminaban cogidas de la mano pero se sentían como si así fuera.

Hasta donde la memoria de Laura alcanzaba, Carrie siempre había sido su hermanita pequeña. Primero había sido un bebé, luego se convirtió en el bebé Carrie, después fue una temporada una pesadilla que preguntaba sin cesar «¿por qué?» Ahora tenía diez años y era lo suficientemente mayor para ser realmente una hermana. Y en este momento estaban juntas en el campo, lejos incluso de sus padres. Habían cumplido el encargo y lo habían borrado de sus pensamientos y el sol brillaba, el viento soplaba y la pradera se extendía vasta a su alrededor. Juntas se sintieron a gusto, libres e independientes.

—Para llegar a donde está papá hay que dar mucha vuelta —dijo Carrie—. ¿Por qué no vamos por aquí? —y señaló hacia la parte del cenagal desde donde podían ver a su padre y a los caballos.

—Este camino atraviesa el cenagal —dijo Laura.

—Pero ahora no está mojado, ¿verdad? —preguntó Carrie.

—Está bien —respondió Laura—. Papá no nos ha dicho que volviéramos por el sendero y ha hecho hincapié en que nos diéramos prisa.

Así pues, no siguieron por el sendero de costumbre sino que giraron para atravesar el cenagal metiéndose directamente entre la hierba alta.

Al principio fue divertido. Era algo así como penetrar en el dibujo de la jungla del libro grande de color verde de papá. Laura avanzaba entre los espesos y altos matojos de tallos que crujían al separarse y volvían a cerrarse detrás de Carrie. Los millones de toscos tallos de hierba y sus delgadas hojas lucían un color verdoso dorado entre su propia sombra. Bajo sus pies, la tierra estaba agrietada por la sequedad pero, junto con el olor de la hierba caliente, se percibía un cierto olor a humedad. Justo por encima de la cabeza de Laura, las puntas de los hierbajos silbaban al viento pero abajo, cerca de las raíces, todo estaba en silencio, un silencio que únicamente se veía interrumpido por las pisadas de Laura y Carrie.

—¿Dónde está papá? —preguntó de pronto Carrie.

Laura se dio media vuelta y la miró. El pequeño y cansado rostro de Carrie estaba pálido en la sombra de la hierba. La expresión de su mirada era casi de espanto.

—Bueno. desde aquí no podemos distinguirlo —la tranquilizó Laura.

Sólo podían ver las hojas de la hierba espesa balanceándose y el cielo abrasador sobre sus cabezas.

—Está justo ahí enfrente. Llegaremos dentro de un minuto.

Laura pronunció estas palabras muy confiada pero, ¿cómo iba a saber ella dónde estaba papá? Ni siquiera estaba segura de hacia dónde iba, hacia dónde llevaba a Carrie. El calor abrasador hacía que el sudor cosquilleara su cuello y su espalda pero en su interior sentía frío. Recordó a los niños de Brookings que se habían perdido en medio de la hierba. El cenagal era más traidor aún que la pradera. Mamá siempre había temido que, un día, Grace se perdiera entre la hierba de este cenagal.

Laura prestó atención para intentar oír el sonido de la segadora pero el silbido de la hierba llenaba sus oídos. Sobre las vacilantes sombras de las hojas meciéndose al viento por encima de sus ojos, Laura no podía ver nada más allá que le indicara dónde se encontraba el sol. La hierba que se doblegaba al viento ni siquiera le indicaba de dónde soplaba éste. Y aquellos matojos de hierba no podían sostener ningún peso. No había nada por donde trepar, para mirar sobre la hierba y averiguar dónde se encontraban.

—Vamos, Carrie, sigue andando —dijo alegremente para no asustar a su hermana.

Carrie la siguió confiada pero Laura no sabía hacia dónde dirigía sus pasos. Ni siquiera sabía si caminaba en línea recta. Frente a ella siempre aparecía un matojo de hierba que era preciso superar por la izquierda o por la derecha. Y aunque rebasara unas matas de hierba por la izquierda y otras por la derecha, no significaba que no estuviera desplazándose en círculos. La gente que se pierde va dando vueltas y muchos nunca encuentran el camino para regresar a casa.

El cenagal se extendía a lo largo de más de una milla de cimbreante hierba, de hierba demasiado alta para poder ver más allá y demasiado endeble para poder trepar por ella. Era un cenagal muy grande y si Laura no avanzaba en línea recta, a lo mejor no saldrían jamás de allí.

—Hemos caminado mucho —dijo Carrie—. ¿Por qué no hemos llegado junto a papá?

—Seguro que está por aquí cerca —respondió Laura.

Tampoco podía seguir sus huellas retrocediendo hasta el sendero porque sus zapatos casi no dejaban rastro sobre el reseco barro y, la hierba, la balanceante e interminable hierba de hojas secas y rotas por la parte baja del tallo, era toda igual.

La boca de Carrie se entreabrió un poco. Sus grandes ojos se alzaron hacia Laura diciendo:

—Ya sé, nos hemos perdido.

Su boca se cerró sin pronunciar palabra. Si estaban perdidas, no había nada que añadir.

—Será mejor que continuemos avanzando —apremió Laura.

—Creo que es lo mejor que podemos hacer mientras nos sea posible —respondió Carrie.

Siguieron adelante. Con seguridad debieron de pasar muy cerca del lugar en donde su padre se encontraba segando. Pero Laura ya no estaba segura de nada. Si pensaban en dar la vuelta a lo mejor se irían aún más lejos. Lo único que podían hacer era avanzar. De vez en cuando se detenían y secaban el sudor de sus rostros. Estaban terriblemente sedientas pero no había agua. Estaban muy cansadas de andar por entre la hierba. Empujar un solo matojo no era cansado pero avanzar era más fatigoso que pisotear el forraje. El pequeño rostro de Carrie mostraba un color gris pálido, tan grande era su cansancio.

Entonces Laura creyó notar que la hierba delante de ella clareaba. La sombra parecía menos densa y los tallos contra el cielo parecían haber perdido espesor. Y de pronto vio la luz amarilla del sol más allá de los verdes tallos. Quizás había un estanque. O a lo mejor, a lo mejor, era el campo de rastrojos de papá, con la segadora y papá.

De pronto vio el campo de rastrojos al sol y las hacinas moteándolo. Pero oyó voces extrañas.

Se trataba de la voz de un hombre que sonaba fuerte y campechana. Decía:

—Muévete, Manzo. Terminemos con esta carga, que dentro de poco caerá la noche.

Luego se oyó otra voz cansina y perezosa:

—¡Ya está bien, Roy!

Muy juntas, Laura y Carrie escudriñaron a través de la hierba. Aquel campo de rastrojos no era el de papá. En medio del campo había un extraño carro cargado hasta los topes de forraje y en la cima de éste se hallaba un muchacho tumbado bajo el cielo cegador. Estaba echado boca abajo con la cara apoyada en sus manos y las piernas al aire. El hombre echó con la horca unos manojos de forraje sobre el muchacho. Éste quedó cubierto de hierba y empezó a revolcarse, riendo y sacudiéndosela de sus cabellos. Tenía el pelo negro y los ojos azules y sus brazos estaban bronceados. Se puso de pie contra el cielo sobre el montón de forraje y fue entonces cuando vio a Laura.

—¡Hola! —exclamó.

Se quedaron observando cómo ellas salían de entre las altas hierbas como dos conejos, pensó Laura, deseando dar media vuelta y esconderse de nuevo en el cenagal.

—Creí que papá estaba aquí —dijo, mientras Carrie permanecía detrás de ella en silencio.

El hombre dijo:

—Por aquí no hemos visto a nadie. ¿Quién es tu papá?

El muchacho le informó:

—Es el señor Ingalls, ¿no es así? —le preguntó a Laura.

—Sí —respondió la niña mirando a los caballos enganchados al carro. Ella había visto antes aquellos preciosos alazanes con sus cuartos traseros brillando al sol y sus negras crines cayendo sobre sus relucientes cuellos. Eran los caballos de los Wilder. Aquel hombre y aquel muchacho debían de ser los hermanos Wilder.

—Yo lo veo desde aquí. Está allí.

Laura miró en la dirección hacia donde señalaba. El muchacho le guiñaba sus ojos azules como si la conociera de toda la vida.

—Gracias —dijo Laura muy seria, alejándose con Carrie apresuradamente por el sendero que los caballos y el carro habían surcado a través de la hierba del cenagal.

—Ya era hora —dijo papá cuando las vio llegar—. Uf, qué calor —añadió quitándose el sombrero para secarse el sudor de la frente.

Laura le entregó la pieza de la segadora y ella y Carrie observaron cómo papá abría la caja de herramientas, sacaba la cizalla de la máquina, desprendía el pedazo roto y lo sustituía por el nuevo martilleando los remaches para sujetarlo.

—Listo. Decidle a vuestra madre que llegaré tarde a cenar. Voy a terminar de segar este pedazo de tierra.

Cuando Laura y Carrie se dirigieron hacia la cabaña, la segadora emitía un zumbido uniforme.

—¿Has pasado mucho miedo? —preguntó Carrie.

—Un poco —respondió Laura—. Pero todo ha acabado bien.

—Ha sido culpa mía. Yo quise ir por allí —dijo Carrie.

—No. Ha sido mía la culpa porque yo soy mayor que tú —aseguró Laura—. Pero hemos aprendido la lección. Después de esto supongo que no dejaremos de tomar siempre el sendero.

—¿Vas a explicárselo a papá y a mamá? —preguntó Carrie tímidamente.

—Si nos lo preguntan tendremos que decírselo —respondió Laura.

Capítulo tres

EL INVIERNO SE ADELANTA

Una tarde de septiembre, papá y Laura amontonaron la última remesa de heno. Papá tenía la intención de segar otro pedazo de tierra pero el día siguiente amaneció lloviendo. Durante tres días y tres noches la lluvia no dejó de caer lenta y regularmente deslizándose por los cristales de las ventanas y repiqueteando sobre el tejado.

—Bueno —dijo mamá—. Era de esperar. Es una tormenta equinoccial.

—Sí —corroboró papá un poco preocupado—. El tiempo ha cambiado. Lo siento en mis huesos.

Al día siguiente la cabaña se había enfriado, los cristales de las ventanas estaban casi cubiertos de escarcha y en el exterior todo aparecía blanco.

—Vaya por Dios —dijo mamá temblando mientras echaba leña a la estufa—. Y es tan sólo el primer día de octubre.

Cuando Laura fue al pozo a por agua se puso los zapatos y el chal.

El aire mordió sus mejillas y el frío quemó el interior de su nariz. El cielo tenía un gélido color azul y el mundo entero era blanco. Cada brizna de hierba estaba cubierta de escarcha, y el sendero también lo estaba en su totalidad. Los tablones del pozo habían desaparecido bajo aquel manto blanco y la escarcha había trepado por las paredes de la cabaña a lo largo de los estrechos listones que sujetaban el cartón embreado.

Entonces asomó un rayo de sol por la orilla de la pradera y el mundo entero se puso a centellear. Hasta el objeto más diminuto brillaba con un reflejo rosado si estaba encarado al sol y con un reflejo azul si lo estaba hacia el cielo. Y a lo largo de cada brizna de hierba relucían chispas como fragmentos del arco iris.

A Laura le encantaba aquel mundo tan hermoso, incluso sabiendo que aquella escarcha helada había matado el forraje y las plantas del jardín. Los entrelazados tallos de los tomates verdes y rojos y la planta de la calabaza de grandes hojas que ocultaban las calabazas tiernas brillaban vivamente sobre la tierra agrietada cubierta de escarcha. Los tallos de maíz y sus hojas estaban completamente blancos. La escarcha los había matado así como también a todas las plantas vivientes. Pero la escarcha era preciosa.

A la hora del desayuno papá dijo:

—Ya no podremos ir a por más forraje, así que empezaremos a recoger la cosecha. Este primer año no recogeremos gran cosa de esta tierra pero el año que viene será mejor.

El arado levantaba bloques de tierra revuelta todavía unida por las raíces de la hierba. De debajo de estos trozos de tierra papá extrajo unas patatas pequeñas que Laura y Carrie iban metiendo en cubos de metal. Laura odiaba sentir la tierra seca y polvorienta entre sus dedos. Le causaba un cosquilleo en el espinazo que no podía evitar. Pero alguien tenía que recoger las patatas. Carrie y ella fueron de aquí para allá con sus cubos hasta que hubieron llenado cinco sacos de patatas. Era todo cuanto había.

—Hemos tenido que cavar mucho para recoger tan pocas patatas —dijo papá—. Pero cinco sacos son mejor que nada y podremos completarlos con las judías.

Papá arrancó de raíz estas plantas y las amontonó para que las judías se secaran. El sol estaba muy alto. La escarcha había desaparecido y el viento fresco soplaba sobre la pradera púrpura, pardusca, color de cervatillo.

Mamá y Laura recolectaron los tomates. Las plantas estaban mustias y ennegrecidas, por lo que incluso arrancaron los tomates verdes más pequeños. Había suficientes tomates maduros para conseguir casi cuatro litros y medio de conserva.

—¿Qué vas a hacer con los tomates verdes? —preguntó Laura a su madre.

—Aguarda y verás —respondió.

Mamá los lavó cuidadosamente sin pelarlos. Los cortó en rodajas, y los cocinó con sal, pimienta, vinagre y especias.

—Aquí hay más de dos litros de tomates verdes en adobo. Aunque se trate de la primera cosecha de nuestro huerto y no haya sido muy buena, estos tomates en adobo con unas judías estofadas serán un verdadero banquete en pleno invierno —afirmó mamá recreándose con la idea.

—Y hemos recolectado casi cinco litros para hacer conservas dulces —añadió Mary.

—Y cinco sacos de patatas —dijo Laura frotándose las manos en el delantal al recordar el horrible tacto del polvo en sus manos.

—Y muchos nabos —exclamó Carrie a quien le encantaba comerlos crudos.

Papá rió.

—Cuando haya trillado, aventado y almacenado en sacos las judías, tendremos casi treinta y cinco kilos. Y cuando haya segado aquellos cuatro campos de maíz, lo haya desgranado y almacenado en la bodega, tendremos una cosecha que no estará nada mal.

Laura sabía que se trataba de una cosecha muy reducida pero el forraje y el trigo alimentarían a los caballos y a la vaca hasta la primavera y, con cinco sacos de patatas, casi treinta y cinco kilos de judías y añadiendo lo que papá cazara, podrían sobrevivir durante todo el invierno.

—Mañana voy a cortar el maíz —dijo papá.

—No veo por qué has de darte tanta prisa, Charles —discrepó mamá—. Ha dejado de llover y con este clima el otoño es más hermoso que nunca.

—Así es —admitió papá.

Ahora, por las noches refrescaba y por las mañanas el viento era frío pero a pleno día el sol calentaba.

—No nos iría mal comer un poco de carne fresca —sugirió mamá.

—En cuanto haya segado el maíz, iré a cazar —dijo papá.

Al día siguiente cortó y hacinó el maíz. Las diez hacinas, junto a las del forraje, se erguían como una hilera de pequeñas cabañas de indios. Cuando terminó el trabajo, papá trajo a casa seis calabazas doradas.

—Estos frutos no han podido madurar en esta tierra tan reseca —dijo como excusándose—. Además, la escarcha ha estropeado las calabazas verdes pero lo que sí podremos hacer es sacarles todas las semillas para plantarlas el año que viene.

—¿Por qué tienes tanta prisa en traer las calabazas? —preguntó mamá.

—Siento que he de apresurarme. Necesito darme prisa —intentó explicar papá.

—Lo que necesitas es dormir más —dijo mamá.

A la mañana siguiente caía una lluvia fina y nebulosa. Después de acabar sus tareas y de desayunar, papá se puso el abrigo y el sombrero de ala ancha que protegía su nuca.

—Voy a traeros un par de gansos —aseguró—. Esta noche los he oído volar. En el cenagal habrá alguno.

Y cogiendo su escopeta y cubriéndola con su abrigo salió a la intemperie.

En cuanto se hubo marchado mamá dijo:

—Niñas, he pensado preparar una sorpresa a papá.

Laura y Carrie dejaron de fregar los platos y Mary dejó a medio hacer la cama que estaba arreglando.

—¿Cuál? —preguntaron las tres a la vez.

—Daos prisa y terminad el trabajo —dijo mamá—. Y después, tú Laura, llégate al campo de maíz y trae una calabaza verde. ¡Voy a hacer una tarta de calabaza!

—¡Una tarta! Pero cómo... —exclamó Mary.

Y Laura añadió:

—¿Una tarta de calabaza verde? Nunca he oído algo semejante, mamá.

—Yo tampoco —dijo ésta— pero si no hiciéramos innovaciones, no seríamos nada espabilados.

Laura y Carrie fregaron los platos muy deprisa. Después Laura corrió bajo la fina lluvia hasta el campo de maíz y cargó con la calabaza verde más grande que pudo encontrar.

—Ponte junto al horno para secarte bien —le ordenó mamá—. Ya eres lo bastante mayor para ponerte el chal sin que te lo tengan que decir.

—He corrido tanto que he esquivado las gotas de agua —dijo Laura—. No estoy muy mojada, mamá, en serio. Y ahora, ¿qué tengo que hacer?

—Mientras yo preparo la pasta puedes ir cortando la calabaza en pedazos y quitándole la piel —dijo mamá—. Después, ya veremos lo que hacemos.

Mamá extendió la pasta en un recipiente espolvoreando antes el fondo con azúcar moreno y especias. Después lo fue llenando con rodajas de calabaza verde. Luego lo roció todo con vinagre, colocó un trozo de mantequilla y extendió otra capa de pasta por encima de ello.

—Ya está —dijo cuando hubo terminado de rizar los bordes.

—Creí que no podrías hacerlo —dijo Carrie mirando la tarta con los ojos muy abiertos.

—Bueno, todavía no sé lo que resultará —explicó mamá metiendo la tarta en el horno y cerrando la puerta—. Pero la única forma de averiguarlo es probándolo. A la hora de cenar sabremos el resultado.

Todas se sentaron a esperar dentro de la ordenada cabaña. Mary estaba muy ocupada acabando de tejer unos calcetines de lana para Carrie antes de que empezara a hacer frío. Laura unía dos largos de muselina para confeccionar una sábana. Sujetaba cuidadosamente los bordes con alfileres y luego, con otro alfiler la enganchaba al tejido de su vestido a la altura de la rodilla. Después, sosteniendo delicadamente los bordes bien nivelados, los unía cosiéndolos con unas puntadas diminutas.

Las puntadas tenían que estar muy juntas y ser muy pequeñas y firmes pero lo suficientemente profundas para que la sábana quedara lisa y sin que se notara la costura del centro. Y todas las puntadas debían ser exactamente iguales de tal forma que no se pudiera distinguir una de otra porque así es como se tenía que coser.

A Mary le había complacido mucho aquel trabajo pero desde que era ciega no podía hacerlo. A Laura no le gustaba nada coser. Hubiera querido gritar de rabia. Le dolía la nuca y el hilo se le enroscaba y se le enredaba. Tenía que deshacer más puntadas de las que daba.

—Las mantas son lo bastante grandes para cubrir la cama —dijo quejumbrosa—. ¿Por qué no hacen las sábanas suficientemente anchas?

—Porque las sábanas son de muselina —dijo Mary—, y la muselina no es lo bastante ancha para confeccionar una sábana.

La punta de la aguja de Laura se escurrió del dedal y se le clavó en el dedo. Apretó los labios fuertemente y no dijo ni una palabra.

La tarta se horneaba maravillosamente bien. Cuando mamá dejó la camisa que estaba cosiendo para papá y abrió la puerta del horno, surgió un delicioso aroma. Carrie y Grace se detuvieron para curiosear mientras mamá le daba la vuelta a la tarta para que se dorara por un igual por ambos lados.

—Va muy bien —aseguró mamá.

—¡Oh, qué sorpresa se llevará papá! — exclamó Carrie.

Un poco antes de la hora de comer, mamá sacó el pastel del horno. Era una tarta preciosa.

Guardaron la comida hasta casi la una del mediodía pero papá seguía sin llegar. Cuando iba de caza no prestaba atención a los horarios de las comidas por lo que finalmente decidieron empezar a comer. La tarta tendría que esperar hasta la hora de cenar cuando papá llegara con los gordos gansos para asarlos para el día siguiente.

Aquella tarde, la lluvia cayó con insistencia. Cuando Laura fue al pozo a por agua, el cielo estaba encapotado y gris. A lo lejos, en la pradera, la hierba pardusca chorreaba agua y se inclinaba un poco bajo la constante presión de la lluvia.

Laura entró en casa apresuradamente. No le gustaba contemplar el campo cuando la hierba parecía estar llorando.

Papá no regresó a casa hasta la hora de cenar. Llevaba las manos vacías a excepción de la escopeta. No dijo una palabra ni sonrió. Tenía los ojos muy abiertos y su expresión era seria.

—¿Qué sucede, Charles? —preguntó mamá con premura.

Antes de responder, papá se quitó el abrigo mojado y el sombrero que chorreaba agua y los colgó de un clavo.

—Esto es lo que yo quisiera saber. Aquí está pasando algo muy extraño. En el lago no hay un solo ganso ni un solo pato. Y en el cenagal tampoco. Están volando muy alto, por encima de las nubes y muy deprisa. Los he oído graznar. Te digo, Caroline, que todos los pájaros están volando hacia el sur lo más deprisa y lo más alto que pueden. Todos se marchan hacia el sur. Y no se ve ningún otro tipo de animal. Todo ser viviente que corre o nada, está escondido en alguna parte. Nunca había visto el campo tan vacío y silencioso.

—No te apures —dijo mamá alegremente—. La cena está lista. Siéntate junto al fuego para calentarte, Charles. Yo acercaré la mesa a la estufa. Noto que ha refrescado.

Ciertamente, había refrescado. El frío se colaba por debajo de la mesa y penetraba por los pies descalzos de Laura hasta sus rodillas bajo la falda. Pero la cena estaba caliente y buena y, a la luz del quinqué, todos los rostros menos el de papá brillaban con la ilusión de la sorpresa.

Papá no se dio cuenta de nada. Comía con apetito pero sin enterarse de lo que comía. Repitió:

—Es extrañísimo que ni un ganso ni un pato bajen al lago a descansar.

—Lo más seguro es que los pobrecitos quieran calentarse al sol —intervino mamá—. Me alegro que nosotros estemos calentitos y amparados de la lluvia bajo este techo tan confortable.

Papá apartó su plato vacío y mamá echó una mirada a Laura que decía: ¡Ahora!

Las sonrisas iluminaron todos los rostros menos el de papá. Carrie se agitaba en su silla y Grace daba saltitos en el regazo de mamá mientras Laura colocaba la tarta sobre la mesa.

Durante un instante papá no se percató de nada. Luego exclamó:

—¡Una tarta!

Su sorpresa fue mayor de lo que ellas habían imaginado. Grace y Carrie e incluso Laura se echaron a reír.

—Caroline, ¿cómo te las has arreglado para hacer esta tarta? —exclamó papá—. ¿Qué clase de tarta es?

—Pruébala y verás —respondió mamá cortando un pedazo y poniéndolo en el plato de papá.

Papá partió un trozo con el tenedor y se lo llevó a la boca.

—¡Tarta de manzana! ¿De dónde demonios has sacado las manzanas?

Carrie no pudo contenerse más y dijo casi gritando:

—Es tarta de calabaza. Mamá la ha hecho con calabaza verde.

Papá dio otro bocado y lo saboreó con delectación.

—Nunca lo hubiera adivinado —dijo—. Mamá ha sido siempre la mejor cocinera del país.

Mamá no abrió la boca pero sus mejillas se ruborizaron un poco y, mientras todos comían la deliciosa tarta, sus ojos no dejaron de sonreír. Todos comieron despacio dando pequeños bocados a aquel manjar dulce para hacerlo durar el máximo tiempo posible. Aquella cena fue tan maravillosa que Laura no deseaba que terminara nunca. Cuando estuvo en la cama con Mary y Carrie, permaneció despierta para seguir sintiéndose feliz. Sentía un sueño agradable y estaba calentita y cómoda. El ruido de la lluvia sobre el tejado resultaba un sonido agradable.

De pronto le sorprendió ligeramente una gota de agua salpicándole el rostro. Estaba segura de que no se trataba de agua de la lluvia ya que sobre su cabeza estaba el tejado. Se acurrucó junto a Mary un poco más y todo se desvaneció en un sueño tibio y opaco.

Capítulo cuatro

LA TEMPESTAD DE OCTUBRE

Laura se despertó. De repente oyó que alguien cantaba y daba golpes.

¡Oh, soy más feliz que una flor de girasol (zas, zas)
que gira y gira al viento (zas, zas)
y mi corazón (zas) es más ligero (zas) que el viento que sopla
(zas, zas)
y que las hojas de los árboles, oh! (zas, zas).

Papá estaba cantando la canción con la que ahuyentaba los problemas, mientras se golpeaba el pecho con los brazos.

La nariz de Laura estaba helada. Era la única parte de su cuerpo que salía del edredón en el que se había arrebujado. Sacó toda la cabeza y entonces supo por qué papá se estaba dando golpes. Estaba intentando calentarse las manos.

Había encendido el fuego. La estufa crepitaba pero el aire seguía helado. Las gotas de agua que habían caído encima del edredón durante la noche se habían congelado y ahora, el hielo se resquebrajaba. El viento bramaba alrededor de la cabaña, y a través del techo y las paredes llegaba un estruendoso rugido.

Carrie preguntó medio dormida:

—¿Qué es este ruido?

—Es una tempestad —le respondió Laura—. Tú y Mary quedaos en la cama.

Laura se deslizó de la cama con mucho cuidado para que no penetrara el frío debajo del edredón. Mientras se vestía le castañeteaban los dientes. Mamá también se estaba vistiendo al otro lado de la cortina pero ambas tenían demasiado frío para hablar.

Se encontraron junto a la estufa en donde el fuego ardía con furia sin calentar el aire. La ventana era un borrón de nieve blanca que revoloteaba frenéticamente. La nieve se había colado por debajo de la puerta y cada clavo de la pared estaba cubiero de escarcha blanca.

Papá había ido al establo. Laura se alegraba de que tuvieran tantos almiares alineados desde el establo hasta la cabaña. Si iba de almiar en almiar no se perdería.

—¡Queeé tempestad! —exclamó mamá castañeteando los dientes—. En el mes de oc...octubre. Nnuuncaa había visto una cosaa... —dijo mientras añadía más leña a la estufa y rompía el hielo del cubo de agua para llenar la tetera.

El cubo de agua estaba medio vacío. Había que ahorrar agua ya que con aquella tormenta no se podía ir hasta el pozo. Pero la nieve que había en el suelo era nieve limpia. Laura la recogió con el barreño y lo colocó sobre la estufa para que la nieve se derritiera y así poder utilizar el agua para fregar.

Junto a la estufa ya no hacía tanto frío y Laura trasladó a Grace envuelta en edredones para vestirla junto al fuego.

Mary y Carrie se vistieron temblando de frío junto al horno abierto. Todos se pusieron medias y zapatos.

Cuando papá regresó, el desayuno ya estaba listo. Entró seguido de un remolino de viento y nieve.

—Aquellas ratas almizcleras sabían lo que se avecinaba ¿verdad, Laura? —dijo en cuanto se calentó lo suficiente para poder hablar—. Y los gansos también.

—Con razón no se detenían en el lago —dijo mamá.

—Ahora, el lago ya está helado —aseguró papá—. Estamos bajo cero y la temperatura está descendiendo.

Mientras papá hablaba echó una ojeada al cajón de la leña. La noche anterior Laura lo había llenado pero en aquel momento ya estaba medio vacío por lo que, en cuanto hubo terminado de desayunar, se abrigó bien, salió rauda y regresó con los brazos cargados de leña del montón de fuera.

En la cabaña hacía cada vez más frío. La estufa no podía calentar el ambiente del interior de aquellas delgadas paredes. No se podía hacer nada más que sentarse junto a la estufa entre mantas y chales.

—Me alegro de haber puesto ayer noche las judías a remojar —dijo mamá levantando la tapa de la tetera en donde hervía el agua, y añadiéndole una cucharada de soda. Las judías, que ya hervían en una cazuela crepitaron y formaron espuma, que no llegó a derramarse—. También hay un poco de tocino salado para añadirles —concluyó.

De vez en cuando sacaba a la superficie unas cuantas judías y soplaba. Cuando la piel de las judías se agrietó y se abrió, mamá las enjuagó con el agua de soda de la tetera. Después volvió a llenar la tetera. Acto seguido añadió a las judías un poco de manteca de cerdo.

—En un día frío, no hay nada mejor que un buen plato de sopa de judías —dijo papá mirando a Grace y cogiéndole la manita—. ¿Qué quiere mi niña de ojos azules?

—Una *hitoria* —dijo Grace.

—Cuéntanos la del abuelo y el cerdo en el trineo —rogó Carrie.

Así pues, sentando a Grace y a Carrie sobre sus rodillas, papá empezó a relatar otra vez las historias que solía contar a Mary y a Laura en el Gran Estero cuanto las niñas eran pequeñas. Mamá y Mary tricotaban afanosamente sentadas en unas mecedoras recubiertas con la tela del edredón que habían acercado al horno, y Laura, envuelta en su chal, se acomodaba entre la estufa y la pared.

El frío que penetraba por las cuatro esquinas de la cabaña llegaba cada vez más cerca de la estufa. Unas ráfagas de aire helado zarandeaban las cortinas junto a las camas. La pequeña cabaña se estremecía bajo la tormenta, pero el olor del aire cargado del vapor de las judías era reconfortante y parecía calentar la atmósfera.

Al mediodía, mamá cortó unas rebanadas de pan y llenó los boles con el caldo de las judías y todos comieron en el mismo lugar en que

se encontraban; cerca de la estufa. Todos bebieron tazas de té bien fuerte y caliente. Mamá incluso le dio a Grace una taza de té de Cambray.

Aquella sopa y aquel té caliente los reanimó a todos. Bebieron el caldo de las judías. Después mamá vertió las judías en el cazo de la leche, añadió en el centro un poco de grasa de cerdo y lorició todo con melaza. Metió el cazo en el horno y cerró la puerta del mismo. La cena consistiría en judías estofadas.

Entonces papá tuvo que traer más leña. Agradecía que el montón de leña estuviera cerca de la puerta trasera. Papá entró tambaleante y sin aliento con los brazos cargados de troncos. Cuando recuperó el habla dijo:

—Este viento le quita a uno la respiración. Si llego a saber que tendríamos una tormenta así, hubiera llenado ayer la cabaña de leña. Ahora, recojo más nieve que leña.

Tenía razón. Cada vez que Laura le abría la puerta, entraba un remolino de nieve. También caía al suelo la nieve que le cubría a él y la que había en el montón de leña. Era una nieve tan dura como el hielo y tan fina como la arena y, sólo con abrir la puerta, la cabaña se enfriaba de tal modo que la nieve no se derretía.

—Por ahora ya basta —dijo papá.

Si dejaba entrar más frío, la leña que traía no bastaría para calentar la casa.

—Cuando hayas recogido la nieve, Laura, tráeme el violín —le pidió papá—. En cuanto mis dedos se hayan descongelado, cantaremos una canción para ahogar el aullido del viento.

Al cabo de un rato papá pudo afinar las cuerdas y frotar el arco con resina. Después se colocó el violín en el hombro y se puso a cantar acompañado por sus propias notas.

Oh si fuera joven otra vez,
llevaría otra vida,
ahorraría un poco de dinero,
me compraría unas tierras
y tomaría a Dinah por esposa.
Pero ahora me estoy haciendo viejo
y mis cabellos se tornan grises
y ya no puedo trabajar.
Oh llévame, llévame otra vez
junto a la vieja orilla de Virginia.
Llévame contigo, llévame contigo,
llévame hasta que me muera...

—¡Por el amor de Dios! —exclamó mamá, que intentaba mantener a Grace caliente a pesar de que ésta no paraba de moverse y de lloriquear—. Prefiero oír el viento que esta canción —Mamá dejó a Grace en el suelo—. Anda, echa a correr si es lo que quieres. Cuando tengas frío estarás contenta de volver junto a la estufa.

—¡Ya sé! —dijo papá—. Laura y Carrie, levantáos. Quiero ver cómo hacéis el paso militar con Grace. Esto os recalentará la sangre.

No era fácil abandonar el cobijo de sus chales pero ambas obedecieron a papá. Entonces, se oyó la fuerte voz de papá acompañada por su violín:

¡Un, dos! ¡Un, dos! ¡Ettrick y Teviotdale!
¿Por qué mis jóvenes soldados no marcháis hacia delante en orden?
¡Un, dos! ¡Un, dos! ¡Eskdale y Liddesdale!
Todas las boinas azules están al otro lado de la frontera.
Las banderas ondean sobre vuestras cabezas,
muchas de estas cimeras ya son famosas en la historia.

Las niñas marchaban en círculos a paso ligero cantando con todas sus fuerzas y dando estruendosas pisadas contra el suelo.

Cabalgad y preparaos, hijos de la cañada de la montaña.
¡Luchad, por vuestros hogares y por la vieja gloria escocesa!

Laura, Carrie y Grace sentían como si las banderas ondearan sobre sus cabezas y como si avanzaran hacia la victoria. Ni siquiera oían la tormenta. Se habían calentado hasta la punta de los pies.

Entonces se detuvo la música y papá dejó el violín en su estuche.

—Bueno, niñas, ahora me toca a mí andar cara al frío y acomodar el ganado para la noche. Malo sería que esta vieja melodía no me infundiera el arrojo para luchar aunque sólo fuera contra la tormenta.

Mientras papá guardaba el estuche con el violín, mamá calentó su abrigo y la bufanda acercándolos al horno. Después todos oyeron el aullido del viento.

—Para cuando vuelvas, Charles, tendremos judías estofadas bien calientes esperándonos a todos —prometió mamá—. Y después nos iremos a la cama para estar bien arropados y mañana seguramente habrá pasado la tormenta.

Pero al día siguiente, papá volvió a cantar la canción de la flor de girasol. La ventana estaba tan empañada como el día anterior y el viento seguía pegando contra la estremecida cabaña.

La tormenta duró dos interminables días más con sus noches correspondientes.

Capítulo cinco

DESPUÉS DE LA TORMENTA

La cuarta mañana Laura sintió una extraña sensación en los oídos. Echó una ojeada por encima del edredón y vio un montón de nieve sobre su cama. Oyó el ruido de la tapa de la estufa al cerrarse y luego el primer crujido del fuego. Entonces supo por qué sus oídos parecían estar tapados. El fragor de la tormenta había cesado.

—¡Despierta, Mary! —gritó dando un codazo a su hermana—. ¡La tormenta ha terminado!

De un salto cambió el calor de la cama por el aire más frío que el hielo. La estufa no parecía desprender calor alguno. El agua de nieve del cubo estaba casi congelada pero las ventanas cubiertas de escarcha brillaban al sol.

—Afuera hace más frío que nunca —dijo papá al entrar, inclinándose sobre la estufa para descongelar los carámbanos que se habían formado en su bigote y que chisporrotearon sobre la tapa de la estufa antes de convertirse en vapor.

Papá se secó el bigote y continuó diciendo:

—El viento ha arrancado un pedazo de cartón embreado del techo a pesar de lo bien clavado que estaba. No me extraña que hayamos tenido goteras de agua y nieve.

—Bueno —dijo Laura—. Pero ahora ya no hay tormenta.

Era muy agradable desayunar contemplando cómo relucían los cristales de la ventana.

—Todavía disfrutaremos del veranillo indio —afirmó mamá convencida—. Esta tormenta ha venido tan pronto que no es posible que sea el principio del invierno.

—No he visto nunca que un frío tan intenso llegara tan temprano —admitió papá—. Pero sigue sin gustarme cómo andan las cosas.

—¿Qué cosas, Charles? —quiso saber mamá.

Papá no supo qué contestar exactamente. Dijo:

—Junto a los almiares he visto ganado extraviado.

—¿Están destrozando el forraje? —preguntó mamá en seguida.

—No —respondió papá.

—Entonces ¿cuál es el problema si no están haciendo nada malo? —preguntó mamá.

—Imagino que los animales deben de estar cansados a causa de la tormenta —dijo papá— y han ido a refugiarse allí, junto a los almiares. He pensado que los voy a dejar comer y descansar un poco antes de ahuyentarlos. No puedo permitir que destrocen los almiares pero que pazan un poco no me acarreará ningún problema. Lo extraño es que no comen.

—¿Qué les debe pasar? —preguntó mamá.

—Nada —aseguró papá—. Simplemente, están allí de pie.

—Esto no puede inquietar a nadie —dijo mamá.

—No —respondió papá tomando un sorbo de té—. Pero será mejor que vaya a ahuyentarlos.

Papá se volvió a poner el abrigo, el sombrero y los mitones y salió al exterior.

Al cabo de un momento mamá añadió:

—Será mejor que vayas con él, Laura. Es posible que necesite ayuda para alejarlos del forraje.

Laura se puso apresuradamente el gran chal de mamá y, cubriéndose la cabeza, lo sujetó con una aguja, bien ceñido bajo su barbilla. Los pliegues de lana la cubrían de pies a cabeza. Incluso sus manos quedaron ocultas por el chal. Únicamente se le veía la cara.

Afuera, el resplandor del sol hirió sus ojos. Aspiró una profunda bocanada de aire frío y punzante y entrecerró los ojos para mirar a su alrededor. El inmenso cielo era muy azul y la tierra estaba cubierta de blanco. El viento fuerte y directo no levantaba la nieve pero la arrastraba de un lado al otro de la pradera.

El frío aguijoneó las mejillas de Laura, quemaba su nariz y le cosquilleaba el pecho, para transformarse luego por su boca en una nube de vapor. Con una punta del chal, Laura se tapó la boca. Su aliento llenó el mantón de escarcha.

Al doblar la esquina del establo vio a papá delante de ella y también vio el ganado. De pronto se detuvo y se quedó mirando a los animales fijamente.

Éstos estaban de pie entre sol y sombra junto a los almiares. Eran unos animales moteados de color rojo y marrón y uno de ellos era delgado y negro. Estaban inmóviles con las cabezas inclinadas hacia el suelo. Sus cuellos peludos se alargaban desde sus huesudas paletillas hasta unas cabezas blancas monstruosamente hinchadas.

—¡Papá! —gritó Laura.

Papá le hizo un gesto para que se quedara donde estaba y siguió avanzando hacia aquellas criaturas a través de la nieve que se trasladaba a ras del suelo.

No parecía un ganado de verdad, tan quietos estaban. Ningún animal de la manada hacía el menor movimiento. Únicamente su respiración desinflaba sus peludos flancos y volvía a hincharlos. Los huesos de sus ancas y los de sus paletillas sobresalían puntiagudos. Tenían las patas apuntaladas en el suelo, tiesas e inmóviles. Y en el lugar de sus cabezas había unas hinchadas masas de nieve que parecían estar clavadas en el suelo entre la nieve que el viento hacía revolotear.

Los pelos de Laura se erizaron y un escalofrío de horror recorrió su espalda. El sol y el viento hicieron brotar de aquella mirada fija unas lágrimas que se deslizaron frías por sus mejillas. Papá avanzó lentamente contra el viento. Se acercó a la manada. Ni un solo animal se movió.

Papá observó a los animales durante un momento. Luego se inclinó hacia delante y puso manos a la obra. Laura oyó un bramido y el rojo lomo de un novillo se arqueó y brincó. El novillo echó a correr dando tumbos y mugiendo. Ahora su cabeza era normal con ojos y una boca abierta que al berrear desprendía vapor. Otro animal mugió y recorrió vacilante un corto espacio. Después otro y otro más. Papá les hacía lo mismo a todos, uno por uno. Sus bramidos se elevaban por el cielo helado.

Finalmente, todos se alejaron juntos. Se fueron, avanzando silenciosamente por la nieve que les llegaba hasta la rodilla. Papá le hizo una señal a Laura para que regresara a la cabaña mientras él inspeccionaba los almiares.

—¿Qué te ha retenido tanto tiempo, Laura? —preguntó mamá—. ¿Han estropeado los almiares?

—No mamá —respondió—. Sus cabezas estaban... yo diría que sus cabezas estaban pegadas al suelo completamente heladas.

—¡Esto es imposible! —exclamó mamá.

—Debe de ser una de estas ideas extrañas de Laura —afirmó Mary, tejiendo afanosamente en su silla junto a la estufa—. ¿Cómo se van a helar las cabezas del ganado pegadas al suelo, Laura? A veces dices cosas preocupantes.

—Bueno, pregúntaselo a papá —replicó Laura impaciente.

En aquel momento no era capaz de explicarles a Mary y a mamá lo que sentía. Sabía que, de alguna manera, en la noche violenta y tempestuosa, el silencio de la pradera que se extendía más allá de todos los sonidos había sobrecogido al ganado.

Al entrar papá, mamá le preguntó:

—¿Qué pasaba con el ganado, Charles?

—Tenían la cabeza cubierta de hielo y nieve —dijo papá—. Se les había congelado el aliento y en sus ojos y en su morro se había formado hielo. No podían ver ni respirar.

Laura dejó de barrer.

—¿Los ha asfixiado su propia respiración, papá? —preguntó horrorizada.

Papá comprendió cómo se sentía Laura y añadió:

—Ahora ya están bien, Laura. He roto el hielo de sus cabezas. Ahora respiran y supongo que llegarán a refugiarse en algún lugar.

Carrie y Mary tenían los ojos muy abiertos e incluso mamá parecía horrorizada y dijo enérgicamente:

—Termina de barrer, Laura. Y tú, Charles, por amor de Dios, ¿por qué no te quitas el abrigo y te calientas un poco?

—Tengo algo que mostraros —dijo papá sacando la mano cuidadosamente del bolsillo del abrigo—. Mirad, niñas, mirad lo que he encontrado escondido en un almiar.

Papá abrió la mano despacio. En el hueco de su mitón había un pájaro muy pequeño. Papá lo posó cuidadosamenle en las manos de Mary.

—¿Por qué está tan tieso? —preguntó Mary, acariciándolo suavemente con la punta de los dedos.

Nunca habían visto un pájaro como aquél. Era muy pequeño pero se parecía mucho al gran alca* de la foto del libro grande verde de papá *Las maravillas del mundo animal*.

Tenía el mismo pecho blanco y torso negro, las mismas alas y las patas cortas emplazadas muy atrás y los mismos pies grandes y palmeados. Estaba erguido sobre sus patas cortas semejante a un hombre diminuto vestido con abrigo negro, pantalones y una camisa de pechera blanca. Sus pequeñas alas eran como brazos.

—¿Qué clase de pájaro es, papá? ¡Oh!, ¿qué es? —gritó Carrie ilusionada mientras retenía las ávidas manos de Grace—. No se toca, Grace.

—Nunca he visto un pajaro como éste —dijo papá—. Se debe de haber agotado con el viento de la tormenta y ha ido a caer junto a los almiares. Se había acurrucado entre el forraje para cobijarse.

—Es un gran alca —declaró Laura— pero es joven.

—Es adulto —dijo mamá—. No es una cría. Mirad su plumaje.

—Sí, sea lo que sea, es un pájaro adulto —accedió papá.

El pequeño pájaro se mantenía erguido en la suave palma de la mano de Mary y los miraba a todos con sus brillantes ojos negros.

—Es la primera vez que ve a un ser humano —dijo papá.

—¿Cómo lo sabes, papá? —preguntó Mary.

—Porque no le damos miedo —respondió papá.

—Oh, papá. ¿Nos lo podemos quedar? ¿Nos lo podemos quedar, mamá? —rogó Carrie.

—Bueno, ya veremos —contestó papá.

Mary volvió a acariciar el cuerpo del pájaro con las yemas de sus dedos mientras Laura le comentaba que su pecho era blanco y suave, su cola negra y sus alas pequeñas.

—No puede echar a volar —dijo papá—. Es un pajaro acuático. Tiene que echar a volar desde el agua en donde puede utilizar sus pies palmeados para adquirir velocidad.

Finalmente lo dejaron en un rincón dentro de una caja. El pájaro

---

* Ave palmípeda propia de los mares árticos.

se quedó allí de pie mirándoles con sus ojos redondos y negros mientras ellos se preguntaban qué comería aquel pájaro.

—Esta tormenta ha sido muy extraña —dijo papá—. No me gusta en absoluto.

—¿Por qué dices esto, Charles? Tan sólo era una tormenta concluyó mamá—. Seguramente ahora tendremos buen tiempo. Ya empieza a hacer un poco de calor.

Mary volvió a su labor y Laura continuó barriendo. Papá permaneció junto a la ventana y al cabo de un rato Carrie consiguió arrancar a Grace de la caja del gran alca y ambas miraron también por la ventana.

—¡Oh, mira! ¡Liebres! —exclamó Carrie.

Alrededor del establo había docenas de liebres que brincaban.

—Estas tunantes han vivido de nuestro forraje durante toda la tormenta —dijo papá—. Tendría que ir a por mi escopeta y conseguir liebre para el estofado.

Pero papá se quedó junto a la ventana contemplándolas sin hacer ningún movimiento para ir en busca de la escopeta.

—Por favor, papá, por esta vez, déjalas marchar —rogó Laura—. Vinieron aquí porque necesitaban encontrar cobijo.

Papá miró a mamá y mamá le sonrió.

—No estamos hambrientos, Charles, y estoy feliz de que todos hayamos sobrevivido a la tormenta.

—Bueno, supongo que no pasará nada si las liebres se comen un poco de nuestro forraje —sentenció papá y, cogiendo el cubo, se dirigió hacia el pozo.

Al abrir la puerta, penetró en la casa el aire helado, pero el sol ya estaba empezando a derretir la nieve por el lado sur de la cabaña.

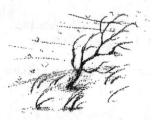

Capítulo seis

EL VERANILLO INDIO*

Al día siguiente sólo había pedacitos de hielo en el cubo del agua y hacía sol y calor. Papá estaba preparando los cepos para atrapar ratones almizcleros en el Gran Cenagal y Carrie y Grace jugaban afuera.

El pequeño alca no comía nada. No emitía sonido alguno, pero Carrie y Laura pensaban que las miraba con expresión desesperada. Sin comida se moriría, pero no sabía comer lo que las niñas le ofrecían.

A la hora del amuerzo, papá dijo que en el lago Silver el hielo se estaba fundiendo; pensaba que aquel extraño pájaro sabría cuidar de sí mismo en las aguas abiertas. Así pues, después de comer, Laura y Mary se pusieron el abrigo y el gorro y se dirigieron con papá hacia el lago para dejar al pequeño alca en libertad.

Las rizadas aguas del lago Silver presentaban un suave color azul y plateado bajo el tibio y pálido cielo. La orilla estaba helada y en las rizadas aguas flotaban pedazos de hielo planos como tortas parduscas. Papá sacó al pequeño alca de su bolsillo. Se quedó muy tieso reposando en la palma de la mano de papá, luciendo su fino abrigo negro y su pechera blanca de suaves plumas. De pronto abrió sus alitas y movió las patas. Pero no podía volar, no podía marcharse. Sus alas eran demasiado pequeñas para levantar el vuelo.

—Este pájaro no es un pájaro de tierra —dijo papá—. Es un pájaro acuático.

Papá se agachó hacia la fina capa de hielo del borde del lago y alargando la mano depositó el pájaro en las aguas azules. Durante un

---

* Veranillo de San Martín.

instante el pájaro permaneció allí quieto y después desapareció. Entre los pedazos de hielo se vio una mota negra alejándose.

—Está tomando velocidad con sus palmeados pies para elevarse —afirmó papá—. ¡Mirad, allá va!

A Laura casi no le dio tiempo de ver cómo aquella menudencia se elevaba en el inmenso y reluciente cielo azul y cómo, después, desaparecía en la chispeante luz del sol. Los ojos de Laura estaban demasiado deslumbrados para poder distinguirlo. Pero papá observó cómo volaba en dirección sur.

Nada más supieron de aquel extraño pájaro que llegó del lejano norte en medio de la oscuridad de una tormenta y se marchó hacia el sur a la luz del sol. Nunca volvieron a ver ni oyeron hablar de un pájaro como aquél. Nunca descubrieron qué clase de pájaro era.

Papá se quedó mirando a lo lejos durante un buen rato. Todas las ondulaciones de la pradera eran de colores pálidos: beige, gris claro y toda la gama de verdes claros y púrpura y, a lo lejos, el color gris azulado. Los rayos del sol calentaban y el aire era suave. Laura sólo sentía un poco de frío en los pies al pisar la fina capa de hielo que festoneaba el lago.

Todo estaba en silencio. El viento no movía la hierba teñida de gris y no había pájaros ni en el cielo ni en el agua. Las aguas del lago lamían desmayadamente aquella orilla en silencio.

Laura miró a papá y supo que él también estaba escuchando el silencio. El silencio era tan terrible como el mismo frío. Era más intenso que cualquier sonido. Podía detener el suave roce de las aguas en la orilla y aquel tenue pitido en los oídos de Laura. El silencio significaba la falta de sonido, ni un movimiento, nada, y por eso era aterrador. El corazón de Laura palpitaba y palpitaba intentando escapar de aquel silencio.

—No me gusta nada —dijo papá moviendo lentamente la cabeza de un lado a otro—. El ambiente que se respira no me gusta nada. Presiento algo muy...

Papá no supo explicar lo que sentía y repitió:

—No me gusta nada. No me gusta absolutamente nada.

En verdad, nadie podía decir que algo extraño sucediese con el clima. Era un veranillo indio muy bonito. Por las noches helaba, pero los días eran soleados. Cada tarde, mientras Carrie y Grace jugaban cerca de la casa, Mary y Laura iban de paseo bajo los cálidos rayos del sol.

—Mientras podáis, permaneced al sol el máximo tiempo posible —dijo mamá—. Pronto llegará el invierno y tendréis que quedaros dentro de casa.

Y así lo hicieron. Salían afuera a cada oportunidad para tomar el sol y respirar el aire fresco del que en invierno no podrían disfrutar.

Pero mientras caminaban, Laura miraba a menudo hacia el norte. No sabía muy bien por qué lo hacía. En aquella dirección no se veía nada. A veces se quedaba parada al sol escuchando y se sentía incómoda. Pero no había razón alguna para que le sucediera esto.

—Presiento que vamos a tener un invierno muy duro —vaticinó papá—. El más duro que hayamos vivido.

—¿Por qué dices esto, Charles? —protestó mamá—. Ahora tenemos un tiempo magnífico. Esta tormenta que ha llegado tan pronto no es razón suficiente para sospechar que el invierno vaya a ser tan malo como dices.

—Mira, yo he cazado ratones almizcleros toda mi vida —dijo papá—, y nunca los he visto construir unas paredes tan gruesas como este año.

—¡Ratones almizcleros! —exclamó mamá.

—Los animales saben lo que se hacen —aseveró papá—. Todas las criaturas salvajes se han prevenido para afrontar un crudo invierno.

—A lo mejor se prepararon para sobrellevar la tormenta que acabamos de sufrir —sugirió mamá.

Pero sus argumentos no persuadieron a papá.

—Y tampoco me gusta nada el ambiente que flota en el aire —insistió papá—. Este tiempo parece ocultar algo que puede desencadenarse en cualquier momento. Si yo fuera un animal salvaje, buscaría un hueco y lo haría muy profundo. Si fuera un ganso salvaje, extendería mis alas y me marcharía de aquí.

Mamá se rió.

—¡Tú sí que eres un ganso, Charles! No recuerdo otro veranillo indio más precioso que éste.

Capitulo siete

LA ADVERTENCIA DEL INDIO

Una tarde, en la tienda de Harthorn, se congregaron unos cuantos hombres. Los trenes detenidos a causa de la tormenta volvían a funcionar y los hombres llegaban al pueblo desde sus tierras para comprar alimentos y enterarse de las últimas noticias.

Royal y Almanzo Wilder habían llegado al pueblo desde su cabaña con una pareja de caballos Morgan: los mejores de la comarca.

El señor Boast se hallaba de pie en medio del grupo de hombres y les contagiaba la risa con sus carcajadas. Papá había entrado en la tienda con la escopeta bajo el brazo sin haber visto ni por asomo un conejo y en aquel momento esperaba a que el señor Harthorn le pesara y envolviera el pedazo de tocino salado que acababa de comprar para sustituir al conejo que no había podido cazar para el almuerzo.

Nadie oyó unos sutiles pasos pero papá sintió que tenía a alguien a su espalda y se volvió para mirar quién era. De pronto, el señor Boast dejó de hablar. Los demás hombres se volvieron para mirar hacia donde el señor Boast dirigía la vista y se pusieron rápidamente de pie tras las cajas de galletas y el arado en donde habían permanecido sentados. Almanzo se deslizó del mostrador al suelo. Todos guardaron silencio.

Se trataba de un indio muy viejo. Su tez cobriza estaba saturada de surcos, una piel apergaminada que se adhería a los prominentes huesos de su rostro. Tenía los brazos cruzados sobre el pecho bajo una manta gris que envolvía su cuerpo. Llevaba la cabeza afeitada pero en lo alto del cráneo se alzaba un moño con una erecta pluma de águila clavada. Su mirada era inteligente y fiera. Detrás de él, en la calle, brillaba el sol y un pony indio estaba esperándole.

—Venir gran montaña nieve —dijo el indio.

La manta se deslizó de uno de sus hombros dejando al descubier-

45

to un brazo cobrizo que dibujó en el aire un movimiento de norte a oeste, de oeste a este y que acabó simulando un remolino.

—Gran montaña, gran nieve, gran viento —repitió.

—¿Cuánto tiempo? —preguntó papá.

—Muchas lunas —dijo el indio levantando el brazo y mostrando primero cuatro dedos y después tres.

Siete dedos igual a siete meses. Esto quería decir: tormentas durante siete meses.

Todos se quedaron mirando al indio sin pronunciar palabra.

—Yo venir a decir hombre blanco —advirtió mostrando otra vez los siete dedos y repitiendo—: Gran nieve. Gran montaña nieve. Muchas lunas.

Después, llevándose el dedo índice al pecho añadió orgulloso:

—Yo ser viejo. Yo ser muy viejo. Yo saber. Yo haber visto.

Luego dio media vuelta, salió de la tienda y, dirigiéndose hacia el pony que le aguardaba, montó en él y partió en dirección oeste.

—¡Caramba! —dijo el señor Boast.

—¿Qué querrá decir eto de siete grandes nieves? —preguntó Almanzo.

46

Papá se lo explicó. El indio quería decir que cada siete inviernos llegaba uno muy duro y que, después de tres series de siete años, el invierno siguiente era el más duro de todos. El indio había venido a advertir a los hombres blancos que el próximo invierno sería el veintiuno y que habría tormentas durante siete meses.

—¿Y crees que el viejo sabe lo que está diciendo? —preguntó Royal.

Nadie supo contestarle.

—Por si acaso —dijo Royal—, será mejor que nos traslademos al pueblo a pasar el invierno. Tengo tantas provisiones en el almacén que llenarían una cabaña vacía. Con ellas podemos subsistir durante *todo* el invierno perfectamente. ¿Qué te parece, Manzo?

—A mí me parece muy bien —respondió Almanzo.

—¿Qué opinas de trasladarte al pueblo, Boast? —preguntó papá.

El señor Boast movió la cabeza lentamente.

—No veo la posibilidad de hacerlo. Nosotros tenemos mucho ganado: vacas, caballos y gallinas. Aunque pudiera pagar un alquiler, no hay lugar en el pueblo para albergar tanto ganado. Creo que no tenemos más remedio que quedarnos en el campo. Será mejor que Ellie y yo nos quedemos con los animales.

Los hombres se habían quedado serios. Papá pagó los alimentos comprados y se dirigió deprisa hacia casa. De vez en cuando miraba hacia atrás al cielo del noroeste. Estaba despejado y el sol brillaba.

Cuando llegó a casa, mamá estaba retirando el pan del horno. Carrie y Grace salieron corriendo a recibirle. Después entraron en casa con él. Mary siguió cosiendo silenciosa pero Laura se levantó de un brinco.

—¿Sucede algo malo, Charles? —preguntó mamá volcando las sabrosas barras de pan en un trapo blanco limpio—. Has vuelto muy temprano.

—No. No pasa nada —respondió papá—. Aquí tienes el azúcar, el té y un poco de tocino salado. No he podido cazar ni un conejo. No sucede nada malo —repitió papá—, pero nos tenemos que trasladar al pueblo lo antes posible. Pero primero, tengo que transportar el forraje del ganado. Si me doy prisa, puedo llevar una remesa al pueblo antes de que anochezca.

—¡Por amor de Dios, Charles! —exclamó mamá.

Pero papá ya se había marchado a cargar el forraje. Carrie y la pequeña Grace miraron a mamá y luego a Laura. Después miraron a mamá otra vez. Laura miró a mamá, y mamá, perpleja, miró a Laura.

—Tu padre nunca había hecho una cosa así —dijo.

—No pasa nada malo, mamá. Papá lo ha dicho —indicó Laura—. Voy corriendo a ayudarle a cargar el forraje.

Mamá también fue al establo y habló con papá mientras él colocaba los arreos a los caballos.

—Va a ser un invierno muy duro —dijo papá—. Si quieres que te diga la verdad, me preocupa mucho. Esta casa no está en condiciones de soportar un invierno. No es más que una cabaña de campo. Penetra el frío por todas partes y fíjate tú lo que ha pasado con el tejado de cartón embreado en cuanto ha llegado la primera tormenta. Nuestro almacén en el pueblo está construido con tablones por dentro y por fuera y las paredes y el tejado son sólidos. El interior es confortable y conserva el calor. El establo también está bien aislado.

—Pero, ¿por qué tantas prisas? —preguntó mamá.

—No sé, siento la necesidad de darme prisa —dijo papá—. Soy como las ratas almizcleras. Quiero teneros a las niñas y a ti protegidas entre gruesas paredes. Hace días que pienso en ello y, ahora, después de lo que ha dicho ese indio...

—¿Qué indio? —preguntó mamá como si ya percibiera el olor a indio con sólo pronunciar esta palabra. A mamá no le gustaban los indios. Les tenía miedo.

—También hay indios buenos —insistió papá y añadió—: y saben cosas que nosotros ignoramos. Te lo contaré en la cena, Caroline.

Mientras papá recogía el forraje de la hacina y lo cargaba en la carreta, Laura lo apisonaba. La hierba se acumulaba bajo aquellos pies, que no cesaban de pisotear el montón hasta que éste alcanzó la altura de los lomos de los caballos.

—En el pueblo me las apañaré solo —aseguró papá—. El pueblo no es un lugar para que una niña haga el trabajo de un muchacho.

Así pues, Laura saltó desde la carreta sobre el heno que aún quedaba en la hacina y papá partió hacia el pueblo. Aquella tarde de aquel veranillo indio era templada, se expandía un aroma dulzón y todo estaba tranquilo. Las bajas ondulaciones del terreno de suaves colores se extendían a lo lejos bajo un vasto cielo apacible. Pero bajo aquella tranquilidad y quietud, algo se larvaba. Laura sabía lo que papá quería decir.

«Oh, si tuviera las alas de un pájaro». Laura recordó aquellas palabras de la Biblia. Si ella hubiera tenido las alas de un pájaro también las habría extendido y volado muy deprisa y muy lejos.

Se dirigió pensativa hacia la casa para ayudar a mamá. Ninguno de ellos tenía alas; sólo iban al pueblo para pasar allí el invierno. A mamá y a Mary no les importaba, pero a ella no le gustaba vivir entre tanta gente.

48

Capítulo ocho

EL TRASLADO AL PUEBLO

El almacén de papá era uno de los mejores edificios del pueblo. Se alzaba un poco apartado de los demás, al este de la calle mayor. Su falsa fachada era alta y de esquinas cuadradas, con una ventana en el piso de arriba. Abajo había dos ventanas a ambos lados de la puerta principal.

Papá no detuvo el carro cargado delante de la puerta sino que dobló la esquina por la calle segunda, que era simplemente una carretera, y condujo los caballos hasta la puerta del cobertizo. Allí había un sólido establo de madera con una hacina junto a él y, un poco más lejos, en la calle segunda, Laura observó que había una casa recién construida con tablones nuevos. El establo y el almacén de papá ya eran unos edificios antiguos, como los demás de la calle mayor, que habían adquirido un tono grisáceo.

—Bueno, ya hemos llegado —dijo papá—. Pronto estaremos instalados.

Papá desató a Ellen, la vaca, y a su ternero de la parte posterior de la carreta, y Laura los condujo al establo mientras papá descargaba el vehículo. Luego llevó la carreta al establo y allí empezó a desenganchar los caballos.

La puerta interior del cobertizo se abría bajo la escalera que llevaba a la estancia de la parte de atrás de la casa. La estrecha habitación trasera sería, claro está, la cocina. Tenía una ventana en el otro extremo que daba a la calle segunda, solares vacíos a los lados y una pequeña tienda disponible. Más allá, al noreste de la pradera, Laura divisaba la estación de dos pisos.

Mamá se quedó de pie en el centro de la sala de delante estudiando dónde colocar las cosas.

En aquella habitación grande y vacía había una estufa de car-

49

bón y un escritorio y una silla de las que hacen juego con el mueble.

—¡Oh! ¿De dónde han salido este escritorio y esta silla? —preguntó Laura.

—Son de papá —dijo mamá—. El nuevo socio del juez Carroll tiene un escritorio y por eso el juez Carroll le dio a papá su viejo escritorio con la silla y la estufa de carbón como parte del pago del alquiler.

El escritorio tenía cajones y una parte superior con casilleros bajo una cubierta flexible y curva hecha de estrechos listones de madera, que se podía abrir y cerrar según se subiera o bajara.

—Pondremos las mecedoras junto a la otra ventana —continuó diciendo mamá—. De esta manera Mary tendrá sol toda la tarde y yo podré leeros hasta el ocaso. Esto será lo primero que hagamos para que Mary pueda acomodarse y distraer a Grace con el fin de que no corretee por aquí en medio.

Mamá y Laura colocaron las mecedoras junto a la ventana. Luego introdujeron la mesa lentamente por la puerta y la pusieron entre la estufa de carbón y la puerta que daba a la cocina.

—Éste será el sitio más caliente para comer —dijo mamá.

—Mamá, ¿podemos colgar las cortinas ahora? —preguntó Laura.

Las ventanas eran como dos ojos extraños mirando hacia el interior. Por la calle pasaban personas desconocidas y, al otro lado de la calle, se alzaban los edificios de las tiendas que ellas no dejaban de mirar. Allí estaba la ferretería de Fuller con la farmacia al lado y la sastrería de Power y el colmado de Loftus con su mercería y mercancías al por mayor.

—Sí. Cuanto antes mejor —dijo mamá desempaquetando las cortinas y ayudando a Laura a colgarlas.

Mientras las colocaban pasó un carromato y de repente vieron bajar por la calle segunda a cinco o seis niños y a unas cuantas niñas un instante después.

—Por hoy ya han terminado las clases —dijo mamá—. Mañana tú y Carrie iréis al colegio —su voz expresaba alegría.

Laura no respondió. Nadie sabía el pavor que le causaba hablar con desconocidos. Nadie sabía de las palpitaciones de su pecho y del extraño cosquilleo que sentía en el estómago cuando tenía que saludar a un desconocido. No le gustaba el pueblo. No quería ir a la escuela.

Era injusto que tuviera que ir. Mary quería ser maestra pero no podía porque era ciega. Laura no quería enseñar pero tenía que hacerlo para complacer a mamá. Seguramente se pasaría la vida rodeada de gente extraña y dando clase a niños desconocidos. Siempre sentiría miedo y siempre tendría que ocultarlo.

¡No! Papá había dicho que no tenía que tener miedo y no lo tendría. Sería valiente aunque le costara la vida. Pero aunque se sobrepusiera al miedo, seguiría sin gustarle la gente desconocida. Ella sabía muy bien cómo reaccionaban los animales. Los comprendía y sabía lo que pensaban, pero con las personas nunca estaba segura de nada.

Fuera lo que fuere, las cortinas privaban a los extraños ver el interior de la casa. Carrie había colocado las sillas alrededor de la mesa. El suelo era de tablones de madera de pino brillante y limpia y aquella habitación grande quedó muy acogedora cuando mamá y Laura colocaron las alfombras de tejido trenzado frente a cada puerta.

Papá estaba montando el fogón en la cocina. Cuando hubo acabado de encajar el tubo, recto y sólido, introdujo el armario de la despensa y lo colgó en la pared al otro lado de la puerta.

—Ya está —dijo—. La cocina y la despensa quedan cerca de la mesa de la otra habitación.

—Muy bien, Charles. Muy bien pensado —le dijo mamá—. Cuando hayamos instalado las camas arriba, habremos terminado.

Papá entregaba los armazones de las camas a mamá y a Laura y ellas los izaban a través de la trampilla que había en lo alto de la escalera. Papá también hizo pasar por la abertura los colchones de plumas, las mantas, los edredones y las almohadas y, después, Carrie fue a rellenar los jergones con heno porque en aquellas tierras nuevas en las que todavía no se había cultivado grano, no había paja.

Bajo el techo del desván una pared delgada dividía dos habitaciones. La ventana de una habitación daba al oeste y la otra al este. Desde la ventana que daba al este, en lo alto de la escalera, mamá y Laura podían ver el horizonte lejano y la pradera, la casa nueva y el establo, y a papá y a Carrie rellenando con heno los jergones.

—Papá y yo dormiremos en esta habitación cerca de la escalera —decidió mamá—. Vosotras, niñas, podéis instalaros en la de delante.

Montaron los armazones de las camas y luego colocaron los listones. Después papá les dio los gruesos y crujientes jergones y los colocaron sobre los listones y Laura y Mary hicieron las camas mientras mamá bajaba a la cocina a preparar la cena.

El sol del crepúsculo brillaba a través de la ventana orientada al oeste e inundaba toda la estancia con una luz dorada. Las niñas nivelaron los crujientes jergones y después pusieron encima los colchones de pluma y les dieron palmaditas para alisarlos. Luego, una a cada lado de la cama, extendieron las sábanas, las mantas y los edredones, estirándolos por un igual y remetiéndolos por las esquinas hasta formar un cuadrado. Acto seguido cada una colocó una almohada y la cama estuvo lista.

Cuando estuvieron hechas las tres camas ya no había nada más que hacer.

Laura y Carrie permanecieron de pie junto a la ventana contemplando la luz de la puesta de sol de cálidos colores. Papá y mamá se encontraban abajo en la cocina hablando y en la calle charlaban dos hombres desconocidos. Un poco más lejos, pero no mucho más, alguien silbaba una melodía y además de este sonido, se oían muchos otros pequeños ruidos que, conjuntamente, formaban el rumor de un pueblo vivo.

Por detrás de las fachadas de las tiendas salía humo. La calle segunda, más allá de la ferretería de Fuller, cruzaba la pradera hacia el oeste hasta llegar a un edificio solitario enclavado sobre la hierba muerta. Éste tenía cuatro ventanas y el sol poniente brillaba a través de ellas por lo que debía de haber otras ventanas al otro lado. La entrada, cubierta de tablones, sobresalía como una nariz prominente al final del tejado de dos aguas y del tubo de la estufa del que no salía humo alguno.

—Imagino que aquel edificio será la escuela —dijo Laura.

—Cómo me gustaría que no tuviéramos que ir al colegio —dijo Carrie casi en un susurro.

—Pues me temo que tendremos que ir —respondió Laura.

Carrie la miró perpleja.

—¿No estás… asustada?

—No hay por qué asustarse —respondió Laura con desparpajo—. Y aunque hubiera una razón para asustarse, nosotras no lo haríamos.

El piso de abajo estaba atemperado por el calor que desprendía el fogón y mamá comentaba que aquella casa estaba tan bien construida que con muy poco fuego se calentaba. Ella se encontraba preparando la cena y Mary ponía la mesa.

—No necesito ayuda ninguna —dijo Mary contenta—. El armario está en otro lugar pero mamá ha colocado los platos en los mismos estantes de siempre y no tengo ninguna dificultad en encontrarlos.

La sala de delante lucía espaciosa a la luz del quinqué cuando mamá colocó éste en medio de la mesa. Las cortinas color crema, el escritorio y la silla barnizados, los cojines sobre las mecedoras, las alfombras y el mantel rojo, la madera de pino color natural del suelo, las paredes y el techo, conseguían que la casa tuviera un aspecto alegre. El suelo y las paredes eran tan sólidos que no penetraba ni una corriente de aire.

—Me gustaría tener un lugar como éste en el campo —dijo Laura.

—Yo estoy contenta de tenerlo aquí en el pueblo para que vosotras, niñas, podáis ir al colegio este invierno —puntualizó mamá—. Con mal tiempo, no podríais ir andando cada día al colegio desde la cabaña.

—Para mí es una tranquilidad estar en un lugar desde el que podemos obtener en cualquier momento carbón y provisiones —declaró papá—. El carbón calienta más que la leña a veces medio hueca. Almacenaremos suficiente carbón en el cobertizo para que nos dure lo que dure la tormenta y, si hace falta, siempre puedo conseguir más combustible en el almacén de madera. Aquí en el pueblo no hay peligro de que nos quedemos sin ningún tipo de provisiones.

—¿Cuánta gente vive ahora en el pueblo? —preguntó mamá.

Papá hizo un recuento:

—Hay catorce tiendas y la estación. Después están las casas de los Sherwood, los Garland y los Owen. Esto suma dieciocho familias, sin contar las tres o cuatro cabañas de los callejones. También están los chicos Wilder, que se han instalado en su almacén y hay un hombre llamado Foster que ha venido con su yunta de bueyes a vivir al pueblo y está instalado en casa de Sherwood. Si los sumamos todos, debe de haber unas setenta y cinco u ochenta personas.

—Y pensar que el otoño pasado no había ni un alma —dijo mamá y, sonriendo a papá, añadió—: Me alegro de que por fin veas la parte positiva en el hecho de vivir en un sitio fijo, Charles.

Papá tuvo que admitir que mamá tenía razón pero añadió:

—Por otro lado, todo esto cuesta dinero y éste va más escaso que los dientes de las gallinas. El único lugar en donde un hombre puede ganarse unos dólares por día es en el ferrocarril y en este momento no contratan a nadie. Y lo único que se puede cazar por los alrededores son conejos. Ahora convendría instalarse en Oregón, aunque aquellas tierras pronto serán colonizadas.

—Sí, pero ahora es el momento de que las niñas vayan al colegio —concluyó mamá con firmeza.

Capítulo nueve

CAP GARLAND

Laura no durmió bien. Pasó la noche pensando que el pueblo la asfixiaba y que a la mañana siguiente tenía que ir a la escuela. Cuando se despertó oyó pasos y voces de hombres desconocidos bajo su ventana. Estaba atemorizada. El pueblo también se despertaba. Los tenderos abrían sus comercios.

Las paredes de la casa mantenían a los extraños en el exterior, pero Laura y Carrie estaban desesperadas por tener que salir de la casa y conocer gente nueva. Y Mary estaba triste porque no podía ir a la escuela.

—Laura y Carrie, no hay ningún motivo para que estéis preocupadas —dijo mamá—. Estoy segura de que seguiréis bien las clases.

Ambas miraron a mamá sorprendidas. Ella les había enseñado tan bien que no dudaban de poder seguir las clases sin dificultad. No era aquello lo que las angustiaba. Sin embargo, se limitaron a responder:

—Sí, mamá.

Se dieron prisa en fregar los platos y hacer las camas y Laura barrió el dormitorio precipitadamente. Después se pusieron los vestidos de lana de invierno y, muy nerviosas, se peinaron y se hicieron las trenzas. Se anudaron las cintas para el pelo de los domingos y con el abrochador de acero de zapatos se abotonaron las botas.

—Daos prisa, niñas —gritó mamá—. Son más de las ocho.

En aquel momento Carrie estaba tan nerviosa que hizo saltar un botón de su zapato. Éste cayó, rodó por el suelo y fue a meterse en una ranura del piso desapareciendo en el acto.

—¡Oh! Lo he perdido —exclamó Carrie.

Estaba desesperada. No podía presentarse delante de unos extraños con aquel agujero negro que había dejado el botón perdido de su zapato.

—Tendremos que quitar un botón del zapato de Mary —dijo Laura.

Pero mamá, que había visto caer el botón, lo encontró y lo cosió ayudando después a Carrie a abrocharlo.

Por fin estuvieron listas.

—Estáis muy guapas —dijo mamá sonriente.

Las niñas se pusieron los abrigos y los gorros y cogieron los libros. Se despidieron de mamá y de Mary y salieron a la calle mayor.

Todas las tiendas estaban abiertas. El señor Fuller y el señor Bradley habían terminado de barrer y estaban de pie frente a sus respectivas puertas sosteniendo las escobas y contemplando la mañana. Carrie asió la mano de Laura. Aquel gesto confortó a Laura y le dio a entender que Carrie estaba aún más asustada que ella.

Se armaron de valor y cruzaron la ancha calle mayor para continuar avanzando por la calle segunda. El sol resplandecía. Enmarañados montones de hierba muerta dibujaban sombras a lo largo de las roderas de los carros. Sus propias sombras alargadas se proyectaban delante de ellas sobre las huellas del sendero. El trayecto hasta la escuela, situada en medio de la pradera sin ningún otro edificio a su alrededor, se les hizo muy largo.

Frente a la escuela había unos niños desconocidos que jugaban a la pelota así como dos niñas, también desconocidas, que permanecían de pie en la plataforma de la puerta de entrada.

Laura y Carrie se acercaban cada vez más. Laura tenía la garganta tan seca que casi no podía respirar. Una de las niñas desconocidas era alta y de tez oscura. Su sedoso cabello negro formaba un gran moño en la nuca. Su vestido de percal azul era más largo que el de color marrón de Laura.

De pronto, Laura observó cómo uno de los muchachos daba un gran salto para alcanzar una pelota. Era alto y ágil y sus movimientos tan elegantes como los de un gato. Su cabello rubio teñido por el sol parecía casi de color blanco y sus ojos eran azules. Al ver a Laura, aquellos ojos se abrieron desmesuradamente. Después hizo un gesto que iluminó toda su cara y le lanzó la pelota a Laura.

Ella vio cómo la pelota dibujaba un semicírculo por los aires y se acercaba veloz. Sin pensarlo, echó a correr y la cogió al vuelo.

Los otros muchachos gritaron:

—Oye, Cap, las niñas no juegan a la pelota.

—No creí que la alcanzara —respondió Cap.

—No quiero jugar —díjo Laura devolviéndole la pelota.

—Es tan buena como cualquiera de nosotros —dijo Cap—. Anda, ven a jugar —le dijo a Laura y después dirigiéndose a las otras niñas añadió—: ¡Venid, Mary Power y Minnie! Vosotras también podéis jugar con nosotros.

Pero Laura recuperó los libros que había dejado en el suelo y, asiendo de nuevo la mano de Carrie, se reunieron ambas con las otras niñas junto a la puerta del colegio. Aquellas niñas, claro está, no jugaban con los muchachos. Laura no comprendía por qué había hecho aquello y ahora se sentía avergonzada y temerosa de lo que pudieran pensar de ella las demás niñas.

—Yo me llamo Mary Power —dijo la niña de tez oscura—. Y ella es Minnie Johnson.

Minnie Johnson era alta, rubia, pálida y pecosa.

—Yo me llamo Laura Ingalls —dijo Laura—, y ésta es mi hermana pequeña, Carrie.

Los ojos de Mary Power sonrieron. Eran unos ojos de color azul oscuro ribeteados por unas largas y negras pestañas.

Laura le devolvió la sonrisa y decidió que mañana se peinaría como ella y le pediría a mamá que le alargara el vestido tal como el de Mary.

—El que te ha lanzado la pelota es Cap Garland —dijo Mary Power.

No hubo tiempo de decirse nada más pues apareció la profesora con una campanilla en la mano y todos tuvieron que entrar en la escuela.

Colgaron sus abrigos y sus gorros de unos clavos que formaban una hilera en la entrada. En un rincón se encontraba la escoba y el cubo sobre el banco. Después entraron en la clase.

En el aula todo era tan nuevo y reluciente que Laura volvió a sentir timidez y notó cómo Carrie se le acercaba aún más. Los pupitres, todos nuevos, estaban recién barnizados. Parecían de cristal. Las patas eran de hierro negro y los asientos estaban ligeramente curvados. También lo estaba el respaldo que formaba parte del pupitre. La superficie del pupitre tenía unas hendiduras para poner los lápices y, debajo de la tapa, había unos estantes para colocar libros y la pizarra.

Aquella gran habitación contenía doce pupitres alineados en dos filas; una a cada lado. En el centro había una gran estufa con cuatro pupitres delante y cuatro detrás. Casi todos aquellos asientos estaban vacíos. En la fila de las niñas, Mary Power y Minnie Johnson se sentaban juntas en uno de los pupitres del fondo de la clase. Cap

Garland y otros tres chicos mayores se sentaban en unos pupitres también en el fondo de la clase pero en la fila de los muchachos. Unos cuantos niños y niñas pequeños se sentaban en los pupitres de delante. Hacía una semana que todos ellos habían empezado la escuela y sabían cuáles eran sus sitios, pero Laura y Carrie todavía no lo sabían.

La maestra les dijo:

—¿Sois nuevas, verdad?

La maestra era una mujer sonriente con un flequillo rizado. El corpiño de su vestido negro se abrochaba por delante con una fila de botones de azabache relucientes. Laura le dijo cómo se llamaban y ella añadió:

—Yo soy Florence Garland. Vivimos detrás de la casa de vuestro padre en la calle paralela.

Así que Cap Garland era hermano de la maestra y vivían en aquella casa nueva en la pradera, más allá del establo.

—¿Conoces el cuarto libro de lectura? —preguntó la maestra.

—Oh, sí, señorita —respondió Laura que en verdad se sabía de memoria cada palabra de aquel libro.

—Entonces veremos cómo te va con el quinto —decidió la maestra indicándole que se sentara en un pupitre de la hilera del centro al otro lado de Mary Power.

A Carrie la colocó delante, cerca de las niñas más pequeñas. Después, la señorita se dirigió a su mesa y dio unos golpecitos con la regla.

—Presten atención —dijo abriendo la Biblia—. Esta mañana empezaremos leyendo el vigésimo tercer salmo.

Laura, claro está, se sabía aquel salmo de memoria pero le encantaba oír una vez más cada una de sus palabras, desde: «El Señor es mi pastor: No desearé…» hasta: «…Sin duda la bondad y la piedad irán conmigo todos los días de mi vida. Y habitaré en la casa del Señor para siempre».

La maestra cerró la Biblia y los alumnos abrieron los libros de texto sobre sus pupitres. El trabajo escolar había comenzado.

A Laura cada día le gustaba más el colegio. No tenía compañera de pupitre, pero a la hora del recreo y al mediodía se reunía con Mary Power y con Minnie Johnson. A la salida de la clase se dirigían juntas hacia la calle mayor y al final de aquella primera semana ya se reunieron por la mañana y caminaron hacia la escuela también juntas. Cap Garland les pidió dos veces que jugaran con ellos a pelota durante el recreo, pero ellas permanecieron dentro de la escuela y observaron el juego desde la ventana.

El muchacho de ojos pardos y cabello castaño era Ben Woodworth y vivía en la estación. Su padre era un hombre enfermizo a quien el año anterior el padre de Laura había enviado al oeste con el último carromato para hacer una cura de salud. La «cura de la pradera» casi le había sanado sus delicados pulmones y poco tiempo después regresó para repetir la cura de nuevo. Ahora era el jefe de estación.

El otro muchacho era Arthur Johnson. Era delgado y rubio como su hermana Minnie. Cap Garland era el más fuerte y rápido de todos. Desde el interior del edificio, Laura, Mary y Minnie observaban cómo Cap lanzaba la pelota y saltaba por los aires para cogerla. No era tan guapo como Ben, el de los cabellos negros, pero había algo especial en él. Siempre estaba de buen humor y su sonrisa era como un rayo de luz, como el sol cuando sale al amanecer y lo cambia todo.

Mary Power y Minnie ya habían ido a la escuela en el este; sin embargo, a Laura no le pareció difícil seguir las lecciones. Cap Garland también era del este pero ni siquiera en matemáticas podía superar a Laura.

Cada noche después de cenar, Laura colocaba sus libros y su pizarra encima de la mesa cubierta con un mantel de cuadros rojos y blancos, y a la luz del quinqué estudiaba con Mary las lecciones del día siguiente. Leía los problemas de aritmética en voz alta y Mary intentaba resolverlos en su cabeza mientras Laura los solucionaba en la pizarra. También le leía a Mary las lecciones de historia y de geografía hasta que ambas eran capaces de responder a cada una de las preguntas. Si algún día papá llegaba a reunir suficiente dinero para enviar a Mary a la universidad para invidentes, la chica tenía que estar bien preparada.

—Y aunque nunca pueda ir a la universidad —dijo Mary—, me gusta mucho aprender.

A Mary, a Laura y a Carrie les gustaba tanto el colegio que lamentaban que llegaran el sábado y el domingo. Deseaban que fuera lunes. Pero cuando llegaba el lunes, Laura se enfadaba porque su ropa interior de franela roja le daba mucho calor y le picaba. Le irritaba la piel de la espalda, del cuello y de las muñecas y, allí donde ceñía sus tobillos debajo de las medias, aquella franela roja casi la volvía loca.

Al mediodía le rogó a mamá que le dejara poner una ropa interior más fresca.

—Hace demasiado calor para llevar la ropa interior de franela roja —protestó.

—Ya sé que hace calor —respondió mamá cariñosa—, pero ahora

estamos en la época de llevar ropa interior de franela y, si te la quitaras, pillarías un resfriado.

Laura regresó a la escuela de mal humor y toda la tarde estuvo revolviéndose en el asiento porque no se podía rascar. Tenía el libro de geografía abierto frente a ella pero no estudiaba. Intentaba resistir a la picazón de la franela y no deseaba otra cosa que volver a casa para poder rascarse. Los últimos rayos de sol, que entraban por las ventanas que daban al oeste, nunca habían tardado tanto en aparecer.

De pronto desapareció la luz del sol. Desapareció como si alguien la hubiera apagado de un soplo como se apaga un quinqué. Afuera todo se tornó gris. Los cristales de las ventanas también se habían vuelto grises y, en aquel mismo instante, una ráfaga de viento chocó contra el edificio de la escuela haciendo temblar, con su fuerza, las ventanas, las puertas y las paredes.

La señorita Garland alzó la cabeza desde su silla. Una de las niñas Beardsley emitió un grito y Carrie palideció.

Laura pensó: «Las Navidades durante las cuales papá se perdió en Plum Creek sucedió lo mismo». Le dio un brinco el corazón y deseó que su padre estuviera a salvo en casa.

La maestra y todos los niños miraban fijamente por las ventanas desde donde todo se veía de color gris. La expresión de sus rostros era de espanto.

Entonces la señorita Garland dijo:

—Sólo es una tormenta, niños. Seguid estudiando la lección.

La tempestad azotaba las paredes y el viento silbaba y rugía por el tubo de la estufa.

Todas las cabezas estaban inclinadas sobre el libro tal como lo había ordenado la maestra. Pero Laura intentaba averiguar cómo llegaría a casa. La escuela estaba bastante lejos de la calle mayor y en medio no había nada que les sirviera de guía.

Los demás niños habían llegado aquel verano desde el este. Nunca habían visto una tormenta de las praderas. Pero Laura y Carrie sí la habían visto. La cabeza de Carrie estaba recostada con desmayo sobre su libro, y su nuca, con la partición de las trenzas de aquel cabello tan fino y suave, se veía pequeña y desamparada.

En el colegio quedaba poco combustible. La administración había comprado carbón pero únicamente había llegado la primera remesa. Laura pensó que pasarían la tormenta en el aula pero no podrían sobrevivir sin quemar aquellos pupitres tan caros.

Sin levantar la cabeza, Laura miró a la maestra. La señorita Garland estaba pensando y se mordía el labio. No podía cancelar el curso a causa de la tormenta y se la veía preocupada.

«Tendría que indicarle lo que hay que hacer», pensó Laura, pero ella tampoco lo sabía. Abandonar el colegio no era prudente y quedarse allí tampoco. Incluso pensaba que los doce pupitres quizá no bastarían hasta el final de la tormenta. Pensó en su abrigo y en el de Carrie que estaban en la entrada. Pasara lo que pasara, tenía que mantener a Carrie abrigada. En aquel momento ya empezaba a penetrar el frío en la clase.

De pronto se oyeron unos fuertes golpes en la puerta de entrada. Todos los alumnos miraron hacia la puerta cerrada.

Ésta se abrió y entró un hombre tambaleándose. Llevaba el grueso abrigo, el gorro y la bufanda cubiertos de nieve, que se había incrustado en la lana. No pudieron averiguar de quién se trataba hasta que se quitó la tiesa bufanda.

—He venido a buscarles —le dijo a la maestra.

Era el señor Foster, el hombre que tenía la yunta de bueyes y había venido al pueblo a pasar el invierno en casa de los Sherwood, que vivían frente a la casa de la maestra.

La señorita Garland le dio las gracias. Después, dando unos golpes en la mesa con la regla, dijo:

—Atención. Por hoy se han terminado las clases. Id a buscar vuestros abrigos a la entrada y ponéoslos junto a la estufa.

Laura le dijo a Carrie:

—Quédate aquí. Yo traeré tus cosas.

En la entrada hacía un frío terrible. La nieve penetraba por las grietas de los rústicos tablones de las paredes. A Laura le entró frío antes de poder descolgar su abrigo y su gorro. También encontró las cosas de Carrie y regresó al aula con ellas sobre el brazo.

Todos se abrigaron bien apiñados alrededor de la estufa. Cap Garland no sonreía. Sus ojos se entrecerraron y su boca se puso tirante mientras escuchaba hablar al señor Foster.

Laura envolvió bien la bufanda alrededor del pálido rostro de Carrie y la agarró fuertemente de la mano enguantada. Le dijo:

—No te preocupes. No nos sucederá nada.

—Bueno, seguidme —dijo el señor Foster cogiendo el brazo de la señorita—. No os separéis. Quedaos bien juntos.

Abrió la puerta e inició el camino con la señorita Garland. Mary Power y Minnie asieron de la mano cada una a una de las niñas Beardsley. Ben y Arthur les seguían de cerca. Luego Laura y Carrie salieron a la cegadora nieve. Cap cerró la puerta a su espalda.

Casi no podían caminar contra aquel viento que les azotaba y formaba remolinos. La escuela ya había desaparecido. No podían ver nada más que la blancura de los remolinos de nieve y a los demás que desaparecían como sombras. Laura sintió que se ahogaba. Las partículas de hielo le arañaban los ojos y perdía la respiración. Su falda se ceñía tanto alrededor de sus piernas que casi no podía dar un paso, luego, revoloteaba y se levantaba hasta las rodillas. De pronto, la falda envolvió sus piernas haciéndola tropezar. Se agarró fuertemente a Carrie y ésta, tambaleándose y luchando por no perder el equilibrio, se alejó un poco empujada por el viento para volver de golpe a chocar contra Laura.

«No podemos continuar así», pensó Laura. Pero no había otro remedio.

Se encontró sola en medio de la turbulencia de los remolinos del viento y la nieve pero siempre sujetando la mano de Carrie que no debía soltar por nada del mundo. El viento la empujaba de aquí para allá. No podía ver ni respirar. Tropezó una vez más y cayó. De pronto, sintió que alguien la levantaba y entonces Carrie se aplastó contra ella. Laura intentó pensar. Los demás tenían que estar en algún lugar delante de ellas. Tenía que andar más deprisa y no dejar que los demás se alejaran, de lo contrario, ella y Carrie se perderían. Si se perdían en la pradera, morirían congeladas.

Pero a lo mejor ya todos se habían perdido. La calle mayor sólo constaba de dos manzanas. Si se desviaban un poco hacia el norte o hacia el sur, superarían la manzana con las tiendas, y más allá tan sólo había pradera durante millas y millas.

Laura creyó que estarían a la altura de la calle mayor pero no veía nada.

La tormenta amainó un poco. Laura vio las siluetas de unas figuras delante de ella. Eran de color gris oscuro entre los remolinos de un gris blanquecino. Aceleró el paso todo lo que pudo, arrastrando a Carrie de la mano hasta tocar el abrigo de la señorita Garland.

Todos se habían detenido. Arrebujados en sus abrigos y muy juntos, parecían fardos en medio del torbellino de niebla. La maestra y el señor Foster intentaban hablar pero el viento ahogaba sus gritos y nadie podía oír lo que decían. Entonces Laura empezó a constatar el enorme frío que la embargaba.

Su mano enguantada estaba tan entumecida que no notaba la mano de Carrie. Tiritaba toda ella y, en su interior, el temblor era tal, que no podía detenerlo. Únicamente en el centro mismo de su cuerpo sentía un nudo muy tirante que el temblor aún apretaba más y el dolor se hacía insoportable.

Estaba muy asustada pensando en Carrie. El frío era muy dañino y Carrie no lo resistiría. Carrie era pequeña y delgada y siempre había sido tan delicada que no aguantaría este frío por mucho tiempo más. Tenían que llegar pronto a un refugio.

El señor Foster y la maestra echaron a andar otra vez desviándose un poco hacia la izquierda. Los demás se apresuraron a seguirles. Laura agarró a Carrie con la mano que había metido un momento en el bolsillo del abrigo y que no estaba tan entumecida. Entonces vio pasar una silueta. Supo que se trataba de Cap Garland.

Éste no se dirigía hacia la izquierda como los demás. Con las manos en los bolsillos y la cabeza gacha avanzaba hacia la tormenta en línea recta. Arreció el viento y Cap desapareció entre el aire cargado de nieve.

Laura no se atrevió a seguirle. Tenía que cuidar de Carrie y, además, la maestra les había dicho que la siguieran. Estaba segura de que Cap se dirigía a la calle mayor pero quizá se equivocaba y ella no debía alejar a Carrie de los demás.

Apretó fuertemente la mano de Carrie y se apresuró a alcanzar al señor Foster y a la maestra. Su pecho intentaba inspirar aire y sus ojos se esforzaban por mantenerse abiertos a pesar de las partículas de hielo que la herían como si fuera arena. Carrie luchaba valiente tropezando, tambaleándose e intentando no caer y seguir avanzando como mejor pudiera. Únicamente a veces, durante unos instantes, cuando la nieve clareaba un poco, podían distinguir las sombras que avanzaban delante de ellas.

Laura intuyó que se habían equivocado de dirección pero no sabía por qué. Nadie podía ver nada. No tenían nada que les guiase. Ni el sol, ni el cielo, ni la dirección del viento que soplaba ferozmente en todas las direcciones. No había nada más que el remolino de nieve aturdidor y el frío.

Parecía que el frío y el viento, el ruido del viento y la cegadora, asfixiante y lacerante nieve, y el esfuerzo y el dolor no terminarían nunca. Papá sobrevivió durante tres días de tormenta bajo una loma en Plum Creek. Pero aquí no había lomas. Aquí no había nada más que la desnuda pradera. Papá había dicho que las ovejas durante las tormentas se agrupaban bajo la nieve. Algunas de ellas sobrevivían. Quizá las personas podrían hacer lo mismo. Carrie estaba demasiado cansada para seguir mucho trecho más y Laura no la podía llevar en brazos porque pesaba demasiado. Tenían que continuar mientras pudieran y después…

De pronto, Laura chocó con algo que había surgido del blanco remolino de nieve. Recibió el golpe en los hombros y contra todo su cuerpo. Se tambaleó y fue a caer contra algo sólido. Se trataba quizá de un poste alto, duro, pero era el ángulo formado por dos muros.

Sus manos lo palparon, sus ojos lo vieron. Había ido a estrellarse contra un edificio.

Entonces gritó con todas sus fuerzas:

—¡Aquí! ¡Venid aquí! ¡Aquí hay una casa!

Alrededor de la casa, el viento bramaba y de momento nadie la oyó. Laura se quitó la bufanda que cubría su boca y volvió a gritar en la cegadora tormenta. Por fin vio acercarse a una sombra. Eran dos siluetas más delgadas que el muro fantasmagórico al que se aferraba: el señor Foster y la señorita. Después la rodearon otras sombras.

Nadie intentó hablar. Se acercaron mucho los unos a los otros y comprobaron que todos estaban allí: Mary Power y Minnie, cada una llevando de la mano a una de las niñas Beardsley, Arthur Johnson y Ben Woodworth acompañando a los niños Wilmarth. Sólo faltaba Cap Garland.

Bordearon el edificio hasta llegar a la fachada. Se trataba del hotel del señor Meads, que estaba situado muy al norte de la calle mayor.

Más allá no había nada excepto las vías del tren cubiertas de nieve, la estación solitaria y la vasta pradera. Si Laura se hubiera encontrado tan sólo a unos pasos más cerca de los demás, todos se habrían perdido en la interminable pradera al norte del pueblo.

Durante unos momentos se quedaron mirando a través de las ventanas del hotel iluminadas por unos quinqués. En el interior del hotel les esperaba el calor y el descanso pero la tormenta arreciaba y todos tenían que llegar a sus casas.

La calle mayor les guiaría a todos menos a Ben Woodworth. Entre el hotel y la estación donde vivía él no había ningún otro edificio. Así pues, Ben entró en el hotel para esperar a que la tormenta pasara. Él se lo podía permitir porque su padre tenía un empleo fijo.

Minnie y Arthur Johnson y los niños Wilmarth sólo tenían que cruzar la calle mayor para alcanzar el colmado del señor Wilmarth y su casa estaba al lado. Los demás continuaron por la calle mayor arrimándose a los edificios. Pasaron por delante del bar, por delante del almacén de Royal Wilder y después por la tienda de ultramarinos de Baker. El siguiente edificio era el hotel Beardsley y allí se quedaron las pequeñas Beardsley.

El viaje estaba a punto de llegar a su fin. Pasaron por delante de la ferretería del señor Couse y cruzaron la calle segunda donde estaba la ferretería de Fuller. Ahora, Mary Power únicamente tenía que superar la farmacia. La sastrería de su padre estaba al lado.

Laura, Carrie, el señor Foster y la maestra debían cruzar la calle mayor. Era una calle ancha, pero si pasaban de largo de la casa de papá, todavía quedaban las hacinas y el establo antes de perderse en la pradera abierta.

No rebasaron la casa. Una de las ventanas iluminadas desprendía un resplandor que el señor Foster distinguió antes de chocar con la casa. Siguió con la maestra hacia la casa de los Garland bordeando la casa de papá y guiándose por la cuerda del tendedero, las hacinas y el establo.

Laura y Carrie llegaron sanas y salvas a la puerta de su casa. Las manos de Laura buscaron a tientas el picaporte que no pudo utilizar porque estaba atascado por la nieve. Papá abrió la puerta y las ayudó a entrar.

Llevaba puesto el abrigo, el gorro y la bufanda. Había encendido el farol y había dejado caer al suelo una cuerda.

—Me disponía a salir a buscaros —dijo.

En la casa silenciosa y tranquila Laura y Carrie permanecieron en pie respirando profundamente. ¡Qué silencio allí donde el viento no las empujaba ni las zarandeaba! Todavía estaban medio ciegas pero los remolinos de nieve helada ya no les herían los ojos.

Laura sintió las manos de mamá rompiendo el hielo adherido a la bufanda y dijo:

—¿Está bien Carrie?

—Sí. Carrie está bien —respondió papá.

Mamá le quitó el gorro a Laura y le desabrochó el abrigo; le ayudó a quitárselo tirando de las mangas.

—Estas ropas están llenas de hielo —dijo mamá.

Al sacudirlas, el hielo se rompía crujiendo y unos pequeños montoncillos de nieve cayeron al suelo.

—Bueno —sentenció mamá—. Bien está lo que bien acaba. No os habéis congelado. Podéis acercaros al fuego y calentaros.

Laura no podía casi moverse pero se agachó y con sus dedos desenganchó la nieve apelmazada que el viento había metido entre las medias de lana y los zapatos. Luego se acercó tambaleante a la estufa.

—Siéntate aquí —dijo Mary levantándose de su mecedora—. Es donde hace más calor.

Laura se sentó. Estaba agarrotada. Se sentía paralizada y estúpida. Se frotó los ojos y en sus manos apareció una mancha de color rosa. Le sangraban los párpados allí donde el hielo los había arañado. Los lados de la estufa de carbón estaban al rojo vivo y Laura podía sentir el calor en su piel pero tenía frío dentro del cuerpo. El calor del fuego no podía llegar a paliar aquel frío.

Papá estaba sentado cerca de la estufa con Carrie en sus rodillas.

Le había quitado los zapatos para asegurarse de que no tenía helados los pies y la mantenía envuelta en un gran chal. El chal tiritaba con el cuerpo tembloroso de Carrie.

—No puedo calentarrne, papá —dijo.

—Habéis pasado mucho frío. En un minuto tendré algo caliente para beber —intervino mamá dirigiéndose a la cocina apresuradamente.

Al poco rato les trajo una taza de té de jengibre humeante.

—Oh, qué bien huele —dijo Mary, y Grace se apoyó sobre la rodilla de Laura mirando la taza con cara de ansiedad hasta que Laura le dejó dar un sorbo y papá dijo:

—¿Te preguntas por qué no hay más té de éste para todos?

—Quizá sí lo haya —dijo mamá regresando a la cocina.

Era maravilloso estar a salvo en casa, al abrigo del viento y del frío. Laura pensó que aquello era un poco como estar en el cielo en donde los que están cansados encuentran el reposo. No podía pensar que el cielo fuera mejor que lo que tenían ahora, calentándose poco a poco, cómodamente, dando pequeños sorbos de aquel té de jengibre dulce y caliente, viendo a mamá y a Grace y a papá y a Carrie y a Mary, todos disfrutando de su taza de té y oyendo la tormenta que allí dentro no podía alcanzarles.

—Me alegro de que no hayas tenido que salir a buscarnos, papá —dijo Laura medio adormecida—. Yo deseaba que estuvieras a salvo.

—Así es —le dijo Carrie a papá apretujándose contra él—. Recuerdo aquellas Navidades en Plum Creek cuando no llegabas a casa.

—Yo también lo recuerdo —dijo papá haciendo una mueca—. Cuando Cap Garland llegó a casa del señor Fuller y me dijo que os dirigíais a la pradera abierta ya puedes imaginar que preparé inmediatamente la cuerda y el farol.

—Me alegro de que hayamos llegado bien a casa —dijo Laura despertándose.

—Sí. De lo contrario habríamos convocado una partida de hombres para ir a buscaros aunque eso fuera tan difícil como encontrar una aguja en un almiar —afirmó papá.

—Será mejor que lo olvidéis —dijo mamá.

—Bueno. lo ha hecho lo mejor que ha sabido —continuó papá—. Cap Garland es un muchacho listo.

—Y ahora, Laura y Carrie, os váis a ir a la cama a descansar —dijo mamá—. Lo que necesitáis es dormir mucho.

Capítulo diez

TRES DÍAS DE TORMENTA

Cuando Laura abrió los ojos a la mañana siguiente, todos los clavos remachados del techo estaban cubiertos de una capa de escarcha blanca. Los cristales de las ventanas aparecían también enteramente cubiertos de abundante escarcha. Entre las sólidas paredes que protegían la casa de la furia de la tormenta, brillaba una luz tenue y apacible.

Carrie también estaba despierta; miró de soslayo a Laura asomando la cabeza por el embozo del edredón de su cama junto al tubo de la estufa, en la que dormían ella y Grace. Carrie soltó una bocanada de aire para comprobar la temperatura. A pesar de encontrarse junto al tubo de la estufa, el aliento se congeló en el aire. Pero aquella casa estaba tan bien construida que no había penetrado nieve ni por las paredes ni por el techo.

Laura se sentía agarrotada y dolorida. Igualmente le sucedía a Carrie, pero era ya la hora de levantarse. Laura se deslizó del calor de la cama al frío del exterior y, agarrando su vestido y sus zapatos, se precipitó escalera abajo.

—Mamá, ¿nos podemos vestir aquí abajo? —rogó, agradeciendo el calor que le proporcionaba la ropa interior de franela de color rojo que llevaba debajo del camisón.

—Sí. Papá está en el establo —respondió mamá.

La cocina desprendía calor y la luz del quinqué parecía también emitir cierta calidez. Laura se puso las enaguas, el vestido y los zapatos. Después bajó la ropa de sus hermanas y la calentó. Luego, trajo a Grace envuelta en un edredón. Cuando entró papá con un cubo de leche medio congelada, las niñas ya estaban vestidas y lavadas.

Una vez hubo recuperado el aliento y se le hubieron descongelado los bigotes, papá dijo:

—Bueno, ahora sí que ha empezado el duro invierno.

—¿Por qué dices eso, Charles? —comentó mamá—. Tú no solías preocuparte por el invierno.

—No estoy preocupado —respondió papá—, pero este invierno va a ser muy duro.

—Bueno, si es así —dijo mamá—, estamos aquí en el pueblo para poder comprar lo que necesitemos incluso en plena tormenta.

Hasta que no pasara la tormenta, la escuela permanecería cerrada. Así pues, después de terminar con las tareas del hogar, Laura, Carrie y Mary se pusieron a estudiar las lecciones y más tarde se dedicaron a coser mientras mamá les leía.

En un momento determinado, mamá levantó la vista de la lectura y aguzando el oído dijo:

—Esto tiene el aspecto de ser una tormenta de tres días de duración.

—Entonces esta semana ya no volveremos a la escuela —dijo Laura, preguntándose qué estarían haciendo Mary y Minnie.

En aquella habitación hacía por fin tanto calor que la escarcha de las ventanas se había derretido, y cuando Laura soltó una bocanada de aliento para formar una mirilla vio chocar contra el cristal los remolinos de la blanca nieve. Ni siquiera pudo distinguir la ferretería de Fuller all otro lado de la calle, a donde había ido papá a sentarse junto a la estufa y charlar con los demás hombres del pueblo.

Calle arriba, más allá de la ferretería del señor Couse, del hotel Beardsley y de la tienda de ultramarinos del señor Barker, se encontraba el almacén de piensos de Royal Wilder que en aquellos momentos estaba oscuro y frío. Con una tormenta como aquélla nadie iba a comprar pienso y, por esta razón, Royal no encendió la estufa. Pero en la habitación trasera en donde él y Almanzo vivían como dos solterones, sí estaba uno caliente y confortable y, en aquel momento Almanzo cocinaba unas tortas.

Royal debía admitir que ni siquiera su madre hacía unas tortas tan buenas como Almanzo. Cuando eran niños y vivían en el estado de York y, posteriormente, cuando vivieron en la gran granja de su padre en Minnesota, nunca imaginaron que tendrían que cocinar; esto era cosa de mujeres. Pero, desde que habían venido al oeste para colonizar la tierra, o cocinaban o se morían de hambre y fue Almanzo el que se puso a guisar, porque era mañoso en casi todo y también porque era más joven que Royal quien todavía se consideraba el jefe.

Cuando Almanzo llegó al oeste tenía diecinueve años. Pero

aquello era un secreto porque había adquirido unas tierras y, según la ley, un hombre tenía que haber cumplido los veintiún años para ser colono. Almanzo no consideraba que estuviera violando la ley y sabía que no engañaba al gobierno. A pesar de todo, si alguien averiguaba que sólo tenía diecinueve años, podían arrebatarle las tierras.

Almanzo veía el asunto de esta guisa: el gobierno quería que aquellas tierras fueran colonizadas. El Tío Sam entregaba una granja a cualquier hombre que tuviera las agallas de venir hasta aquí y trabajar esta tierra virgen. Pero los políticos, allá lejos, en Washington, no podían conocer personalmente a los colonos y por ello establecieron unas leyes para legislarlos y una de éstas establecía que un colono había de tener veintiún años cumplidos.

Ninguna de las reglas establecidas funcionaba como debía. Almanzo sabía que los hombres se ganaban un buen sueldo solicitando unas tierras con todas las condiciones legales y que después las cedían a los ricos que les pagaban un salario. En todas partes, los hombres robaban la tierra y lo hacían cumpliendo con todas las leyes requeridas. Pero entre todas las leyes de colonización, Almanzo pensaba que la de la edad del colono era la más estúpida de todas.

Todo el mundo sabe que no hay dos hombres iguales. El tejido se puede medir con una regla, o la distancia por millas, pero no se puede agrupar a los hombres y medirlos de ninguna manera. El cerebro y el carácter dependen tan sólo del propio individuo. Algunos hombres a los sesenta años no tienen el sentido común que poseen otros a los dieciséis. Y Almanzo consideraba que él era, en cualquier momento, tan cabal como cualquier hombre de veintiún años.

El padre de Almanzo también opinaba lo mismo. Un hombre tenía el derecho de que sus hijos trabajaran para él hasta que tuvieran veintiún años de edad pero el padre de Almanzo los había puesto a trabajar siendo muy jovencitos y les había formado muy bien. Almanzo aprendió a ahorrar antes de los diez años y se enfrentó como un adulto con el trabajo de la granja desde que tenía nueve años. Al cumplir los diecisiete, su padre consideró que ya era un hombre y le dejó disfrutar de su tiempo libre. Almanzo trabajó ganándose unas monedas al día y ahorró hasta que pudo comprarse semillas y herramientas. Después cultivó trigo en un terreno compartido en el oeste de Minnesota y consiguió una buena cosecha.

Por ello consideraba que era tan buen colono como requería el gobierno y que su edad no tenía nada que ver en aquel asunto. Por lo tanto le dijo al agente:

—Puede anotar que tengo veintiún años.

Y el agente, guiñándole un ojo, así lo hizo.

Ahora, Almanzo tenía sus propias tierras y también las semillas de trigo que había traído de Minnesota para el año siguiente y, si podía sobrevivir en aquellas praderas y cultivar durante cuatro años más, tendría su propia granja.

En aquel momento cocinaba las tortas no porque Royal se lo hubiese ordenado sino porque Royal no las hacía tan bien como él, y a Almanzo le gustaban las tortas de trigo sarraceno ligeras, esponjosas y con mucha melaza.

—¡Vaya tormenta! ¿Oyes el viento? —dijo Royal.

Nunca habían vivido una tormenta como aquélla.

—Aquel viejo indio sabía lo que decía —aseveró Almanzo—. No te digo nada si nos esperan siete meses así.

Las tres tortas de la sartén se llenaban de burbujas en los crujientes bordes. Almanzo les dio la vuelta con habilidad y observó cómo las orillas de color tostado se abultaban.

El aroma que desprendía la pasta se mezcló con el buen olor del cerdo salado frito y del café hirviente. En la habitación hacía calor y la luz del quinqué con la pantalla de latón que colgaba de un clavo iluminaba mucho la estancia. De las toscas paredes de troncos de madera colgaban sillas de montar y arreos. La cama estaba situada en una esquina, y habían colocado la mesa junto al calor de la estufa para que Almanzo pudiera poner las tortas en los platos blancos de hierro esmaltado sin dar un paso.

—Esto no puede durar siete meses. Es ridículo —dijo Royal—. Seguramente tendremos treguas de buen tiempo.

—Puede pasar cualquier cosa y generalmente ocurren cosas —respondió Almanzo alegremente, deslizando el cuchillo por debajo de las tortas que ya estaban listas y, volcándolas en el plato de Royal, volvió a embadurnar la sartén con grasa de cerdo.

Royal se echó abundante melaza sobre las tortas.

—Una cosa es segura —dijo—. Si los trenes no funcionan, no nos podemos quedar aquí hasta que llegue la primavera.

Almanzo vertió tres redondeles más de la mezcla en la manteca de cerdo muy caliente y se apoyó contra la pared junto al tubo de la estufa para esperar a que se hincharan las tortas.

—Habría que traer más heno —dijo— para tener suficiente forraje seco para los animales.

—¡Oh! Supongo que los trenes llegarán hasta aquí —dijo Royal—, pero si no fuera así tendríamos graves problemas. ¿Cómo lo haríamos sin carbón, sin queroseno, sin harina o sin azúcar? Imagínate, ¿cuanto durarían mis reservas de forraje si todo el pueblo se aglomera ante mi puerta para comprármelo?

Almanzo se enderezó.

—¡Oye! —exclamó—. Pase lo que pase, mi trigo no se lo lleva nadie ¿comprendes?

—No te preocupes. No va a pasar nada —dijo Royal—. ¿Dónde se ha visto una tormenta que dure siete meses? Los trenes volverán a funcionar. Ya verás.

—Será mejor que así sea —concluyó Almanzo, dándole la vuelta a las tortas.

Almanzo recordó al indio viejo y miró hacia sus sacos de trigo. Estaban amontonados en un rincón de la habitación y algunos se hallaban debajo de la cama. Aquellas semillas no eran de Royal, le pertenecían a él. Las había cultivado en Minnesota. Había surcado la tierra, la había allanado con la grada. Había sembrado el trigo, lo había segado, lo había trillado, lo había metido en sacos y lo había transportado en su carromato a lo largo de cientos de millas.

Si tormentas como aquélla iban a retrasar la llegada de los trenes y por ello no recibían el trigo del este hasta después de la época de la siembra, su tierra y su cosecha iban a depender del grano que guardaba para la siembra. Los dólares de plata no se podían sembrar.

—No pienso vender ni un grano de mi trigo —dijo.

—Está bien, está bien. Nadie tocará tu trigo —respondió su hermano—. ¿Qué tal si me pones más tortas?

—Con éstas ya van veintiuna —dijo Almanzo, sirviéndole más tortas en el plato.

—¿Y cuántas te has comido tú mientras yo hacía mis tareas? —preguntó Royal.

—No las he contado —respondió Almanzo haciendo una mueca—. Pero, a mí, alimentándote a ti, se me ha abierto el apetito.

—Bueno, mientras sigamos comiendo no tendremos que fregar los platos —dijo Royal.

Capítulo once

PAPÁ SE VA A VOLGA

El martes al mediodía, la tormenta cesó. Entonces el viento dejó de soplar y el sol brilló en el vasto cielo azul.

—Bueno, ya pasó —dijo papá, alegre—. Ahora, quizá tengamos una racha de buen tiempo.

Mamá suspiró reconfortada.

—Qué bien sienta volver a ver el sol.

—Y esta quietud —añadió Mary.

Ahora se podían oír otra vez los pequeños sonidos del pueblo. De vez en cuando se oía una puerta al cerrarse. Ben y Arthur pasaron de largo hablando y Cap Garland se acercó por la calle segunda silbando. El único sonido que no se oía era el silbido del tren.

A la hora de cenar, papá dijo que el tren se había detenido en la gran zanja llena de nieve cerca de Tracy.

—Pero en un par de días habrán quitado la nieve —aseguró—. Además, con un tiempo como éste, ¿quién piensa en los trenes?

Al día siguiente, muy temprano, papá cruzó la calle, llegó hasta la tienda de Fuller y regresó corriendo. Le comunicó a mamá que algunos hombres del pueblo, con la vagoneta de la estación, irían a Volga, en donde se encontraba el tren que poco a poco iba despejando de nieve las vías a su paso. El señor Foster se brindó a hacer las tareas de papá si éste quería ir con los demás.

—Hace tanto tiempo que no me muevo de este lugar que no me importaría viajar un poco —dijo papá.

—Ve, Charles —accedió mamá—, pero, ¿podréis limpiar un trecho tan largo en un día?

—Creemos que sí —dijo papá—. Desde aquí hasta Volga las zanjas no son muy grandes y sólo hay unas cincuenta millas. El trecho peor es el que se encuentra al este de Volga, y los empleados del tren ya están trabajando allí. Si nosotros les despejamos el resto del camino, deberíamos poder regresar pasado mañana en el tren regular.

Mientras hablaba, papá se ponía unos calcetines suplementarios de lana. Después se enroscó una bufanda ancha alrededor del cuello y la cruzó sobre su pecho y encima de ella se abrochó el abrigo hasta arriba. Se enfundó la gorra, se puso los mitones de mayor abrigo que tenía y después, con la pala al hombro, salió de casa camino de la estación.

Era casi la hora de ir a la escuela pero, en lugar de darse prisa, Laura y Carrie permanecieron de pie en la calle segunda contemplando cómo papá emprendía el viaje.

La vagoneta se encontraba en la vía de la estación y cuando papá llegó los hombres ya subían a ella.

—¡Estamos listos, Ingalls! ¡Todos a bordo! —gritaron los hombres.

El viento del norte que soplaba sobre la resplandeciente nieve trajo cada palabra hasta Laura y Carrie.

Papá subió a la vagoneta en un abrir y cerrar de ojos.

—¡Vámonos, muchachos! —exclamó mientras se asía a la barra.

El señor Fuller, el señor Mead y el señor Hinz se instalaron en sus puestos frente a papá, al señor Wilmarth y a Royal Wilder. Todas aquellas manos enguantadas se asieron a las dos barras de madera largas que atravesaban la vagoneta. La bomba quedaba en el centro.

—¿Listos, muchachos? *«Déjala partir»* —cantó el señor Fuller mientras él, el señor Mead y el señor Hinz se inclinaban hacia delante empujando la barra hacia abajo. Después, cuando sus cabezas y la barra subieron otra vez, papá y los otros dos se inclinaron empujando la suya hacia abajo. Abajo y arriba, abajo y arriba. Los hombres se inclinaban y se enderezaban como si estuvieran haciéndose reverencias por turnos; las ruedas de la vagoneta empezaron a rodar lentamente y después más deprisa por la vía del tren en dirección a Volga. Y mientras bombeaban, papá empezó a cantar y los demás le siguieron.

> *Haremos rodar el viejo carro hacia delante.*
> *Haremos rodar el viejo carro hacia delante.*
> *Haremos rodar el viejo carro hacia delante.*
> *Y no miraremos hacia atrás.*

Arriba y abajo, arriba y abajo. Todas las espaldas se movían al unísono al ritmo de la canción y las ruedas rodaban más y más deprisa.

Si el pecador se cruza en nuestro camino
nos detendremos y lo recogeremos
y no miraremos atrás.

Haremos rodar el viejo carro hacia delante.
Haremos rodar el viejo carro hacia delan...

¡Bum! y la vagoneta quedó clavada en un banco de nieve.

—¡Todos a tierra! —gritó el señor Fuller cantando—. ¡Esta vez no hemos hecho rodar el viejo carro hacia delante!

Los hombres empuñaron sus palas y se apearon de la vagoneta. Los pedazos de nieve que quitaban con sus atareadas palas desprendían por los aires un polvillo blanco.

—Tenemos que darnos prisa, de lo contrario llegaremos tarde a la escuela —le dijo Laura a Carrie.

—¡Oh, por favor!, esperemos un momento más para ver cómo...

—rogó Carrie escudriñando la lejanía a través de la resplandeciente nieve para ver a papá trabajando delante de la vagoneta.

Al cabo de unos minutos, los hombres volvieron a subir a la vagoneta, dejaron las palas en el suelo y se inclinaron de nuevo sobre sus barras.

Si el demonio se cruza en nuestro camino
lo arrollaremos
y no miraremos hacia atrás.

La vagoneta oscura y las dos hileras de hombres inclinándose por turnos se hicieron cada vez más pequeñas y las notas de la canción llegaron cada vez más apagadas a través de los relucientes campos nevados.

Haremos rodar el viejo carro hacia delante.
Haremos rodar el viejo carro hacia delante.
Haremos rodar el viejo carro hacia delante
y no miraremos hacia atrás.

Cantando y bombeando, haciendo rodar la vagoneta y abriéndose camino con las palas por los bancos de nieve de las zanjas, papá se alejó hacia Volga.

El resto de aquel día y todo el siguiente, en la casa se notó un vacío. Por la mañana y por la tarde, el señor Foster hacía las tareas de papá y, cuando salía del establo, mamá enviaba a Laura para que comprobara si lo había hecho todo bien.

El jueves por la noche mamá dijo:

—Seguro que papá volverá mañana.

Al día siguiente, al mediodía, el largo y nítido sonido del silbato del tren sonó por la pradera cubierta de nieve y, desde la ventana de la cocina, Laura y Carrie vieron cómo se inflaba el humo en el cielo y oyeron el rugido del tren que corría bajo aquel humo. Se trataba del tren de mercancías que iba cargado de alegres hombres cantando.

—Ayúdame a preparar la cena, Laura —dijo mamá—. Papá vendrá hambriento.

Laura traía unos bollos cuando se oyó la puerta de delante que se abría y a papá que gritaba:

—Mira, Caroline, ¿a ver si adivinas quién está conmigo?

Grace detuvo en seco su carrera hacia papá, retrocedió y mirando asombrada se llevó la mano a la boca.

Mamá la apartó con dulzura y salió a la entrada con el plato de puré de patata en la mano.

—¡Oh! ¡Pero si es el señor Edwards! —exclamó.

—Te dije que volveríamos a verle después de salvar nuestras tierras, ¿verdad? —dijo papá.

Mamá dejó el plato de puré sobre la mesa.

—Quería darle las gracias por ayudar al señor Ingalls a solucionar la petición del préstamo para comprar las tierras —dijo mamá al señor Edwards.

Laura lo hubiera reconocido en cualquier parte. Era el mismo hombre alto, delgado, de movimientos lentos como un gato salvaje de Tennessee. Las patas de gallo, quizá de tanto reír, eran ahora más profundas en su rostro moreno y apergaminado. En una mejilla se observaba una cicatriz, que antes no tenía, producto de una cuchillada, pero sus ojos eran igual de risueños, holgazanes y agudos como recordaba Laura.

—¡Oh, señor Edwards! —gritó.

—Usted nos trajo regalos de parte de Papá Noel —recordó Mary.

—Cruzó el riachuelo a nado y se marchó navegando por el río Verdigris...

El señor Edwards se deslizó hacia atrás haciendo una reverencia.

—Señora Ingalls e hijas, estoy encantado de volver a verlas.

Entonces miró los ojos de Mary que no podían ver y con voz delicada añadió:

—¿Son estas dos hermosas jóvenes las mismas niñas que yo sostenía en mis rodillas allá junto al Verdigris?

Mary y Laura contestaron afirmativamente y dijeron que Carrie era entonces un bebé.

—Ahora, nuestro bebé es Grace —puntualizó mamá, pero Grace no quiso saludar al señor Edwards. Únicamente le miraba y permanecía agarrada a las faldas de mamá.

—Ha llegado justo a tiempo, señor Edwards —dijo mamá hospitalaria—. La cena estará en la mesa dentro de un minuto.

Y papá le exhortó para que tomara asiento:

—Siéntate. Edwards, y no seas tímido. Hay comida para todos.

El señor Edwards admiró aquella casa tan sólida y agradable y disfrutó de la buena comida. Sin embargo, dijo que cuando el tren saliera, se iría hacia el oeste y papá no pudo persuadirle de que permaneciera más tiempo con ellos.

—Intento llegar al lejano oeste antes de la primavera —dijo—. Estas tierras, para mi gusto, están demasiado colonizadas. Los políticos ya están revoloteando por aquí, y créame, señora, aparte de las langostas, no hay peor plaga que la de los políticos. Son capaces de imponer contribuciones al forro de los bolsillos de un hombre con tal de ganar un escaño en estos pueblos. No veo el sentido de vivir aquí. Sin ellos, todos estaríamos mucho más felices y contentos.

—El verano pasado vino Feller y me habló de los impuestos a pagar. Me advirtió que tenía que declarar todo lo que poseía. Así que puse a Tom y a Jerry, mis caballos, a cincuenta dólares cada uno y a mi yunta de bueyes, Buck y Bright, la valoré en cincuenta y a mi vaca en treinta y cinco dólares.

»"¿Es todo lo que tienes?" —me preguntó. Bueno, le dije que le podía poner a cinco niños que quizá valían un dólar cada uno.

»"¿Esto es todo? —repitió—. ¿Y tu mujer?" —añadió.

»"¡Por el amor de Dios! —le dije—, mi mujer considera que no soy su dueño y no pienso pagar impuestos por ella."

—Vaya, señor Edwards, no sabíamos que tuviera familia —dijo mamá—. Charles no nos dijo nada al respecto.

—Yo tampoco lo sabía —explicó papá—. De todas maneras, Edwards, no tienes que pagar impuestos ni por tu mujer ni por tus hijos.

—Lo que él quería era una lista completa de mis bienes —dijo el señor Edwards—. Estos políticos disfrutan fisgoneando en los asuntos privados de uno y no pienso complacerles. No me importa, no pienso pagar ni un impuesto. He vendido la renuncia de mis tierras y, en primavera, cuando venga el recaudador, me habré marchado de allí. De todas maneras, no tengo ni hijos ni mujer.

Antes de que mamá o papá pudieran hablar, se oyó el silbido del tren fuerte y prolongado.

—Ahí está la señal —dijo el señor Edwards levantándose de la mesa.

—Cambia de parecer y quédate unos días, Edwards —insistió papá—. Siempre nos has traído suerte.

Pero el señor Edwards fue estrechando la mano a todo el mundo hasta llegar a Mary sentada a su lado.

—Adiós a todos —dijo y, saliendo precipitadamente por la puerta, se dirigió corriendo hacia la estación.

Grace había estado escuchando y observando con los ojos bien abiertos durante todo aquel rato sin decir palabra. Ahora que el señor Edwards había desaparecido tan de repente, suspiró profundamente y preguntó:

—¿Mary, era éste el hombre que vio a Papá Noel?

—Sí —respondió Mary—. Éste era el hombre que anduvo hasta Independence, unas cuarenta millas bajo la lluvia y allí vio a Papá

Noel y nos trajo sus regalos de Navidad para Laura y para mí cuando éramos unas niñas muy pequeñas.

—Tiene un corazón de oro —dijo mamá.

—Nos regaló un vaso de metal y un bastón de caramelo a cada una —recordó Laura levantándose lentamente para ayudar a mamá y a Carrie a quitar la mesa.

Papá se sentó en su sillón junto a la estufa.

Al levantarse Mary de su silla alzó la servilleta y algo cayó al suelo. Mamá se agachó para cogerlo. Se incorporó asombrada y Laura gritó:

—¡Mary, es un billete de veinte dólares! ¡Has dejado caer un billete de *veinte dólares*!

—No puede ser —exclamó Laura.

—Esto ha sido cosa de Edwards —aseguró papá.

—No podemos quedárnoslo —dijo mamá, pero en aquel momento se oyó claramente el último silbido de adiós del tren.

—¿Qué vas a hacer con él? —preguntó papá—. Edwards se ha ido y no creo que lo volvamos a ver hasta dentro de muchos años si es que lo volvemos a ver. En primavera se irá a Oregón.

—Pero Charles... ¡Oh! ¿por qué lo habrá hecho? —suspiró mamá con voz suave y preocupada.

—Se lo ha regalado a Mary —dijo papá—. Deja que se lo quede ella. Le servirá de ayuda para ir a la universidad.

Mamá recapacitó durante unos segundos. Después dijo:

—Muy bien.

Y le entregó el billete.

Mary lo sostuvo cuidadosamente tocándolo con las yemas de sus dedos y su rostro resplandeció.

—¡Oh! Se lo agradezco mucho.

—Espero que nunca lo necesite allá donde esté —dijo mamá.

—Confía en Edwards. Se sabe cuidar muy bien —le aseguró papá.

El rostro de Mary tenía una expresión de arrobo, la misma que ostentaba cuando pensaba en la universidad para invidentes.

—Mamá —dijo—. Sumándolo al dinero que ganaste el año pasado con los huéspedes, contamos con treinta y cinco dólares con veinticinco centavos.

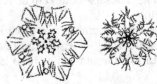

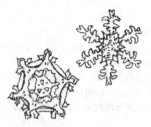

Capítulo doce

SOLOS

Era sábado. El sol brillaba y soplaba una brisa suave del sur. Papá estaba transportando heno de la granja porque la vaca y los caballos tenían que comer abundantemente para resistir bien el frío.

Mary se mecía suavemente sentada al sol junto a las ventanas que daban al oeste y las agujas de acero de Laura centelleaban al sol. Laura tejía una puntilla de hilo muy fino para adornar unas enaguas. Estaba sentada cerca de la ventana y miraba hacia fuera porque esperaba a Mary Power y a Minnie Johnson. Venían a su casa a pasar la tarde y traían consigo su labor de ganchillo.

Mary hablaba de la universidad, a la que quizás iría algún día.

—Sigo bien las lecciones como tú, Laura —dijo—. Si voy a la universidad me gustaría que tú también vinieras.

—Me imagino que yo enseñaré en el colegio —dijo Laura—. Así que de cualquier manera no podré ir. Y creo que a ti te interesa mucho más que a mí.

—¡Oh!, ya lo creo que me interesa —exclamó Mary dulcemente—. Es lo que más deseo. Hay tanto por aprender. Siempre quise estudiar. ¿No es maravilloso pensar que si ahorramos suficiente dinero podré hacerlo incluso siendo ciega?

—Sí que lo es —aprobó Laura muy seria, deseando que su hermana pudiera realizar su sueño—. ¡Mecachis! Me he descontado —exclamó deshaciendo la pasada y cogiendo los diminutos puntos con la aguja—. Bueno —continuó—. «Dios ayuda a los que se ayudan a sí mismos» y sin duda tú irás a la universidad, Mary si...

Laura olvidó lo que iba a decir. Los pequeños puntos se borraban delante de sus ojos como si se estuviera volviendo ciega. No podía verlos. El ovillo de hilo cayó de su regazo y rodó por el suelo mientras ella se levantaba de un brinco.

—¿Qué sucede? —gritó Mary.

—Ha oscurecido de repente —dijo Laura.

El sol se había escondido, el aire estaba gris y el rumor del viento arreciaba. Mamá llegó de la cocina corriendo.

—Va a caer una tormenta —tuvo tiempo de decir antes de que la casa temblara con la sacudida de una ráfaga de viento.

Las fachadas oscurecidas de las tiendas de enfrente desaparecieron entre un remolino de nieve.

—¡Oh, me gustaría que Charles ya estuviera en casa! —dijo mamá.

Laura dejó de mirar por la ventana, acercó la silla de Mary a la estufa y, con la pala, cogió carbón de la carbonera y lo echó al fuego. De pronto el viento de la tormenta bramó en la cocina. La puerta de atrás se cerró estrepitosamente y entró papá cubierto de nieve y riendo.

—He llegado por los pelos al establo antes que la tormenta —dijo riendo—. Sam y David se han espabilado y hemos venido a toda mecha, en el momento oportuno. Esta tormenta a la que hemos engañado es una señora tormenta.

Mamá le cogió el abrigo y lo dobló para sacudir la nieve en el cobertizo.

—Menos mal que has llegado, Charles —murmuró.

Papá se sentó y se inclinó sobre la estufa para calentarse las manos, pero estaba preocupado al oír el ruido del viento. Poco tiempo después se levantó de la silla.

—Antes de que esto empeore, voy a hacer las tareas —dijo—. Es posible que tarde un poco pero no te preocupes, Caroline. Tus alambres de tender aguantan bien y me ayudarán a regresar sin problemas.

Estuvo fuera hasta que se hizo de noche y aún más. Cuando entró, sacudiendo los pies y frotándose las orejas, la cena estaba esperando.

—¡Santo Dios! Cada vez hace más frío —exclamó—. La nieve pega como una bala y el viento ruge, ¿lo oyes?

—Me imagino que esta tormenta debe de estar bloqueando los trenes, ¿verdad? —preguntó mamá.

—Bueno, ya hemos vivido sin trenes —dijo papá, dicharachero pero echándole una ojeada a mamá con la intención de que no dijera ni una palabra más mientras las niñas estuvieran escuchando—. Estamos acomodados como lo estuvimos antes incluso sin gente y sin tiendas —continuó—. ¡Ahora, comamos esta cena caliente que nos aguarda!

—¿Y después de cenar tocarás el violín, papá? —rogó Laura—. ¿Por favor?

Así pues, después de cenar papá pidió su violín y Laura lo fue a buscar y se lo entregó. Pero cuando hubo afinado las cuerdas y frotado el arco con resina, papá interpretó una melodía extrañísima. El violín emitió un quejido profundo recorriendo las notas bajas, y otras notas altas y frenéticas se elevaron hasta que disminuyeron de intensidad y quedaron mudas por un momento, sólo para que aquellas mismas notas (no exactamente las mismas, sino como si las hubieran cambiado cuando se apagaron) volvieran a sonar estridentes.

Un desagradable cosquilleo recorrió la columna vertebral de Laura hasta llegar a la nuca, y la salvaje melodía seguía surgiendo de las cuerdas del violín hasta que la muchacha no pudo resistir más y gritó:

—¿Qué es esto, papá? ¡Oh!, ¿qué es esta melodía?

—Escucha —dijo papá dejando de tocar y sosteniendo su arco inmóvil sobre las cuerdas—. La melodía suena afuera. Yo sólo me limitaba a seguirla.

Todos escucharon la melodía que emitía el viento hasta que mamá dijo:

—Ya bastante la oiremos sin que tú tengas que tocarla, Charles.

—Entonces interpretaremos algo diferente —accedió papá—. ¿Qué será?

—Algo para entrar en calor —solicitó Laura, y el violín, alegre y brillante, empezó a hacerles entrar en calor.

Papá tocó y cantó «Little Annie Rooney is My Sweetheart» y «The Old Gray Mare, She Ain't what She Used to Be» hasta que incluso mamá siguió el ritmo con los pies. También interpretó «Higland Fling» y gigas irlandesas, y Laura y Carrie bailaron y taconearon hasta quedar sin aliento.

Cuando papá guardaba el violín en el estuche quería decir que el momento de ir a la cama había llegado.

No era fácil salir de aquella habitación caldeada y subir al piso de arriba. Laura sabía que, con el frío de allá arriba, cada cabeza de clavo que sobresalía del techo estaría cubierta de escarcha. Las ventanas de abajo también estaban cubiertas por una gruesa capa de escarcha pero sin saber por qué, aquellos clavos tapizados de escarcha le hacían sentir más el frío. Envolvió los camisones alrededor de dos planchas calientes y se dirigió escalera arriba. Mary y Carrie la siguieron. El ambiente era tan frío que, mientras se desabrochaban la ropa, se quitaban los zapatos y se despojaban de sus vestidos temblando, sus fosas nasales se congelaban.

—Si decimos nuestras oraciones debajo de las mantas, Dios nos oirá igualmente —dijo Mary metiéndose entre las frías sábanas.

No les había dado tiempo para calentar la cama con las planchas. En la quietud del frío y bajo el techo salpicado de clavos cubiertos de escarcha, Laura oyó cómo temblaba el armazón de la cama con el tiritar de Mary y Carrie. El hondo rugido y los salvajes aullidos del viento envolvían aquel pequeño y quieto lugar.

—¿Qué demonios estás haciendo, Laura? Ven y ayuda a calentar la cama.

Laura no podía responder pues sus dientes castañeteaban. Llevaba puestos el camisón y los calcetines y estaba junto a la ventana. Había rascado la escarcha de un pedacito del cristal e intentaba mirar a través de él. Puso las manos junto a sus ojos formando una visera para protegerlos del resplandor del quinqué que llegaba del rellano de la escalera. Pero, aún así, no vio nada. En la noche atronadora no había un ápice de luz.

Por fin se metió en la cama al lado de Mary y se acurrucó apretando los pies contra la plancha caliente.

—Intentaba distinguir alguna luz —explicó—. En alguna casa debe de haber luz.

—¿Has visto alguna? —preguntó Mary.

—No —dijo Laura.

Ni siquiera había podido ver la luz del quinqué del piso de abajo que estaba encendido con toda seguridad.

Carrie permanecía callada en un rincón de la cama junto al tubo de la estufa que transportaba calor. Le ayudaba a reaccionar y además también tenía una plancha calentada. Cuando mamá subió a Grace en brazos para meterla en la cama junto a Carrie, ésta estaba ya dormida.

—¿Estáis suficientemente abrigadas, niñas? —dijo mamá en un susurro inclinándose sobre la cama y remetiendo bien las sábanas.

—Nos estamos calentando, mamá —respondió Laura.

—Entonces, buenas noches y felices sueños.

Pero aun después de que se calentara algo la cama, Laura permaneció despierta escuchando la salvaje melodía del viento y pensando en cada una de las pequeñas casas del pueblo allí solas entre los remolinos de nieve, sin siquiera una luz alumbrando en la casa de al lado. Y el pequeño pueblo también estaba solo en medio de la vasta pradera. El pueblo y la pradera estaban perdidos en medio de aquella tremenda tormenta que no era ni tierra ni cielo; nada más que una ventisca terrible y un páramo de infinita blancura.

Porque la tormenta era blanca. En la noche, mucho después de que los últimos rayos de luz hubieran podido brillar, la tormenta era un remolino de blancura.

La luz de un quinqué lograba resplandecer a través de la noche más negra y un grito podía oírse desde muy lejos pero en una tormenta, con sus propias voces salvajes y su luz extraña, no había luz que brillara ni grito que pudiera oírse.

Las mantas daban calor y Laura ya no tenía frío; sin embargo, temblaba.

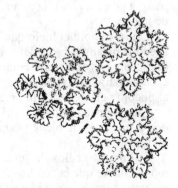

85

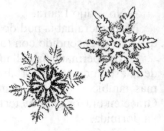

Capítulo trece

RESISTIREMOS A LA TORMENTA

Junto con aquellos rugidos salvajes, Laura oyó el estrépito de la tapa de la estufa y a papá cantando «*¡Oh soy más feliz que una flor de girasol que se balancea y se inclina al viento, oh!*»

—¡Caroline! —llamó papá desde abajo—, cuando bajes, los fuegos estarán bien encendidos. Me voy a la cuadra.

Laura oyó los pasos de mamá acercándose.

—Quedáos en la cama, niñas. No tenéis que levantaros hasta que la casa esté calentita.

Fuera de las mantas hacía un frío terrible y los aullidos de la tormenta no la dejaron retomar el sueño. En el techo, los clavos cubiertos de escarcha parecían unos dientes blancos. Laura permaneció debajo de ellos tan sólo durante unos minutos y después siguió a mamá al piso de abajo.

En la cocina económica, el fuego ardía con viveza y en la habitación de delante los laterales de la estufa estaban al rojo vivo pero, a pesar de ello, la estancia estaba fría y tan oscura que parecía de noche.

Laura rompió el hielo que se había formado en el cubo de agua. Llenó la palangana y la dejó sobre el quemador de la cocina. Entonces, mamá y ella, temblando, esperaron a que el agua estuviera caliente para lavarse la cara. A Laura le empezaba a gustar vivir en el pueblo pero aquel clima seguía siendo el de un crudo invierno.

Cuando papá regresó, tenía los bigotes completamente congelados y cubiertos de nieve y su nariz y sus orejas estaban rojas como un tomate.

—¡Por los grillos de Jerusalén! Esto es impresionante —exclamó—. Suerte que la cuadra está bien protegida. He tenido que abrirme paso a través de la nieve hasta llegar allí. La nieve se amontona a más altura que la de la puerta. Menos mal que coloqué los alambres del tendedero allí donde los coloqué, Caroline. He tenido que regresar al cobertizo a por la pala y a Dios gracias que estaban los alambres para guiarme. ¡Qué buen aspecto tienen estas tortas y este cerdo frito! Estoy más hambriento que un lobo.

El agua de la palangana estaba caliente para que papá se lavara y, mientras lo hacía y después se peinaba en el banco junto a la puerta, Laura arrimó las sillas a la mesa y mamá sirvió el reconfortante té.

Las tortas calientes estaban muy buenas así como los pedazos de cerdo frito crujientes rociados con la grasa color ámbar de la sartén y acompañados de una salsa de manzana seca y jarabe de azúcar. No había mantequilla pues Ellen ya no daba leche y mamá había repartido entre Grace y Carrie la última taza que quedaba.

—Demos las gracias por la poca leche que nos queda —dijo—, porque aún escaseará más.

Sentados a la mesa sintieron frío, así pues, después de desayunar se sentaron todos alrededor de la estufa. En silencio escucharon el rugir del viento y el ruido de la nieve azotando las ventanas. Mamá se levantó temblando un poco.

—Ven, Laura. Vamos a terminar las tareas. Después podremos sentarnos junto al fuego con la conciencia tranquila.

Dentro de aquella casa tan bien construida parecía extraño que el fuego no calentara la cocina. Mientras mamá ponía las judías a hervir y Laura fregaba los platos suponían que en la cabaña del campo ahora debía de hacer mucho frío. Mamá añadió carbón al fuego y cogió la escoba. Laura se quedó a los pies de la escalera temblando. Debía subir para hacer las camas pero el frío descendía desde el piso de arriba y penetraba a través de su vestido de lana y de sus enaguas y de su ropa interior de franela como si estuviera casi desnuda.

—Dejaremos las camas abiertas para que se aireen —dijo mamá—. Como están arriba y no las vemos, esperaremos a hacerlas cuando la casa esté un poco más caldeada.

Mamá acabó de barrer y así concluyeron las tareas de la cocina. Regresaron a la habitación de delante y se sentaron poniendo los pies en el estribo de la estufa para calentarse.

Papá entró en la cocina con abrigo y bufanda y su gorro en la mano.

—Voy ahí enfrente, a la tienda de Fuller para saber qué noticias hay —dijo.

—¿Es preciso que vayas, Charles? —preguntó mamá.

—Quizá se ha extraviado alguien —respondió papá poniéndose el gorro y dirigiéndose a la puerta. Una vez allí se detuvo y añadió—: No te preocupes por mí. Sé de memoria cuántos pasos hay que dar para cruzar la calle y si no me topo con un edificio, no me alejaré más hasta dar con uno.

Y diciendo esto salió y cerró la puerta tras de sí.

Laura permaneció junto a la ventana. Había rascado la escarcha de un pedazo del cristal con el fin de abrir una pequeña mirilla para poder ver el exterior a través de ésta, pero únicamente distinguió la infinita blancura. Ni siquiera pudo ver a papá en la puerta y no supo si ya se había marchado o no. Laura regresó lentamente junto a la estufa. Mary estaba meciendo en silencio a Grace. Laura y Carrie permanecieron sentadas.

—Bueno, niñas —dijo mamá—. Que haya una tormenta afuera no quiere decir que aquí dentro reine la tristeza.

—¿Para qué sirve vivir en el pueblo —se interrogó Laura— si nos encontramos tan aislados como si estuviéramos en medio del campo?

—Espero que no pretendas depender de los demás, Laura —dijo mamá un tanto sorprendida.

—Pero si no estuviéramos en el pueblo, papá no tendría que salir con esta tormenta para indagar si se ha extraviado alguien.

—Sea como sea —dijo mamá con firmeza—, es hora de repasar nuestras lecciones de catecismo. Cada una recitará un verso que haya aprendido esta semana y después veremos cuántas lecciones anteriores recordamos.

Empezaría Grace, seguida de Carrie y por último Laura y Mary y mamá repetiría los versos que ellas recitaran.

—Ahora le toca a Mary —dijo mamá—. Recítanos un verso, después Laura hará lo mismo y, por último, Carrie. A ver quién sabe el verso más largo.

—¡Oh, ganará Mary! —exclamó Carrie descorazonada antes de empezar.

—Vamos. Yo te ayudaré —la animó Laura.

—Dos contra uno no es justo —objetó Mary.

—Sí que es justo —la contradijo Laura—. ¿Verdad, mamá? Mary ha estudiado versos de la Biblia durante mucho más tiempo que Carrie.

—Sí —decidió mamá—. Creo que es justo pero Laura sólo tiene que apuntar a Carrie.

Así pues, empezaron y siguieron y siguieron hasta que Carrie no supo continuar a pesar de que Laura le apuntara. Después siguieron Mary y Laura, la una contra la otra hasta que al final Laura tuvo que rendirse.

No le gustaba nada tener que admitir que Mary la había ganado pero tuvo que aceptarlo.

—Me has ganado, Mary. No recuerdo más versos.

—¡Mary ha ganado! ¡Mary ha ganado! —gritó Grace aplaudiendo con sus manitas, y mamá le dijo sonriendo a Mary:

—Así me gusta, mi niña lista.

Todas observaron a Mary que miraba al vacío con aquellos grandes ojos azules sin vida. Cuando mamá la alabó, sonrió y la expresión de su rostro cambió como cambia la luz antes de una tormenta. Por un momento Mary le recordó a aquella niña que veía normalmente y se peleaba con Laura. En aquellas ocasiones no se rendía nunca porque era la mayor y la que mandaba.

Su rostro se ruborizó y dijo en voz queda:

—No te he ganado, Laura. Estamos empatadas. Yo tampoco puedo recordar más versos.

Laura se sintió avergonzada. Había intentado ganarla con ahínco, pero hiciera lo que hiciera sabía que nunca podría superarla. Mary era la mejor. Entonces, por primera vez Laura sintió el deseo de llegar a ser maestra para ganar algún dinero y enviar a Mary a la universidad. Pensó: «Mary irá a la universidad aunque yo tenga que trabajar mucho».

En aquel momento, las campanas del reloj dieron las once.

—¡Cielo santo, la comida! —exclamó mamá corriendo hacia la cocina para avivar el fuego y sazonar la sopa de judías—. Será mejor que añadas más carbón a la estufa —dijo—. La casa no se ha calentado como debiera.

Cuando llegó papá era mediodía. Entró silenciosamente y se fue a la habitación de la estufa en donde se despojó del abrigo y del gorro.

—Cuélgamelos, ¿quieres, Laura? Tengo mucho frío.

—Lo siento, Charles —dijo mamá desde la cocina—. Pero no consigo calentar la casa.

—No te extrañe —respondió papá—. Estamos a treinta grados bajo cero y este viento introduce el frío dentro de la casa. Ésta es, hasta ahora, la peor tormenta pero, por suerte, todo el mundo está a salvo. En el pueblo no falta nadie.

Después de comer papá interpretó unos himnos con su violín y se pasaron la tarde cantando. Cantaban:

> *Hay un país que es más claro que la luz del día*
> *y en verdad lo podemos ver a lo lejos.*
> *Jesús es una roca en una tierra cansada.*

En una tierra cansada, en una tierra cansada.
Jesús es una roca en una tierra cansada
y un refugio en los tiempos de tormenta.

También entonaron la canción favorita de mamá: «En un país feliz, allá, allá muy lejos». Y antes de guardar su violín en el estuche, porque había llegado el momento de ir al establo a cuidar del ganado, papá interpretó una alegre melodía que provocó que todos se pusieran de pie y cantaran con júbilo:

Deja que el huracán aúlle
así cesará antes.
Resistiremos a la tormenta
y finalmente llegaremos
a las felices orillas de Caná.

El huracán aullaba. La nieve helada, tan dura como una bala y tan fina como la arena, revoloteaba formando remolinos que azotaban la casa.

Capítulo catorce

UN DÍA LUMINOSO

Aquella tormenta duró tan sólo dos días. El martes por la mañana Laura se despertó de repente. Permaneció en la cama con los ojos muy abiertos intentando volver a oír lo que la había despertado. No se oía un solo sonido. Entonces comprendió lo que había sucedido. La había despertado el silencio reinante. No se oía silbar el viento ni el sisear de la nieve fustigando el tejado y la ventana.

El sol brillaba a través de la escarcha de la ventana del rellano de la escalera y, abajo, la sonrisa de mamá era como un rayo de sol.

—La tormenta ha cesado —dijo—. Ha sido sólo una tormenta de dos días.

—Desde luego —corroboró papá—. Nunca se puede prever lo que va a durar una tormenta.

—Parece ser que tu duro invierno no va a ser tan duro como pensabas —dijo mamá, alegre—. Ahora que brilla el sol, los trenes volverán a funcionar y, Laura, estoy segura de que hoy habrá colegio. Será mejor que te vistas mientras yo preparo el desayuno.

Laura subió al dormitorio a decírselo a Carrie y a ponerse el vestido para ir al colegio. De nuevo en la cocina se lavó bien la cara y el cuello con jabón y se sujetó las trenzas en lo alto de la cabeza. Papá entró tras terminar sus tareas. Estaba muy alegre.

—Esta mañana, el viejo sol brilla y resplandece —les dijo—. Parece como si se hubiera lavado la cara con la nieve.

Sobre la mesa había una fuente con patatas rehogadas y las conservas de alquequenje de mamá que resplandecían como el oro servidas en un bol de cristal. Mamá puso unas tostadas en el horno sacando al mismo tiempo un pequeño plato con mantequilla del interior de aquél.

—He tenido que calentar la mantequilla —dijo—. Estaba dura como una piedra y no podía cortarla. Espero que el señor Boast no tarde en traernos más. Parecía lo que el zapatero remendón tiró a la cabeza de su mujer.

Grace y Carrie se quedaron perplejas mientras los demás reían. No sabían el cuento del zapatero remendón pero, con aquel comentario, mamá demostraba que estaba contenta.

—Lo que le tiró a la cabeza fue su lezna —dijo Mary, y Laura exclamó:

—¡Oh, no! Eso fue lo último, cuando ya no tuvo nada más que tirarle.

—Niñas. niñas —las reprendió mamá suavemente porque estaban a la mesa y se reían demasiado fuerte. Entonces Laura dijo:

—Pues yo creí que ya no nos quedaba mantequilla. Ayer no tomamos.

—Las tortas de ayer estaban muy buenas con el tocino salado —dijo mamá—. La guardé para las tostadas de hoy.

Había un poco de mantequilla para untar las rebanadas de pan.

El desayuno transcurrió tan felizmente en aquel calor, aquella quietud y aquella luz que, cuando el reloj dio las ocho y media, todavía no habían terminado.

Entonces mamá dijo:

—Daos prisa, niñas. Hoy haré yo vuestros quehaceres de la casa.

Afuera todo resplandecía y destellaba a la luz del sol. A lo largo de toda la calle mayor se había formado un montículo de nieve más alto que Laura. Ella y Carrie tuvieron que trepar por el montón y descender cuidadosamente por el otro lado. La nieve era tan compacta que no quedaban marcadas en ella las huellas y sus tacones no se hundían, con lo que no era fácil evitar los resbalones.

En el patio del colegio había otra montaña de nieve casi tan alta como la propia escuela. Cap Garland, Ben y Arthur y los pequeños Wilmarth se deslizaban pendiente abajo como solía hacerlo Laura en Silver Lake. Mary Power y Minnie estaban de pie junto a la puerta, al frío sol, contemplando cómo los muchachos se divertían.

—¡Hola, Laura! —la saludó Mary Power y, con su mano enguantada le presionó cariñosamente el brazo. Estaban contentas de volverse a ver. Parecía que desde el viernes anterior, en que se habían visto por última vez. había pasado mucho tiempo e incluso desde aquel sábado que tuvieron la intención de pasar juntas. Pero no hubo tiempo para hablar pues la señorita apareció en la puerta y los niños y las niñas tuvieron que entrar para estudiar las lecciones.

A la hora del recreo, Mary Power, Laura y Minnie permanecieron junto a la ventana observando cómo los muchachos se deslizaban por la montaña de nieve. Laura quería salir afuera y jugar con ellos.

—Me gustaría no ser tan mayor —dijo—. Me parece que convertirse en una señorita no es nada divertido.

—Bueno, no podemos evitar el crecimiento —dijo Mary Power.

—¿Qué harías si te encontraras en medio de una tormenta, Mary? —preguntó Minnie Johnson.

—Creo que continuaría caminando. Si sigues andando no te congelas —respondió Mary.

—Pero te cansarías tanto que te morirías —dijo Minnie.

—Bueno, ¿qué harías tú? —le preguntó Mary Power.

—Yo cavaría un agujero en un montón de nieve y dejaría que ésta me cubriera. No creo que en un agujero mueras congelado, ¿verdad, Laura?

—No lo sé —respondió Laura.

—Bueno, ¿qué harías tú, Laura, si te perdieras en medio de una tormenta? —insistió Minnie.

—Yo no me perdería en medio de una tormenta —respondió Laura.

No quería pensar en ello. Prefería hablar con Mary Power de otras cosas pero la señorita Garland hizo sonar la campana y los muchachos entraron corriendo rojos como tomates a causa del frío pero sonrientes.

Durante todo el día se mostraron alegres como la luz del sol. Al mediodía, Laura, Mary Power y Carrie, junto con las niñas Beardsley, emprendieron carreras hasta llegar a casa para la comida trepando por los altos montones de nieve con los demás niños del colegio, que armaban un gran griterío. Cuando estuvieron en la cima del alto montículo de la calle mayor, unos niños se dirigieron hacia el norte, otros hacia el sur y Laura y Carrie se deslizaron por el lado este hasta llegar a la puerta de su casa.

Papá ya estaba sentado a la mesa en su sitio, Mary colocaba a Grace encima del rimero de libros que había en la silla y mamá servía a papá un plato de patatas asadas humeantes.

—Me gustaría tener un poco de mantequilla para las patatas —dijo mamá.

—La sal también les da buen gusto —estaba diciendo papá cuando se oyó un fuerte golpe en la puerta de la cocina.

Carrie corrió a abrir la puerta y el señor Boast entró cubierto con su gran abrigo de piel de búfalo peludo como un oso.

—Adelante, señor Boast, entre, entre —repitió papá.

Estaban muy contentos de verle.

—Entre y siéntese a la mesa. Ha llegado justo a tiempo.

—¿Dónde está la señora Boast? —preguntó Mary.

—Sí, por cierto, ¿no ha venido con usted? —preguntó mamá.

El señor Boast se quitó el abrigo.

—Pues no. Verán, Ellie decidió que tenía que lavar la ropa mientras hiciese buen tiempo. Yo le he dicho que ya tendríamos otros días de sol y ella ha respondido que uno de esos días ya vendría al pueblo. Les envía un poco de mantequilla. Es la última que nos queda. Mis vacas se están secando. Con el tiempo que hemos tenido, no he podido cuidarlas muy bien.

El señor Boast se sentó a la mesa, y empezaron a comer aquellas patatas asadas tan buenas, y además, con mantequilla.

—Me alegra saber que ha sobrevivido bien a la tormenta —dijo papá.

—Sí, hemos tenido suerte. Cuando la nube se acercó, yo me encontraba en el pozo dando de beber al ganado. Azucé al ganado para que corriera hacia el establo y cuando lo tuve bajo cobijo me dirigí a casa en el momento en que empezaba la tormenta —explicó el señor Boast.

Las patatas asadas y los bollos con mantequilla estaban deliciosos, y para rematar la comida mamá sirvió más bollos con una rica conserva de tomate.

—En el pueblo ya no queda tocino salado —dijo papá—. Como

nuestras provisiones llegan del este, cuando los trenes no funcionan nos quedamos sin suministros.

—¿Qué se dice sobre los trenes? —preguntó el señor Boast.

—El señor Woodworth explica que han enviado más hombres a trabajar en la zanja cerca de Tracy —respondió papá—, y están trayendo las máquinas quitanieves. Creo que antes del fin de semana llegará un tren.

—Ellie espera que le traiga té, azúcar y un poco de harina —dijo el señor Boast—. ¿Están los tenderos subiendo los precios?

—Que yo sepa, no —aseguró papá—. Hay de todo excepto carne.

Cuando terminaron de comer, el señor Boast dijo que tenía que marcharse porque quería llegar a casa antes de que cayera la noche. Prometió volver, un día no muy lejano, con la señora Boast. Entonces papá y él se fueron por la calle mayor al colmado del señor Harthorn y Laura y Carrie, asidas de la mano, se divirtieron trepando y deslizándose por los montículos de nieve camino de la escuela.

Aquella tarde feliz disfrutaron de una brisa fría, clara y reluciente como la luz del sol. Sabían sus lecciones de memoria y disfrutaron recitándolas. Todos los rostros de la escuela sonreían y la sonrisa de Cap Garland era la más reluciente de todas.

Daba gozo ver cómo el pueblo se había llenado de vida otra vez, y también pensar que el resto de la semana irían todos a la escuela.

Pero aquella noche Laura soñó que papá interpretaba con su violín la salvaje melodía del viento y que, cuando ella gritó para que se detuviera, la melodía se había convertido en una tormenta cegadora que se arremolinaba y la congelaba.

Después permaneció despierta con los ojos abiertos, pero aquella pesadilla la dejó por mucho tiempo fría y agarrotada. Lo que había oído no era el violín de papá sino el propio viento de la tormenta y el chasquido de la nieve contra las paredes y el tejado. Por fin fue capaz de moverse. Hacía tanto frío que el sueño todavía le parecía real y Laura se acurrucó junto a Mary y cubrió sus cabezas con el edredón.

—¿Qué sucede? —murmuró Mary medio dormida.

—Es una tormenta —respondió Laura.

Capítulo quince

LOS TRENES NO LLEGAN

Por la mañana no valía la pena levantarse. La luz del día era sombría y las ventanas y los clavos del techo estaban cubiertos de escarcha blanca. Alrededor de la casa rugía y retumbaba otra vez la tempestad. Hoy tampoco habría colegio.

Laura se quedó en la cama medio dormida. Prefería dormir que levantarse en un día como aquél. Pero mamá gritó:

—Buenos días, niñas. Es hora de levantarse.

Laura se levantó a toda prisa a causa del frío. Se vistió y descendió a la planta baja.

—¿Qué te sucede, Laura? —preguntó mamá levantando la vista de la estufa.

Laura contestó a punto de llorar:

—¡Oh, mamá! ¿Cómo quieres que sea maestra y ayude a Mary a ir a la universidad? ¿Cómo quieres que aprenda si sólo voy a la escuela un día de vez en cuando?

—Bueno, bueno, Laura —dijo mamá, cariñosa—. No tienes que desanimarte tan fácilmente. Unas cuantas tormentas no cambiarán las cosas. Nos daremos prisa en terminar las tareas de la casa y después podrás estudiar. Hay suficientes problemas en tu cuaderno de aritmética para mantenerte ocupada durante muchos días y podrás resolver tantos como quieras. No hay nada que te impida estudiar.

Laura preguntó:

—¿Por qué has puesto la mesa en la cocina?

La mesa casi ocupaba toda la pieza.

—Papá no ha encendido la estufa esta mañana —respondió mamá.

Oyeron cómo papá sacudía la nieve de sus zapatos en el cobertizo y Laura abrió la puerta para que entrara. Estaba serio. La escasa leche del cubo se había congelado.

—Creo que esta tormenta es la peor de todas —dijo papá mientras calentaba sus ateridas manos en el fogón—. No he encendido la estufa, Caroline. Tenemos poco carbón y esta tempestad bloqueará la llegada de los trenes durante algún tiempo.

—Al ver que no habías encendido el fuego he pensado lo mismo que tú —respondió mamá—. Así que he puesto la mesa aquí. Mantendremos cerrada la puerta que separa las dos habitaciones y la cocina económica calentará bien esta pieza.

—Después de desayunar iré a la tienda de Fuller —dijo papá.

Comió deprisa y mientras se ponía el abrigo mamá subió al piso de arriba y regresó con un pequeño monedero marroquí de bordes de nácar, brillante y fino, y cierre de acero, en el que guardaba el dinero para la universidad de Mary.

Papá alargó la mano lentamente y lo cogió. Después aclaró su garganta y dijo:

—Mary, es posible que en el pueblo haya escasez de víveres y si en el almacén de leña y en las tiendas han subido los precios...

Papá no continuó, pero Mary dijo:

—Mamá tiene guardado el dinero de mi universidad. Si te hace falta puedes gastarlo.

—Si tengo que hacerlo, Mary, puedes estar segura de que te lo devolveré —le prometió papá.

Después de que papá se hubo marchado, Laura fue a buscar la mecedora de Mary a la fría habitación de delante y la colocó junto a la puerta del horno que estaba abierta. Tan pronto como Mary se sentó, Grace se acurrucó en su regazo.

—Así también yo me calentaré —dijo Grace.

—Ya eres una niña mayor y pesas demasiado —objetó mamá.

Pero Mary respondió en seguida:

—¡Oh, no, Grace! Me gusta tenerte en mis rodillas aunque seas ya una niña grande de tres años de edad.

La habitación estaba tan abarrotada que Laura apenas podía lavar los platos sin golpearse contra algún mueble. Mientras mamá hacía las camas en el helado piso de arriba, Laura sacó brillo a la cocina económica y limpió el tubo del quinqué. Después desenroscó el asidor de metal y llenó cuidadosamente el quinqué con queroseno. Del pitorro de la lata de queroseno cayó la última gota de aquel líquido transparente.

—¡Oh!, no le hemos dicho a papá que trajera queroseno —exclamó Laura espontáneamente.

—¿No tenemos queroseno? —preguntó Carrie asustada volviéndose desde el armario en donde estaba guardando los platos.

La expresión de sus ojos era de miedo.

—¡Cielo santo, sí! He llenado el quinqué hasta los bordes —respondió Laura—. Ahora yo barreré el suelo y tú quitarás el polvo.

Cuando mamá bajó, el trabajo ya estaba hecho.

—Ahí arriba, el viento sacude la casa —comentó temblando junto a la cocina—. Qué bien habéis hecho el trabajo, Laura y Carrie —dijo sonriendo.

Papá no había regresado pero en el pueblo no se perdería.

Laura trajo a la mesa los libros y la pizarra y los colocó cerca de Mary que se hallaba sentada en su mecedora. Había poca luz pero mamá no encendió el quinqué. Laura enunció a Mary los problemas de aritmética en voz alta uno por uno y los fue resolviendo en la pizarra mientras Mary lo hacía de memoria. Repasaron cada problema desde el final al principio para asegurarse de que la solución era correcta. Lentamente resolvieron una lección tras otra y tal como mamá había dicho, quedaban muchas más.

Por fin oyeron a papá que entraba por la puerta principal. Su abrigo y su gorra estaban cubiertos de nieve helada y traía un paquete también envuelto en nieve. Dejó que la nieve se derritiera al calor de la cocina y cuando fue capaz de hablar dijo:

—No he tenido que emplear el dinero de tu universidad, Mary. En el depósito de madera ya no queda carbón.

Y continuó:

—Con este frío, la gente ha gastado mucho carbón y además Eldy no tenía demasiada provisión. Ahora está vendiendo madera para quemar, pero nosotros no podemos permitirnos quemar madera y pagarla a cincuenta dólares.

—La gente está loca si paga estos precios —dijo mamá con voz suave—. Los trenes no tardarán mucho en llegar.

—Tampoco hay queroseno —siguió papá—. Ni carne. Las tiendas lo han vendido casi todo. He comprado unos ochocientos gramos de té, Caroline, antes de que se acabe. Así que por lo menos tendremos té hasta que los trenes vuelvan a funcionar.

—Cuando hace frío no hay nada mejor que una buena taza de té —dijo mamá—. Además, el quinqué está lleno. Y si nos vamos a la cama temprano, tendremos bastante queroseno y ahorraremos carbón. Estoy muy contenta de que te acordaras de comprar té. ¡Esto sí que lo echaríamos en falta!

Cuando papá se hubo calentado se dirigió lentamente a la ventana y, sin decir nada, se sentó para leer el *Chicago Inter-Ocean* que había llegado con el último correo.

—Por cierto —dijo levantando la vista del periódico—. La escuela permanecerá cerrada hasta que traigan carbón.

—Podemos estudiar solas —dijo Laura con resolución.

Ella y Mary hablaron en voz baja sobre los problemas de aritmética y Carrie estudiaba ortografía mientras mamá remendaba y papá leía el periódico en silencio.

La tormenta arreció. Era sin duda la más violenta que habían sufrido. La habitación se estaba enfriando. De la sala de delante no llegaba el calor de la estufa para ayudar a la cocina económica a calentar aquella estancia. El frío había penetrado en la sala delantera y ahora se introducía por debajo de la puerta de la cocina. También entraba por debajo de la puerta deí cobertizo. Mamá trajo las alfombras trenzadas de la habitación de delante y las colocó enrolladas contra las ranuras de las puertas.

Al mediodía papá fue al establo. El ganado no necesitaba comida al mediodía pero fue a comprobar que los caballos, la vaca y el ternero estuvieran bien resguardados. A media tarde volvió a salir.

—Con este frío, los animales necesitan comer más para mantenerse en condiciones — explicó papá—. La tempestad ha empeorado y esta mañana, con este viento, he tenido problemas para trasladar el heno al establo. Si el almiar no estuviera delante de la puerta como lo está, no lo hubiera podido hacer. Una buena noticia es que los montículos de nieve han desaparecido. El viento los ha abatido a ras del suelo.

Cuando papá salió la tormenta todavía bramaba con más fuerza y una ola de frío entró por el cobertizo. En cuanto papá hubo cerrado la puerta tras él, mamá colocó las alfombras dobladas contra la ranura. Mary estaba trenzando otra alfombra. Había cortado tiras de ropa de lana vieja y mamá las había colocado por orden de colorido en cajas separadas. Mary sabía de qué color era la ropa contenida en cada una. Formaba una larga trenza de tela con tiras entrelazadas que se amontonaba en el suelo junto a su silla. Cuando remataba las tiras elegía el color que más le gustaba y las unía con la aguja. De vez en cuando palpaba el montón para comprobar cómo había crecido.

—Creo que ya he hecho suficiente —dijo—. Mañana estará lista para que puedas coserla, Laura.

—Primero quiero terminar esta puntilla —objetó Laura—. Pero con esta tormenta la luz es tan escasa que casi no veo los puntos.

—A mí, la oscuridad no me molesta —respondió Mary alegre—. Yo veo con los dedos.

Laura se sintió avergonzada de su impaciencia.

—Coseré la alfombra en cuanto la tengas preparada —dijo con buena voluntad.

Papá tardó mucho en volver. Mamá guardó la cena para que se mantuviera caliente. No encendió el quinqué y permanecieron sentadas pensando que los alambres del tendedero guiarían a papá en medio de la cegadora tormenta.

—Venid, venid, niñas —dijo mamá levantándose—. Mary, tú empezarás la canción. Cantaremos hasta que papá vuelva.

Dicho esto se pusieron a cantar en la oscuridad hasta que papá llegó.

A la hora de cenar encendieron el quinqué pero mamá le dijo a Laura que dejara los platos por fregar. Debían irse corriendo a la cama para ahorrar queroseno y carbón.

Al día siguiente sólo se levantaron papá y mamá para hacer las tareas.

—Vosotras, niñas, quedaos en la cama tanto tiempo como queráis —dijo mamá, y Laura no se levantó hasta las nueve de la mañana. El frío envolvía la casa y penetraba enfriando más y más las habitaciones, y el ruido incesante y la penumbra reinante parecían detener el tiempo.

Laura, Mary y Carrie estudiaron sus lecciones. Laura cosió la alfombra de trenzas formando un tapiz redondo y lo colocó pesadamente sobre el regazo de Mary para que ésta pudiera verlo con sus dedos. La alfombra había convertido aquel día en un día diferente al anterior, pero el volver a cantar en la oscuridad esperando el regreso de papá y el disponerse a comer las patatas, el pan y la salsa de manzanas secas y el té, y el dejar los platos por fregar e irse a la cama corriendo para ahorrar queroseno y carbón, le hacía pensar a Laura que se trataba siempre del mismo día.

Al día siguiente ocurrió lo mismo. El vendaval no cesaba de aullar y la nieve seguía azotando. El ruido, la oscuridad y el frío no terminarían nunca.

De repente, todo cesó. El viento dejó de soplar. Era el tercer día por la tarde. Laura frotó el pedacito del cristal de la ventana del que había retirado la escarcha y a través de la mirilla descubrió la nieve volando a ras del suelo a lo largo de la calle mayor empujada por el constante viento. La nieve lucía de un color rojizo como el del sol poniente. El cielo estaba despejado y frío. Cuando la luz rosada se disipó, la nieve que volaba era de un color gris blancuzco y el viento soplaba con más fuerza. Papá entró en la casa después de haber terminado sus faenas.

—Mañana tendré que acarrear más heno —dijo—. Pero ahora me voy al otro lado de la calle, a casa de Fuller para averiguar si en este maldito pueblo hay más seres vivientes aparte de nosotros. Aquí hemos estado tres día enteros sin ver ni una simple luz, ni humo, ni rastro de seres humanos. ¿Para qué sirve vivir en un pueblo si uno no puede disfrutar de sus ventajas?

—La cena está casi lista, Charles —dijo mamá.

—Estaré de regreso en un abrir y cerrar de ojos —le aseguró a mamá.

Al cabo de unos minutos volvió a entrar preguntando:

—¿Está lista la cena?

Mamá estaba sirviéndola y Laura acercaba las sillas a la mesa.

—En el pueblo todo está en orden —dijo papá—, y en la estación dicen que los trabajos en la gran zanja de este lado de Tracy empezarán mañana por la mañana.

—¿Cuánto crees que tardarán en llegar los trenes? —preguntó mamá.

—No te lo puedo asegurar —respondió papá—. Aquel día que hizo buen tiempo, limpiaron las vías de nieve y éstas quedaron expeditas para que al día siguiente circulara el tren, pero amontonaron la nieve a los lados y ahora todo está completamente cubierto. Tendrán que retirar algo así como treinta pies de nieve helada.

—Si hace buen tiempo no tardarán mucho en conseguirlo —dijo mamá—. Seguramente estaremos de suerte. De momento, ya hemos sufrido más y peores tormentas que en todo el invierno pasado.

Capítulo dieciséis

LLEGA EL BUEN TIEMPO

La mañana era radiante y luminosa pero aún así no había escuela. La escuela no abriría sus puertas hasta que llegara el tren con el carbón.

Afuera el sol brillaba pero las ventanas todavía tenían escarcha y la cocina parecía sin vida y apagada. Mientras secaba los platos del desayuno, Carrie atisbaba a través de la mirilla que había hecho en la ventana y Laura, aburrida, vertía el agua tibia en la jofaina de fregar los platos.

—Quiero ir a alguna parte —dijo Carrie quejumbrosa—. Estoy harta de estar en esta vieja cocina.

—Pues ayer bien que dábamos las gracias por estar en esta cocina —le recordó Mary dulcemente—. Y hoy, podemos agradecer que la tormenta haya cesado.

—De todas maneras, tú no vas a la escuela —dijo Laura enfadada.

En cuanto oyó sus propias palabras se avergonzó de haberlas dicho y, cuando mamá pronunció su nombre en tono de reproche, todavía se enfadó más.

—Cuando hayáis terminado vuestro trabajo, niñas —continuó diciendo mamá al tiempo que cubría el pan bien amasado y lo colocaba delante del horno para que fermentara—, os podéis abrigar bien, tú también Mary, y salir al patio para respirar un poco de aire fresco.

Aquella perspectiva las animó a todas. Ahora, Laura y Carrie trabajaron deprisa y al poco tiempo se estaban ya poniendo precipitadamente los abrigos, los chales, las bufandas, los gorros y los mitones. Laura condujo a Mary por la puerta del cobertizo y todas salieron corriendo al frío centelleante. El resplandor del sol las cegaba y el viento frío les cortaba la respiración.

—Echad los brazos hacia atrás y respirad profundamente, así, muy profundamente —gritó Laura. Ella sabía que el frío no era tan frío si no le temías. Así pues, echaron hacia atrás los brazos y aspiraron el aire, que se introdujo por sus frías narices y bajó hacia los pulmones calentándoles todo el cuerpo. Incluso Mary rió a carcajadas.

—Puedo oler la nieve —afirmó—, de tan fresca y limpia como está.

—El cielo es de un color azul luminoso y el mundo entero destella blancura —le dijo Laura—. Sólo destacan las casas y lo estropean todo. Me gustaría estar en un lugar en donde no hubiera casas.

—¡Qué idea más espantosa! —exclamó Mary—. Nos moriríamos congelados.

—Yo construiría un iglú para todos —declaró Laura—, y viviríamos como esquimales.

—Uf, y comeríamos pescado crudo —dijo Mary con un escalofrío—. Yo no.

Bajo los pies la nieve crujía y chirriaba. Estaba tan compacta que Laura no pudo coger ni un puñado para hacer una bola. Le estaba contando a Carrie lo blanda que era la nieve de los Grandes Bosques de Wisconsin cuando Mary intervino:

—¿Quién viene? Parece que son nuestros caballos.

Papá llegó hasta el establo. Iba de pie sobre un extraño trineo. Se trataba de una plataforma baja hecha con maderas nuevas y era tan larga como un carromato y el doble de ancha. No tenía lengüeta pero una larga cadena sujetaba los separados patines y el travesaño estaba también unido a la cadena.

—¿De dónde has sacado este trineo tan original? —le preguntó Laura a papá.

—Lo he fabricado yo en el almacén de madera —dijo papá mientras cogía la horca del establo—. En verdad es original —admitió—. Pero si los caballos pudieran arrastrarlo cabría en él un almiar entero. Cuando vaya a buscar el heno para alimentar a los animales no quiero perder ni un minuto.

Laura quería preguntarle si sabía algo del tren, pero ello provocaría que Carrie recordase que no les quedaba ya ni carbón ni queroseno ni carne, a la espera del próximo convoy. No quería que Carrie se preocupara. Estaban todos muy alegres y risueños a causa de aquel día tan hermoso y, si el buen tiempo duraba unos días más, el tren llegaría y no tendría que sufrir por nada.

Mientras Laura pensaba en estas cosas, papá subió al trineo bajo y grande.

—Laura, dile a mamá que han traído del este una máquina quitanieves y han enviado un nutrido grupo de hombres para que trabajen en la zanja de Tracy. Unos cuantos días con este clima y harán funcionar los trenes.

—Sí, papá, se lo diré —dijo Laura agradecida, mientras papá doblaba la esquina de la calle y se alejaba hacia el campo por la calle mayor.

Carrie soltó un largo suspiro y añadió gritando:

—Vamos a decírselo ahora mismo.

Lo dijo de tal manera que Laura supo que ella también había querido preguntarle a papá si tenía noticias del tren.

—¡Oh, qué mejillas más sonrosadas! —exclamó mamá cuando entraron en la oscura y caldeada cocina. Al quitarse los abrigos, de nuevo el frío se hizo sentir. Pero el calor de la cocina motivó que en seguida sus helados dedos cosquillearan agradablemente, y mamá estuvo contenta al oír las noticias sobre el tren y la máquina quitanieves.

—Este buen tiempo durará unos días —dijo mamá—. Hemos tenido ya tantas tormentas...

En las ventanas, la escarcha se fundía y formaba una fina capa de hielo sobre el frío cristal. Laura la resquebrajó sin dificultad y secó los cristales. Después se instaló junto a la cegadora luz del sol y se puso a hacer encaje observando de vez en cuando por la ventana los rayos del sol sobre la nieve. En el cielo no se veía ni una nube y por tanto tampoco había que preocuparse por papá aunque tardaba más de lo debido en regresar.

A la diez todavía no había llegado. A las once seguía sin dar señales de vida. Del pueblo a la cabaña y viceversa, tan sólo había dos millas y en media hora podía cargar el trineo de heno.

—Me pregunto qué retiene a papá —dijo Mary finalmente.

—Seguramente ha encontrado algo que hacer en la cabaña —respondió mamá acercándose a la ventana y oteando el cielo del noroeste. Seguía sin una nube—. No hay razón para preocuparse —continuó mamá—. Quizá las tormentas han estropeado algo en la cabaña pero él lo arreglará pronto.

Al mediodía, la hornada de pan del sábado estaba lista. Se trataba de tres barras de dorado pan, crujientes y calientes. Las patatas hervidas y ya escurridas desprendían vapor y el té reposaba. Papá no había regresado.

Estaban seguras de que le había sucedido algo para nadie se atrevía a decirlo y tampoco podían imaginarse de qué podía tratarse. Seguro que los viejos caballos no se habían escapado. Laura pensó en los bandoleros. Si se los había encontrado en la cabaña desierta, papá no tenía consigo la escopeta. Pero era imposible que con aquellas tormentas aparecieran los bandoleros. Tampoco había osos, ni panteras, ni lobos, ni indios. No tenía que cruzar ningún río.

¿Qué podía haber sucedido para entorpecer o herir a un hombre que iba a su cabaña del campo conduciendo unos pacíficos caballos en un trineo que se deslizaba por la nieve, con buen clima, a tan sólo una milla del pueblo y haciendo el mismo camino de regreso con un cargamento de heno?

Entonces llegó papá por la calle segunda y pasó por delante de la ventana. Laura lo vio con la carga de heno cubierta de nieve que ocultaba el trineo, y parecía arrastrarse por el suelo resbaladizo. Se detuvo frente a la cuadra, metió los caballos en sus respectivos establos y después entró en el cobertizo dando fuertes pisadas. Laura y mamá habían puesto la comida en la mesa.

—¡Caracoles! ¡Qué buen aspecto tiene esta comida! —exclamó papá—. ¡Me podría comer un oso crudo sin sal!

Laura vertió agua caliente de la tetera a la jofaina para papá. Mamá dijo con voz suave:

—¿Qué te ha retenido tanto tiempo, Charles?

—La hierba —dijo papá hundiendo la cara en sus manos enjabonadas mientras Laura y mamá se miraban la una a la otra con expresión de sorpresa. ¿Qué quería decir papá?

Un minuto más tarde papá alargó la mano para coger la toalla y continuó diciendo:

—Es esta traicionera hierba bajo la nieve. No puedes seguir el camino —añadió secándose las manos—, no hay nada para guiarse. No hay árboles, no hay vallas… En cuanto sales del pueblo no encuentras nada más que montículos de nieve por todas partes. Incluso el lago está completamente cubierto. El viento ha helado la nieve de los montículos de tal manera que el trineo se desliza como una seda y uno cree que puede ir derecho a cualquier parte. Pues bien, lo primero que sucede es que la pareja de caballos se hunde hasta la mandíbula en un agujero que se abre en esta nieve dura. La ciénaga queda oculta y la nieve parece tan sólida como en cualquier otro lugar pero debajo sólo hay hierba y en cuanto los caballos pasan por encima, se hunden en ella. Me he pasado la mañana entera luchando con este memo de Sam…

—Charles —dijo mamá.

—Caroline —respondió papá—, es que es capaz de hacer renegar a un santo. David se ha portado bien. Tiene el sentido común de un caballo pero Sam se ha vuelto loco. Ahí me encuentro con los dos caballos hundidos en la nieve hasta el lomo y cada vez que intentan salir a flote lo único que consiguen es hacer el agujero más grande. Si el trineo hubiese caído en el agujero, no lo hubiera podido sacar nunca más de allí. Así pues, he desenganchado el trineo, después he intentado que los caballos volvieran a pisar nieve firme y entonces es cuando Sam se ha vuelto loco encabritándose, relinchando, saltando y hundiéndose cada vez más en la traicionera nieve.

—Menudo trabajo has tenido —comentó mamá.

—Estaba tan agitado que temí que hiriera a David —dijo papá—. Así pues, he bajado del trineo y los he desenganchado el uno del otro. Sujeté a Sam y pisoteé la nieve lo mejor que pude intentando abrir un sendero para que Sam pudiera salir del agujero. Pero él retrocedía, y volvía a caer estropeando mi trabajo. Como te digo, era para acabar con la paciencia de cualquiera.

—¿Qué hiciste finalmente, Charles? —preguntó mamá.

—Oh, al final pude sacarlo de allí —respondió papá—. David me ha seguido como un corderito pisando con cuidado y por fin ha salido. Cuando ha estado fuera del agujero lo he enganchado al trineo al que ha arrastrado bordeando el agujero. Pero no podía soltar a Sam y no había nada en donde poder atarlo. Después los volví a enganchar y continuamos. Avanzamos unos cien pies y ¡otra vez para abajo!

—¡Cielo Santo! —exclamó mamá.

—Y así he pasado toda la mañana —concluyó papá—. He necesitado medio día para avanzar unas pocas millas y regresar con un cargamento de heno y estoy más cansado que si hubiese trabajado una jornada completa. Esta tarde me llevaré únicamente a David. No puede acarrear tanta carga pero será más fácil para ambos.

Papá comió muy deprisa y se apresuró a enganchar al trineo tan sólo a David. Ahora sabían lo que papá estaba haciendo y no se preocuparon más, aunque lamentaban que David cayera en los agujeros a causa de la hierba traicionera y también lamentaban que papá tuviera que enganchar y desenganchar el trineo y ayudar al caballo a salir del agujero.

A pesar de todo, aquella tarde continuó siendo soleada y sin una nube en el cielo y, antes del anochecer, papá había transportado dos cargamentos menos pesados de heno.

—David me sigue como un perro fiel —les dijo papá a la hora de cenar—. Cuando se cae permanece inmóvil hasta que yo formo un sendero sólido para que salga. Después me sigue con tanto cuidado que parece comprender la situación y creo que realmente la comprende. Mañana lo engancharé al trineo con una cuerda larga para no tener que desenganchar el trineo cada vez que caiga en un agujero. Únicamente tendré que ayudarle a salir y después podré arrastrar el trineo y bordear el agujero.

Después de cenar, papá se fue a la ferretería de Fuller a comprar la cuerda. Al poco tiempo regresó con noticias. Aquel día, el tren con la máquina quitanieves había avanzado hasta mitad de camino desde la zanja de Tracy.

—Ahora les cuesta más trabajo —dijo—, porque las veces anteriores que han limpiado nieve de las vías la han amontonado a ambos lados ahondando aún más la zanja. Pero Woodworth, el de la estación, dice que lo más seguro es que el tren funcione pasado mañana.

—Ésas son unas buenas noticias —dijo mamá—. Estaré agradecida si obtengo otra vez un poco de carne para guisar.

—Y esto no es todo —añadió papá—: recibiremos el correo haya o no haya tren. Lo envían a caballo y Gilbert, el cartero, sale hacia Preston mañana por la mañana. En este momento está montando un trineo. Así pues, si quieres enviar una carta, ahora es el momento.

—Pues tengo aquella carta para los familiares de Wisconsin a medio escribir —dijo mamá—. No era mi intención terminarla tan pronto, pero ¿por qué no hacerlo?

Y diciendo esto fue a buscar la carta y la puso sobre el mantel bajo la lámpara y, después de descongelar la tinta del tintero, todos se sentaron alrededor de la mesa pensando en las últimas cosas que debían añadir a la carta mientras mamá la escribía con su pequeña pluma roja con el mango de nácar en forma de pluma de ave. Cuando con su buena y esmerada caligrafía hubo llegado al final de la hoja, la ladeó y acabó de llenarla al través. En la otra cara hizo lo mismo, de tal forma que no dejó una pulgada de papel en blanco.

Cuando vivían en Wisconsin, Carrie era tan sólo un bebé. No recordaba ni a las tías ni a los tíos, ni tan siquiera a los primos Alice, Ella y Peter. Grace no los había visto nunca pero Laura y Mary los recordaban perfectamente bien.

—Diles que todavía conservo mi vieja muñeca Charlotte —dijo Laura—, y que me encantaría tener un gatito de la tatara-tatara-tatarabuela de la negra Susan.

—Si pongo abuela, ocupa menos sitio —dijo mamá—. Me temo que esta carta pese más de lo debido.

—Diles que en este país no hay gatos —dijo papá.

—Ojalá hubiera —exclamó mamá—, necesitamos uno para acabar con los ratones.

—Diles que nos gustaría que este año vinieran a pasar las Navidades con nosotros *tal que* hicieron en los Grandes Bosques —dijo Mary.

—*Como* hicieron, Mary —le corrigió mamá.

—¡Por todos los Santos! —exclamó Laura—. ¿Cuándo es Navidad? ¡Ya está cerca!

Grace empezó a saltar sobre las rodillas de Mary y gritó:

—¿Cuándo es Navidad? ¿Cuándo viene Papá Noel?

Mary y Laura le habían explicado todo sobre Papá Noel pero ahora ni Laura ni Mary sabían qué contestar. Fue Carrie la que habló.

—Grace, quizás este invierno Papá Noel no pueda venir a causa de las tormentas y de la nieve —dijo—. Ves, ni los trenes pueden llegar.

—Papá Noel viene en trineo —dijo Grace angustiada, mirándoles a todos con sus ojos azules bien abiertos—. Podrá venir, ¿verdad que sí, papá? ¿Verdad que sí, mamá?

—Claro que podrá —respondió mamá.

Después Laura añadió seriamente:

—Papá Noel puede llegar a todas partes.

—Quizá no consiga hacer llegar el tren pero él vendrá —dijo papá.

A la mañana siguiente, papá llevó la carta a correos y allí vio al señor Gilbert que, poniendo el saco encima del trineo y cubriéndolo bien con una manta de piel de búfalo, emprendía el camino. Para llegar a Preston tenía que recorrer trece millas.

—En Preston se encontrará con otro cartero que le entregará el correo del este y lo traerá aquí de regreso —explicó papá—. Si no tiene problemas para cruzar los cenagales, tendría que estar de vuelta esta noche.

—Tendrá buen tiempo para viajar —dijo mamá.

—Será mejor que yo también me aproveche de ello —dijo papá dirigiéndose a la cuadra para enganchar a David al trineo con la cuerda larga.

Aquella mañana transportó una remesa de heno. Al mediodía, mientras estaban sentados a la mesa, se oscureció el cielo y el viento empezó a aullar.

—¡Ya vuelve! —exclamó papá—. Espero que Gilbert haya llegado bien a Preston.

Capítulo diecisiete

LA SEMILLA DE TRIGO

El frío y la oscuridad una vez más. Los clavos del techo de nuevo eran blancos y los cristales de las ventanas de color gris. Aun haciendo una mirilla en el cristal, se veía únicamente la nieve arremolinándose al otro lado de la ventana. La sólida casa vibraba y temblaba; el viento rugía y silbaba. Mamá mantuvo las alfombras bien apretadas contra la ranura de las puertas, pero a pesar de ello el frío entraba implacable.

Era muy difícil estar alegre. Papá iba al establo por la mañana y por la tarde a dar de comer a los caballos, a la vaca y al ternero agarrándose siempre al alambre de tender la ropa para no extraviarse. Tenía que ahorrar heno. Regresaba a casa tan helado que casi no podía calentarse. Se sentaba delante del horno con Grace en sus rodillas y abrazando a Carrie para tenerla muy cerca y les contaba las mismas historias de osos y panteras que años antes solía contar a Mary y a Laura. Después de cenar, interpretaba alegres melodías con el violín.

Al llegar la hora de irse a la cama y de afrontar el frío del piso de arriba, papá les acompañaba tocando el violín.

—¿Listos? ¡Todos juntos! —decía—. ¡Derecha, izquierda, derecha, izquierda! ¡Marchen!

Laura iba delante llevando las planchas calientes. Después seguía Mary apoyando su mano en el hombro de Laura. La última era Carrie, que también llevaba una plancha caliente. La música les acompañaba.

¡Un, dos! ¡Un, dos! ¡Eskdale y Liddesdale!
Todas las boinas azules están al otro lado de la frontera.
Las banderas ondean sobre vuestras cabezas,

muchas de estas crestas ya son famosas en la historia.
Cabalgad y preparaos, hijos de la cañada de la montaña.
¡Luchad por vuestros hogares y por la vieja gloria escocesa!

La música ayudaba. Laura intentaba aparentar alegría para animar a las demás, pero no podía dejar de pensar que aquella tormenta habría bloqueado el tren otra vez. También sabía que quedaba muy poco carbón en el montón del cobertizo y que en el pueblo se había agotado. En el quinqué había muy poco queroseno a pesar de que mamá únicamente lo encendía a la hora de cenar. Hasta que no llegara el tren tampoco tendrían carne para comer. No había mantequilla y lo único que quedaba para untar el pan era un poco de grasa de cerdo. Tenían todavía algunas patatas pero sólo quedaba harina para un pan.

Después de pensar en todo esto, Laura decidió que antes de que se terminara el pan tenía que llegar el tren. Luego volvió a pensar en el carbón, en el queroseno, en grasa de cerdo y en la poca harina que había en el fondo del saco. Pero seguro que llegaría un tren.

La casa tembló durante todo el día y toda la noche. Los vientos soplaron y aullaron y la nieve golpeaba las ventanas y el tejado, bajo el cual asomaban los clavos llenos de escarcha. En las otras casas había gente, por lo que se veían luces pero estaban demasiado lejos para parecer reales.

En la habitación al fondo del almacén de grano, Almanzo trabajaba afanosamente. Había descolgado de la pared las sillas de montar, los arreos y la ropa y lo había amontonado todo sobre la mesa. Había arrimado la mesa al armario y en el espacio vacío había puesto una silla como caballete para serrar.

Había colocado un marco de tablones de dos por cuatro a unos tres pies de la pared. Ahora serraba más maderos y los clavaba en el marco. El desapacible ruido de la sierra y el martilleo se oían menos que el ruido de la tormenta.

Cuando tuvo el muro a media altura, rajó un saco de semilla de trigo con el cuchillo. Levantó el saco de ciento veinticinco libras y lentamente lo vació en el espacio que quedaba entre la pared nueva y la vieja.

—Espero que quepa todo —le dijo a Royal, que estaba sentado junto a la estufa tallando un palo con el cuchillo—. Después construiré el muro nuevo hasta arriba para que no se vea el contenido.

—Es tu funeral —dijo Royal—. Es tu trigo.

—Ya lo creo que es mi trigo —respondió Almanzo—. Y cuando llegue la primavera irá a parar a mi tierra.

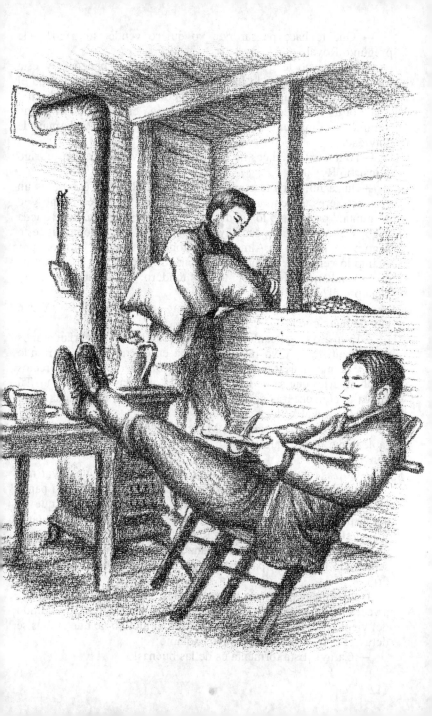

—¿Qué te hace pensar que yo quiero vender tu trigo? —le preguntó Royal.

—Ya casi no te queda grano —respondió Almanzo—, y esta tormenta durará como lo han hecho las demás y entonces todo el pueblo se aglomerará a tu puerta para comprar trigo. A Harthorn y a la Loftus les quedan tres sacos de harina entre los dos y como mínimo, esta tormenta retendrá la llegada del tren hasta después de Navidades.

—Todo esto que dices no significa que yo vaya a vender tu trigo —insistió Royal.

—Quizá no, pero te conozco muy bien, Royal. Tú no eres un granjero, eres un tendero. Y si alguien viene aquí, ve el trigo y te pregunta: ¿por cuánto lo vendes?, y tú le respondes que no te queda trigo, y el otro dice y ¿qué hay en estos sacos?, y tú contestas, este trigo no es mío, es de Almanzo y entonces el hombre te dice, ¿por cuánto lo vendéis?, no me irás a decir que tú contestarías: nosotros no lo vendemos. No, señor, tú eres tendero y tú le dirías: ¿cuánto paga por él?

—Bueno, a lo mejor sí que lo haría —admitió Royal—. ¿Y qué hay de malo en ello?

—Lo malo es que antes de que llegue el tren lo pagarían a unos precios altísimos y yo me encontraría en el campo transportando heno y tú imaginarías que yo no sería capaz de rechazar unos precios así, o creerías que sabes mejor que yo lo que más me conviene. Tú nunca te convencerás de que cuando digo algo lo digo sabiendo lo que digo, Royal Wilder.

—Bueno, bueno, está bien, Manzo —dijo Royal—. Soy considerablemente mayor que tú y quizá sea verdad que sé lo que más te conviene.

—Quizás o quizá no, pero, sea como fuere, yo voy a llevar mis asuntos a mi manera. Voy a esconder el trigo detrás de esta pared bien tapiada con clavos para que nadie pueda verlo y para que no hagan preguntas, y cuando llegue la época de la siembra aquí estará.

—Está bien, está bien —dijo Royal mientras continuaba tallando un palo de madera de pino y Almanzo levantaba los sacos uno a uno separando las piernas para hacer fuerza y vaciándolos en el escondrijo.

De vez en cuando, una ráfaga de viento hacía temblar la casa y, a veces, de la estufa al rojo vivo salía una nube de humo. Un aullido del viento más fuerte que los demás fue el motivo de que ambos se detuvieran a escuchar. Almanzo exclamó:

—¡Caray! ¡Esta tormenta es de las buenas!

Al cabo de un rato Almanzo pidió:

—Roy, hazme un tapón para este agujero, ¿quieres? Deseo terminar esto antes de hacer las tareas.

Royal se acercó para ver el agujero. Lo redondeó con el cuchillo y eligió un pedazo de madera que sirviera para hacer un tapón que encajara.

—Si los precios suben como dices, serás un loco si no vendes tu trigo —comentó—. Antes de la primavera funcionarán los trenes y podrás comprar semillas y hacer un buen negocio como pienso hacerlo yo.

—Esto ya lo has dicho antes —le recordó Almanzo—. Yo prefiero estar seguro y no tener que lamentar mi error. No se puede saber con certeza cuándo llegarán los trenes y tampoco se sabe si traerán semillas de trigo antes del mes de abril.

—En este mundo no hay nada seguro excepto la muerte y los impuestos —sentenció Royal.

—La época de la siembra tiene que llegar algún día —dijo Almanzo—. Y una buena semilla hace una buena cosecha.

—Hablas como nuestro padre —apuntó Royal probando de nuevo el tapón y sentándose otra vez a tallar—. Si el tren no llega dentro de un par de semanas, me pregunto cómo resistirá la gente del pueblo. En las tiendas no queda casi nada.

—Cuando no hay más remedio, la gente se apaña —dijo Almanzo—. Casi todo el mundo compró provisiones, como nosotros, el verano pasado. Y nosotros, si nos vemos obligados, las haremos durar hasta que llegue el buen tiempo.

Capítulo dieciocho

FELIZ NAVIDAD

Por fin cesó la tormenta. Después de tres días de un ruido incesante, el silencio llenó los oídos de Laura.

Papá se apresuró a ir a por más heno y cuando regresó metió a David en la cuadra. El sol todavía brillaba sobre la nieve, en el cielo del noroeste no había ni una nube, y Laura se preguntó por qué había dejado papá de transportar más heno.

—¿Qué sucede, Charles? —le preguntó mamá quedamente cuando papá entró en la casa.

Papá respondió:

—Gilbert llegó a Preston y está de regreso. ¡Ha traído el correo!

Fue como si hubiese llegado la Navidad inesperadamente. Mamá y Carrie deseaban que el reverendo Alden les hubiese enviado algo para leer; a veces lo hacía. Grace estaba entusiasmada porque los demás lo estaban. La espera, hasta que papá regresó de correos, fue difícil de soportar.

Tardó mucho tiempo en regresar y como dijo mamá, ser impaciente no solucionaba nada. Todo el pueblo estaba en correos y papá tenía que aguardar a que le tocara su turno.

Cuando por fin llegó, iba cargado de paquetes. Mamá cogió las hojas de la iglesia con avidez y Laura y Carrie intentaron hacerse con el paquete de las revistas *Youth Companions*. También había periódicos.

—¡Aquí, aquí! ¡Sin atropellarme! —rió papá—. Y eso no es todo. Adivinad lo que tengo.

—¿Una carta? ¡Oh, papá! ¿Tienes una carta? —gritó Laura.

—Tú tienes *The Advances*, Caroline —respondió papá—. Y Laura y Carrie tienen las *Youth Companions*. Y yo tengo el *Inter-Ocean* y el periódico *Pioneer*. A Mary le toca la carta.

El rostro de Mary se iluminó. Palpó el grosor de la carta.

—¡Una carta larga y extensa! ¡Léela, mamá!

Así, pues, mamá abrió la carta y la leyó en voz alta.

Era del reverendo Alden. Lamentaba que la primavera anterior no hubiera podido regresar para ayudar a organizar la iglesia, ya que lo habían enviado más hacia el norte. Esperaba que cuando llegara la primavera podría reunirse con ellos. Los niños de la Catequesis de Minnesota enviaban a las niñas un montón de revistas *Youth Companions*, y al año siguiente les enviarían más. El párroco les había mandado un baúl con ropa, que esperaba les fuera útil. Y, como un regalo particular y en agradecimiento a su hospitalidad para con él y el reverendo Stuart el invierno pasado en Silver Lake, por añadidura metió en el baúl un pavo. Les deseaba unas felices Navidades y un próspero año nuevo.

Cuando mamá terminó, hubo un breve silencio. Después dijo:

—Por lo menos tenemos esta carta tan bonita.

—Gilbert ha dicho que han mandado más hombres y unas máquinas quitanieves a trabajar en la zanja cerca de Tracy —dijo papá—. Quizá recibamos el baúl para Navidades.

—Tan sólo faltan unos días —recordó mamá.

—En unos días se puede hacer mucho —dijo papá—. Si se mantiene el buen tiempo, no hay razón para que no logren hacer funcionar el tren.

—¡Oh!, espero que llegue el baúl de Navidad —exclamó Carrie.

—Los hoteles han cerrado —le comentó papá a mamá—. Han estado quemando madera para calentarse y ahora Banker Ruth ha comprado el último leño del almacén de madera.

—De todas maneras, nosotros no podemos permitirnos quemar madera —dijo mamá—. Pero Charles, casi no nos queda carbón.

—Quemaremos heno —dijo papá alegremente.

—¿Heno? —exclamó mamá, y Laura preguntó:

—¿Cómo podemos quemar heno, papá?

Laura pensó en lo rápidamente que se consume la hierba de las praderas cuando se le prende fuego. Las llamas lamen los finos tallos entre el resplandor y éstos desaparecen antes de que la frágil ceniza caiga al suelo. ¿Cómo podía calentarse una habitación con un fuego que se consumía tan deprisa, si incluso con un rescoldo constante de carbón no bastaba para matar el frío?

—Tendremos que inventarnos algo —le dijo papá—. ¡A la fuerza ahorcan!

—Seguramente el tren llegará a tiempo —suspiró mamá.

Papá volvió a ponerse el gorro y le pidió a mamá que preparara

la comida para un poco más tarde de lo habitual. Si se apresuraba, tendría tiempo de ir a por otro cargamento de heno. Salió a la calle y mamá dijo:

—Vamos, niñas, guardad las revistas de *Youth Companions*. Puesto que hace buen tiempo haremos la colada.

Durante todo aquel día Laura y Carrie desearon que llegara el momento de póder ojear las revistas y a menudo hablaron de ellas. Pero el radiante día fue corto. Revolvieron y batieron la ropa que hervía al fuego de la estufa; la recogieron con el palo de la escoba y la metieron en un barreño en donde mamá la enjabonó y la frotó.

Laura la aclaró y Carrie disolvió una bolsita de azulete con el segundo enjuague hasta que el agua estuvo suficientemente azul. Laura preparó el almidón hervido, y cuando mamá salió por última vez al frío del exterior para tender la ropa, papá ya había llegado y se sentaron para comer. Después lavaron los platos, fregaron el suelo, sacaron lustre a la estufa y limpiaron los cristales. Mamá trajo la ropa seca y fría y la ordenaron, la rociaron de agua, la enrollaron bien apretada dejándola lista para el planchado. El crepúsculo había llegado. Ya era demasiado tarde para leer, y después de cenar no habría luz ya que no querrían gastar el queroseno del quinqué.

—Primero la obligación y luego la devoción —decía siempre mamá.

Después, mirando a Laura y a Carrie con una de sus dulces sonrisas, añadió:

—Mis niñas me han ayudado mucho y han trabajado muy bien todo el día.

Y les otorgó una recompensa.

—Mañana leeremos un cuento —dijo Carrie contenta.

—Mañana tenemos que planchar —le recordó Laura.

—Sí, y si sigue el buen tiempo, tenemos también que orear las camas y limpiar el piso de arriba a conciencia —dijo mamá.

Papá entró y oyó la conversación.

—Mañana voy a trabajar en la vía del tren —dijo.

El señor Woodworth había recibido órdenes de mandar a trabajar en la vía del tren a tantos hombres como pudiera. El superintendente dirigía los trabajos en la zanja de Tracy y unos grupos de hombres sacaban la nieve con palas al este de Huron.

—Si los músculos y la buena voluntad lo pueden todo, conseguiremos que llegue un tren para Navidades —declaró papá.

Aquella noche regresó con una amplia sonrisa en su rostro.

—Traigo buenas noticias —dijo al entrar—. El tren de mercancías llegará mañana y el tren regular seguramente pasado mañana.

—¡Olé, olé!—exclamaron Laura y Carrie y mamá dijo:

—Esto sí que es una buena noticia. ¿Qué tienes en los ojos, Charles?

Los ojos de papá estaban enrojecidos e hinchados.

—El reflejo del sol sobre la nieve daña los ojos. Algunos de los hombres se han quedado medio ciegos. Prepárame un poco de agua tibia con sal ¿quieres Caroline? Después de hacer las tareas, me enjuagaré los ojos con agua salada.

Cuando papá hubo salido hacia el establo, mamá se dejó caer en una silla cerca de Mary.

—Me temo, niñas, que estas Navidades van a ser muy pobres

—dijo—. Con estas terribles tormentas y trabajando todo el día para entrar en calor, no hemos tenido tiempo de planear nada.

—Quizá llegue el baúl de... —empezó a decir Carrie.

—No debemos contar con ello —dijo Mary.

—Podríamos esperar a celebrar la Navidad a su llegada —sugirió Laura—. Todo menos... —y diciendo esto se acercó a Grace, que estaba escuchando con los ojos muy abiertos.

—¿Papá Noel no puede venir? —preguntó Grace con el labio inferior tembloroso.

Laura la abrazó y miró a mamá por encima de aquella cabecita dorada.

—Papá Noel siempre viene a traer regalos a las niñas buenas, Grace —dijo mamá con firmeza—. Pero niñas —continuó—, tengo una idea. ¿Qué os parece si guardamos mis revistas religiosas y las vuestras de *Youth Companions* para leerlas el día de Navidad?

Al cabo de un momento, Mary dijo:

—Creo que es una buena idea. Nos ayudará a aprender lo que es la abnegación.

—Yo no quiero —dijo Laura.

—Nadie quiere —respondió Mary—. Pero nos será beneficioso.

A veces Laura no quería portarse bien. Pero, después de otro silencio, dijo:

—Está bien. Si tú y Mary lo queréis así, de acuerdo.

—¿Tú qué opinas, Carrie? —le preguntó mamá.

Carrie respondió con una voz apagada:

—Yo también estoy de acuerdo, mamá.

—Así me gusta —aprobó mamá—. En las tiendas quizás encontremos algo para... —añadió mirando fugazmente a Grace—. Pero vosotras que ya sois mayores sabéis que este año papá no ha ganado dinero, y el que tenemos no podemos gastarlo en regalos. A pesar de todo, tendremos una Navidad feliz. Yo intentaré inventarme algo especial para comer y después abriremos nuestras revistas y las leeremos y, cuando sea demasiado oscuro, papá tocará el violín.

—Casi no nos queda harina, mamá —dijo Laura.

—Los tenderos piden veinticinco centavos por una libra de harina así que papá ha decidido esperar a que llegue el tren —respondió mamá—. De todos modos, no hay nada con qué hacer tortas, ni mantequilla ni huevos para hacer un pastel y en el pueblo ya no hay azúcar. Pero ya pensaremos algo para la comida de Navidad.

Laura se sentó pensativa. Estaba bordando con lana en punto de cruz un pequeño marco de cartón plateado. A los lados y en la parte superior había bordado unas flores de color azul y hojas verdes. En aquel momento hacía una cenefa azul en el recuadro central. Mientras clavaba la fina aguja a través del cartón y pasaba la delgada lana de color, pensó en la expresión de melancolía con que Carrie había mirado aquel objeto tan bonito. Laura decidió regalárselo a Carrie para Navidad. Algún día quizá podría hacerse otro para ella.

También tenía suerte de haber terminado el encaje para enaguas que regalaría a Mary. Y a mamá le daría la caja de cartón para guardar los postizos de cabello que había bordado haciendo juego con el marco. Mamá podría colgarla en una esquina del espejo y usarla más tarde para guardar la trenza postiza que estaba haciéndose con sus propios cabellos.

—Pero, ¿qué vamos a regalar a papá? —preguntó.

—Confieso que no lo sé —respondió mamá preocupada.

—Yo tengo unos peniques —dijo Carrie.

—También tenemos mi dinero de la universidad... —empezó a decir Mary.

Pero mamá la interrumpió en el acto.

—No, Mary. Este dinero no lo tocaremos para nada.

—Yo tengo diez centavos —dijo Laura pensativa—. ¿Cuántos dices que tienes tú, Carrie?

—Yo tengo cinco —respondió Carrie.

—Para comprarle a papá un par de tirantes necesitaríamos veinticinco centavos —calculó Laura—. Le hacen falta unos tirantes nuevos.

—Yo tengo una moneda de diez centavos —dijo mamá—. Así que el asunto está solucionado. Mañana, en cuanto papá se vaya a trabajar, vosotras Laure y Carrie, vais lo antes posible a comprarlos.

A la mañana siguiente cuando hubieron terminado las faenas de la casa, Laura y Carrie cruzaron la calle nevada y se dirigieron a la tienda de Harthorn. El señor Harthorn estaba solo. Los estantes aparecían vacíos. A lo largo de ambas paredes sólo colgaban unos pares de botas de hombre, zapatos de mujer y unas piezas de calicó.

El barril de las judías estaba vacío. El de las galletas también. La salmuera en el fondo del barril del tocino también se había evaporado. La caja alargada y plana del bacalao únicamente contenía un poco de sal esparcida por el fondo. Las cajas de manzanas y de moras secas estaban completamente vacías.

—No me queda ningún alimento y no lo tendré hasta que llegue el tren —dijo el señor Harthorn—. Esperaba una remesa de vitualla que debía llegar cuando el tren quedó atascado.

En la vitrina había unos pañuelos muy bonitos, peines, unos clips para el cabello y un par de tirantes. Laura y Carrie los miraron. Eran sencillos y de un triste color gris.

—¿Queréis que os los envuelva? —preguntó el señor Harthorn.

Laura no quería decir que no pero miró a su hermana Carrie y vio que ésta deseaba que se atreviera a hacerlo.

—No, gracias, señor Harthorn —dijo Laura—. Ahora no nos los llevamos.

Cuando se encontraron de nuevo en el frío resplandeciente de la calle, Laura le dijo a Carrie:

—Vamos a la tienda de Loftus a ver si tienen otros más bonitos.

Inclinaron las cabezas contra el fuerte y helado viento y avanzaron dificultosamente a lo largo de los porches de las tiendas hasta llegar al otro colmado.

La tienda también estaba desprovista y en su interior resonaba un eco. Todos los barriles y las cajas estaban vacíos y en el estante de las conservas sólo quedaban dos latas planas de ostras.

—Estoy esperando el tren de mañana con más provisiones —les dijo el señor Loftus—. Ya sería hora de que llegara.

En la vitrina había un par de tirantes azules adornados con unas pequeñas flores bordadas a máquina con esmero y con unas hebillas doradas. Laura no había visto nunca unos tirantes tan bonitos como aquéllos. Eran justo los tirantes perfectos para papá.

—¿Cuánto valen? —preguntó convencida de que serían muy caros.

Pero el precio era de veinticinco centavos. Laura entregó al señor Loftus sus dos monedas de cinco centavos, la de cinco de Carrie y la moneda de plata de mamá de diez centavos. Cogió el paquete y el viento las empujó cortándoles la respiración hasta llegar a casa.

Al llegar la hora de acostarse, nadie habló de colgar los calcetines de la Nochebuena. Grace era demasiado pequeña para saber lo que significaban los calcetines de la Navidad y ninguno de los demás esperaba recibir un regalo. Pero también es cierto que nunca habían deseado tanto que llegara la Nochebuena, porque por fin las vías estaban despejadas de nieve y el tren llegaría al día siguiente.

Aquella mañana el primer pensamiento de Laura fue: «¡El tren llega hoy!» Los cristales de la ventana no tenían escarcha, el cielo estaba despejado, la pradera cubierta de nieve se tornaba rosada con el sol del amanecer. El tren llegaría sin duda y Laura se regocijaba pensando en los regalos de Navidad.

Se deslizó de la cama sin despertar a Mary y apresuradamente se puso el vestido en la fría habitación. Abrió la caja en la que guardaba sus cosas y sacó el rollo de encaje ya cuidadosamente envuelto en papel de seda. Después encontró la postal más bonita de todas las que le habían regalado en la clase de catecismo, y cogió el pequeño marco bordado y la caja de cartón. Con estos objetos en sus manos bajó la escalera presurosa pisando levemente.

Mamá alzó la cabeza sorprendida. La mesa estaba puesta y mamá estaba colocando sobre cada plato un paquetito envuelto en papel a rayas rojas y blancas.

—¡Feliz Navidad, mamá! —susurró Laura—. ¡Oh!, ¿qué son estos paquetes?

—Regalos de Navidad —respondió mamá también en voz baja—. ¿Qué llevas ahí?

Laura sonrió mientras colocaba sus regalos sobre el plato de Mary y el de mamá. Después, deslizó la postal en el marco bordado.

—Es para Carrie —dijo en un susurro.

Mamá y ella lo contemplaron. Era precioso. Entonces mamá encontró un pedazo de papel de seda para envolverlo.

Carrie, Grace y Mary bajaban la escalera a toda prisa gritando:

—¡Feliz Navidad! ¡Feliz Navidad!

—¡Oh! ¡Oh! —exclamó Carrie—. Yo creí que celebraríamos la Navidad cuando llegara el tren que nos trae el baúl. ¡Oh! ¡Mira! ¡Mira!

—¿Qué es? —preguntó Mary.

—¡Hay un regalo en cada plato! —le dijo Carrie.

—No, no, Grace. No se puede tocar —dijo mamá—. Esperaremos a que llegue papá.

Así pues, Grace empezó a correr alrededor de la mesa pero sin tocar nada.

Papá llegó con la leche y mamá la coló. Después papá se fue al cobertizo y regresó con una amplia sonrisa en los labios. Le entregó a mamá las dos latas de ostras de la tienda de Loftus.

—¡Charles! —exclamó mamá sorprendida.

—Haznos una buena sopa de ostras para la comida de Navidad, Caroline —le pidió papá—. He ordeñado a Helen y ha dado un poco de leche. Es la última, pero quizá puedas arreglártelas.

—La aclararé con un poco de agua —dijo mamá—, y tendremos sopa de ostras para la comida de Navidad.

En aquel momento papá vio la mesa. Laura y Carrie rieron a carcajadas gritando:

—¡Feliz Navidad! ¡Feliz Navidad, papá! —y Laura le dijo a Mary—: Papá está sorprendido.

—¡Viva Papá Noel! —cantó papá—. ¡El viejo Papá Noel ha llegado a pesar de no haber tren!

Todos se sentaron en su sitio y mamá retuvo suavemente las manos de Grace diciendo:

—Papá abre su regalo el primero, Grace.

Papá cogió su paquete.

—Veamos, ¿qué puede ser? y ¿quién me lo ha regalado?

Deshizo el lazo, desdobló el papel y sostuvo en el aire el par de tirantes de flores rojas.

—¡Vaya! —exclamó—. ¡Ahora no podré ponerme nunca más el abrigo! Estos tirantes son demasiado bonitos para ocultarlos.

Papá miró a todos los rostros que le rodeaban.

—Bueno, como esto lo habéis hecho entre todas —dijo—, yo los llevaré con mucho orgullo.

—Todavía no, Grace —dijo mamá—. La próxima es Mary.

Mary desenvolvió los metros de encaje finamente tejido. Lo acarició amorosamente con los dedos y su rostro resplandeció de júbilo.

—Lo guardaré para cuando vaya a la universidad —dijo—. Es otra cosa que me ayudará a no perder la esperanza. En unas enaguas blancas quedará precioso.

Carrie estaba mirando su regalo. La estampa mostraba al Buen Pastor vestido con su túnica azul y blanca sosteniendo entre sus brazos un corderito blanco como la nieve. El marco de cartón plateado bordado con flores de color azul era el marco perfecto para aquella imagen.

—¡Oh, qué preciosidad! ¡Qué preciosidad! —dijo Carrie en un susurro.

Mamá dijo que la caja para los postizos era exactamente lo que necesitaba.

Entonces, Grace rasgó el papel que envolvía su regalo y dio un grito de alegría. Dos pequeños y planos hombrecitos hechos de finas láminas de madera se erguían de pie en una plataforma frente a dos postes rojos del mismo espesor. Sus manos estaban sujetas por dos tensos cordeles enroscados sobre sus cabezas. Los muñecos llevaban una gorra roja con visera y unos abrigos azules con botones dorados. Sus pantalones eran a rayas rojas y verdes. Sus botas eran negras y de puntas curvadas.

Mamá presionó suavemente la base de los postes. Uno de los hombres dio una voltereta y el otro se columpió y fue a parar al lugar del primero. Después, el primero descendió mientras el segundo daba un salto y ambos movieron la cabeza y los brazos y balancearon sus piernas bailando y dando volteretas.

—¡Oh! ¡Mira! ¡Mira! —gritó Grace sin cansarse de observar aquellos hombrecillos tan divertidos que danzaban.

Los pequeños paquetes de papel rayado para cada comensal tenían pedazos de caramelo.

—¿Dónde has conseguido el caramelo, papá? —le preguntó Laura asombrada.

—Lo compré hace tiempo. Era el último que quedaba en el pueblo —dijo papá—. Algunas personas dicen que lo usaron para sustituir el azúcar pero yo lo guardé para tener caramelo en Navidad.

—¡Oh!, qué Navidades más maravillosas —dijo Carrie suspirando.

Laura también pensaba lo mismo. Pasara lo que pasara siempre podrían celebrar una Navidad feliz. Y el sol brillaba y el cielo estaba azul, las vías despejadas y el tren en camino. Aquella mañana, el convoy había superado la zanja de Tracy. En algún momento del día, oirían su silbido y lo verían detenerse en la estación.

Al mediodía mamá tenía a punto la sopa de ostras. Laura ponía la mesa, Carrie y Grace jugaban con los hombrecillos saltarines. Mamá probó la sopa y volvió a dejar la tetera sobre el fogón.

—La sopa de ostras está lista —dijo mientras sacaba el pan del horno—, y también el pan. ¿Qué estará haciendo papá?

—Ha ido a buscar heno —dijo Laura.

Papá abrió la puerta. Detrás de él, el cobertizo estaba casi lleno de hierba del cenagal. Preguntó:

—¿Está lista la sopa de ostras?

—Ahora mismo la sirvo —respondió mamá—. Me alegra que el tren esté llegando, éste es todo el carbón que nos queda.

Después miró a papá y le preguntó:

—¿Qué sucede, Charles?

Papá respondió lentamente:

—Hay una nube en el noroeste.

—Oh, no. ¿Otra tormenta? —dijo mamá con voz llorosa.

—Me temo que sí —respondió papá—. Pero no veo por qué tiene que estropearnos la comida —añadió acercando su silla a la mesa—. He amontonado mucho heno en el establo y he llenado el cobertizo. ¡Ahora, vamos a por nuestra sopa de ostras!

Mientras comían, el sol continuó brillando. La sopa caliente estaba deliciosa a pesar de la leche aguada. Papá desmigajó el pan tostado en la sopa.

—Estas tostadas son tan buenas como las galletas —le dijo papá a mamá—. No he comido nada mejor.

Laura disfrutó de la sopa pero no podía dejar de pensar en la negra nube que se aproximaba. No podía dejar de pensar tampoco en el viento que pronto empezaría a soplar.

Llegó emitiendo un chillido. Los cristales de las ventanas vibraron y la casa tembló.

—Debe de ser una tormenta muy impresionante —afirmó papá acercándose a la ventana desde la que no pudo ver nada.

La nieve que traía el viento y la que se desprendía de los duros montículos con la fuerza del mismo, volaba entremezclando sus copos frenéticamente en un turbulento remolino. El cielo, el sol, el pueblo, todo había desaparecido, todo se había perdido en la deslumbrante danza de la nieve. La casa volvía a estar sola.

Laura pensó: «Ahora el tren no podrá llegar».

—Vamos, niñas —dijo mamá—. Freguemos los platos y después abriremos nuestras revistas y pasaremos una tarde muy agradable.

—¿Hay suficiente carbón, mamá? —preguntó Laura.

Papá echó un vistazo al fuego.

—Durará hasta la hora de cenar —dijo—. Después quemaremos heno.

La escarcha se helaba en los cristales de las ventanas y las paredes de la estancia estaban muy frías. La luz al lado de la estufa era demasiado débil para leer. Cuando los platos estuvieron limpios y guardados, mamá colocó la lámpara sobre el mantel a cuadros rojos y blancos y la encendió. Había muy poco queroseno en el bol en el que se enroscaba la mecha pero su luz alegraba y daba la sensación de calentar. Laura abrió el paquete de revistas *Youth Companions* y ella y Carrie miraron impacientemente la cantidad de historias que había impresas en un papel fino y blanco.

—Vosotras, niñas, elegid una historia —dijo mamá—, y yo la leeré en voz alta para que todos podamos disfrutarla.

Y así, se situaron todos entre la estufa y la mesa iluminada y escucharon cómo mamá leía el cuento con su clara y dulce voz. El cuanto los trasladó a todos muy lejos de la tormenta, del frío y de la oscuridad. Cuando terminó aquel cuento, mamá leyó un segundo y después un tercero. Aquello fue suficiente para un día; tenían que reservar algunos para otro momento.

—¿No estáis contentas de que guardáramos estos cuentos para el día de Navidad? —dijo Mary feliz.

Así era. Todas estaban muy dichosas. La tarde había transcurrido tan deprisa… Ya era la hora de hacer las tareas.

Cuando papá regresó de la cuadra estuvo un buen rato en el cobertizo y por fin entró en la casa con los brazos cargados de ramas.

—Aquí está el combustible para tu desayuno, Caroline —le dijo a mamá depositando las ramas junto al fogón.

No eran propiamente ramas sino unas recias y duras varas hechas de heno comprimido.

—Espero que quemen bien.

—¿Varas de heno? —exclamó Laura.

—Así es, Laura —respondió papá extendiendo sus manos sobre la estufa—. Me alegro de que el heno esté en el cobertizo. Con elviento que sopla no podría traerlo hasta aquí a no ser que en cada viaje trajera sólo una brizna entre los dientes.

El heno se había convertido en varas. Papá lo había retorcido de alguna forma y lo había anudado fuertemente hasta conseguir que el heno fuera casi tan duro como la leña.

—¡Varas de heno! —rió mamá—. ¿Qué se te ocurrirá la próxima vez? Vaya, Charles, siempre encuentras la manera de solucionar las cosas.

—Tú también —le respondió papá sonriéndole.

Para cenar había patatas hervidas y una rebanada de pan con sal para cada uno. Aquél era el último pedazo de pan que les quedaba, pero en el saco todavía quedaban judías y unos pocos nabos. También había té caliente con azúcar y Grace tenía su té de Cambray hecho con agua, porque ya no había más leche. Mientras comían a la luz de la lámpara, ésta empezó a vacilar. La llama se alargó con todas sus fuerzas chupando las últimas gotas de queroseno de la mecha. Después se desvaneció e intentó brillar de nuevo. Mamá se inclinó y la apagó de un soplo. La oscuridad se cernió acompañada del soplido y del aullido del viento de la tormenta.

—El fuego también se está apagando así que será mejor que nos vayamos a la cama —dijo mamá suavemente.

Laura permaneció despierta en la cama escuchando cómo soplaba el viento cada vez más fuerte. Sonaba igual que aquella manada de lobos que aullaban alrededor de la pequeña casa de la pradera hacía mucho tiempo, cuando ella era muy pequeña y papá la llevaba en brazos. Y también sonaba como el profundo rugido del gran lobo búfalo que ella y Carrie habían encontrado en Silver Lake.

Cuando le pareció el chirrido de la pantera a orillas del lago del territorio indio, se puso a temblar. Pero sabía que tan sólo se trataba del viento. En este momento oyó el grito de guerra de los indios que ejecutaban sus danzas noche tras noche en el río Verdigris.

El grito de guerra se apagó y ahora oyó como si una muchedumbre murmurara, después gritara, huyendo de los horribles aullidos que la perseguían. Pero Laura sabía que lo que estaba oyendo eran sólo las voces del viento huracanado de la tormenta. Se cubrió la cabeza con el edredón y se tapó los oídos para no oír nada. Pero, a pesar de todo, siguió oyéndolo todo.

Capítulo diecinueve

CUANDO HAY BUENA VOLUNTAD

El fuego producido por el heno prendía muy deprisa, calentaba mucho pero se apagaba rápidamente. Mamá mantuvo el paso del aire de la estufa cerrado y alimentó el fuego durante todo el día. Papá también se pasó el día entero en el cobertizo retorciendo ramitas de heno, excepto cuando tenía que salir en plena tormenta para ir a dar de comer a los animales. La tormenta arreció y el frío era cada vez más intenso.

Papá se acercaba a menudo a la estufa para calentarse las manos.

—Mis dedos se quedan tan insensibles —dijo— que no puedo retorcer bien el heno.

—Déjame ayudarte, papá —rogó Laura.

Papá no quería que Laura le ayudase.

—Tienes las manos demasiado pequeñas para este trabajo —le dijo.

Luego admitió:

—Pero alguien tiene que ayudarme, porque para que esta estufa siga funcionando se necesita más de una persona para traer el heno y retorcerlo.

Finalmente decidió:

—Ven conmigo, te enseñaré cómo se hace.

Laura se puso el abrigo viejo de papá, su gorro y su bufanda y salió con él al cobertizo.

El cobertizo no estaba aislado y el viento introducía la nieve por las ranuras de las paredes de madera. La nieve volaba a ráfagas a ras de suelo y cubría el montón de forraje.

Papá cogió dos puñados de heno y quitó de ellos la nieve zarandeándolos.

—Primero, quita la nieve —le dijo a Laura—. Si la dejas se

126

derretirá cuando traigas las ramitas a casa, las humedecerá y no prenderán.

Laura cogió todo el heno que le cabía en las manos y lo sacudió. Después, mirando cómo lo hacía papá, imitó todos sus movimientos para retorcer el heno. Primero, papá retorció las largas briznas hasta donde alcanzaban sus manos. Después puso la vara que agarraba con la mano derecha bajo su codo izquierdo y la sostuvo allí, fuertemente apretada contra el costado para que no pudiera desenroscarse. Acto seguido, cogió con su mano derecha la punta de la vara. Con la izquierda liberó la otra punta colocada debajo de su codo. Papá volvió a retorcer las briznas. Esta vez puso el otro extremo bajo su codo izquierdo. Repitió estos movimientos una y otra vez hasta que toda la tira de briznas estuvo fuertemente enroscada y plegada por el centro. Cada vez que la retorcía y colocaba el extremo bajo su brazo izquierdo, el tirabuzón sobrante se enroscaba sobre sí mismo. Cuando la última largada estuvo enroscada y apretada, papá dobló los dos extremos de las briznas y los metió por el último rizo. Después dejó caer al suelo la dura vara y miró a Laura que intentaba meter los dos extremos por el rizo tal como papá lo había hecho.

Pero el heno estaba tan apretadamente retorcido que no podía pasarlos.

—Dóblalo un poco para que se afloje —dijo papá—. Después pasa los extremos por los rizos y deja que se vuelva a tensar. Así.

La vara de heno de Laura no era uniforme ni lisa ni tan dura como la de papá. Pero papá le dijo que por ser ésta la primera estaba muy bien y que la siguiente le saldría mejor.

Laura confeccionó seis varas de heno y cada una resultaba mejor que la anterior hasta que la sexta salió como tenía que ser. Pero ahora sentía tanto frío que sus manos habían perdido el tacto.

—Ya basta —dijo papá—. Recógelas y vayamos a calentarnos.

Llevaron las varas a la cocina. Los pies de Laura estaban agarrotados de frío; le parecía que eran de madera. Sus manos estaban enrojecidas y, cuando las extendió al calor de la estufa, sintió cosquilleo y picazón y, los cortes, producto de los afilados bordes de las briznas, le escocieron. Pero había ayudado a papá. Las varas de heno que ella había confeccionado le concedieron a papá suficiente tiempo para calentarse bien, antes de volver a salir a retorcer más heno.

Laura ayudó a papá a hacer más varas durante todo aquel día y al día siguiente, mientras mamá mantenía el fuego encendido y Carrie la ayudaba a cuidar de Grace y a hacer las tareas de la casa. Mamá había preparado patatas asadas y puré de nabos con pimienta y sal para almorzar, y para cenar, patatas chafadas recalentadas en el horno porque no había manteca para freírlas. Pero la comida estaba caliente y buena y quedaba mucho té y un poco de azúcar.

—Ésta es la última barra de pan —dijo mamá durante la cena del segundo día—. Necesitamos harina como sea, Charles.

—En cuanto amaine la tormenta iré a comprar —dijo papá—. La compraré cueste lo que cueste.

—Cómprala con el dinero de mi universidad, papá —dijo Mary—. Treinta y cinco dólares con veinticinco centavos pueden pagar toda la harina que nos haga falta.

—Así me gusta, mi niña generosa —dijo mamá—, pero espero que no tengamos que gastar tu dinero. Me imagino que los precios dependerán de lo que tarden en llegar los trenes, ¿no?

—Sí —respondió papá—. De eso dependen.

Mamá se levantó y echó otra vara al fuego. Cuando alzó la tapa de la estufa, una luz rojiza-amarillenta resplandeció por un momento e iluminó la oscura cocina. Después, de nuevo la oscuridad. En la penumbra, el salvaje rugido de la tormenta parecía más fuerte y más cercano.

—Si tuviera un poco de grasa, podría hacer algo para alumbrar —consideró mamá—. Cuando yo era niña nunca nos faltaba luz. Era antes de oír hablar de esta modernidad llamada queroseno.

—Así es —dijo papá—. En estos tiempos hay demasiado progreso. Todo ha cambiado tan rápidamente. Cosas como el ferrocarril y el telégrafo, el queroseno y las estufas de carbón están muy bien, pero el problema es que la gente depende de ellas.

Por la mañana el viento seguía rugiendo y, al exterior de aquellas ventanas cubiertas de una gruesa capa de escarcha, la nieve seguía volando en remolinos. Pero al mediodía un viento del sur empezó a soplar ininterrumpidamente y salió el sol. Hacía mucho frío. Hacía tanto frío que la nieve helada del cobertizo crujía bajo los pies de Laura.

Papá se fue a la tienda del otro lado de la calle a comprar harina. Tardó un poco en regresar y, cuando lo hizo, entró con un saco de grano cargado al hombro que dejó caer al suelo con un ruido seco.

—Aquí tienes tu harina, Caroline, o más bien lo que deberá sustituirla —dijo—. Es trigo. El último que les quedaba a los hermanos Wilder. En las tiendas no hay harina. Esta mañana Banker Ruth ha comprado el último saco. Tendremos que aprender a cocinar con trigo. ¿Cómo hay que hacerlo? ¿Cocido?

—No lo sé, Charles.

—Es una pena que en el pueblo no haya un molino —se lamentó papá.

—Nosotros tenemos un molinillo —dijo mamá bajando de la parte superior del armario un molinillo de café.

—Qué bien —dijo papá—. Veamos si funciona.

Mamá dejó la pequeña caja de madera marrón sobre la mesa. Durante un momento hizo girar la manivela para que se desprendieran los pocos granos de café que pudieran quedar en la maquinaria del molinillo. Después sacó el cajoncillo, lo vació y lo limpió cuidadosamente. Papá abrió el saco de trigo.

En la tolva de hierro del molinillo cupo media taza de grano. Mamá la cerró. Después se sentó, colocó la pequeña caja de madera entre sus rodillas y, sujetándola fuertemente, empezó a dar vueltas a la manivela. El molinillo emitió su ruidito acostumbrado.

—El trigo se molerá igual que el café —afirmó mamá mirando el interior del cajoncillo.

Las pequeñas partículas de trigo estaban aplastadas.

—No ha quedado molido como el café —dijo mamá—. Este trigo no está tostado como el café y está húmedo.

—¿Podrás hacer pan con él? —preguntó papá.

—Claro que puedo —respondió mamá—. Pero tendremos que moler sin parar para que pueda hacer pan para la comida.

—Y yo tendré que traer más heno para que tú puedas cocer el pan —dijo papá sacándose del bolsillo una caja redonda y plana y entregándosela a mamá—. Toma, quizá puedas fabricar una luz con esto.

—¿Hay alguna noticia acerca del tren, Charles? —le preguntó mamá.

—Están trabajando otra vez en la zanja de Tracy —respondió papá—. Vuelve a estar llena de nieve hasta la altura de los márgenes de ambos lados.

Papá se fue al establo a enganchar a David al trineo. Mamá abrió la caja. Contenía grasa amarilla. Pero en aquel momento no había tiempo para pensar en una luz. El fuego se estaba apagando y mamá lo alimentó con la última vara. Laura corrió al cobertizo para trenzar más heno.

Unos minutos más tarde mamá fue a ayudarla.

—Mary está moliendo el trigo —dijo mamá—. Tenemos que retorcer mucho heno para mantener el fuego encendido. Cuando papá vuelva debemos tener un buen fuego. Llegará muerto de frío.

Cuando papá regresó, la tarde estaba ya muy avanzada. Desenganchó el trineo junto a la puerta de atrás y condujo a David a la cuadra. Después descargó el heno en el cobertizo hasta que casi no quedó sitio libre para pasar de una puerta a otra. Cuando hubo terminado entró y se acercó a la estufa. Tenía tanto frío que tardó un buen rato en poder hablar.

—Siento llegar tan tarde, Caroline —se excusó—. Hay mucha más nieve que antes. He tenido mucha dificultad en extraer el heno que estaba enterrado bajo la nieve.

—Creo que será mejor que de ahora en adelante cenemos a esta hora —respondió mamá—. Al ahorrar fuego y luz los días se hacen más cortos y casi no queda tiempo para hacer las tres comidas. Si almorzamos tarde, nos servirá también de cena.

El pan integral que mamá había amasado con el trigo molido resultó muy bueno. Era fresco y tenía un sabor a nueces que casi sustituía el de la mantequilla.

—Ya veo que vuelves a tener masa de levadura —dijo papá.

—Sí. Para hacer un buen pan es todo lo que necesitamos —dijo mamá.

—Con buena voluntad siempre hay soluciones —dijo papá sirviéndose otra patata y salpicándola de sal—. Las patatas con sal tampoco son nada despreciables. La sal realza el sabor de la patata, cosa que no hace ni la mantequilla ni la salsa.

—Entonces, no te pongas azúcar en el té, papá, así conservará todo su sabor —dijo Laura con picardía.

Papá le hizo un guiño y añadió:

—Una buena taza de té realza el sabor del azúcar, mi pequeña Media Pinta.

Después preguntó a mamá:

—¿Cómo ha ido la grasa de untar para fabricar luz?

—Todavía no he tenido tiempo de intentarlo —le dijo mamá—, pero en cuanto terminemos de comer, me pondré a hacer una lámpara de botón.

—¿Qué es una lámpara de botón? —preguntó papá.

—Aguarda y verás —dijo mamá.

Cuando papá se hubo marchado para realizar las últimas tareas del día, mamá le pidió a Carrie que trajera la bolsa de los retales. Después esparció un poco de grasa de la caja sobre un plato viejo. Luego, cortó un pequeño cuadrado de calicó.

—Ahora, Carrie, búscame un botón en la bolsa de los botones —dijo mamá.

—¿Qué clase de botón, mamá? —preguntó Carrie yendo a por la bolsa a la fría habitación de delante.

—Oh, uno de los botones del abrigo viejo de papá —dijo mamá.

Mamá colocó un botón en el centro del cuadrado de calicó. Reunió las puntas de la tela en el centro y las ató con un cordel retorciendo las puntas hacia arriba, bien apretadas, formando una mecha puntiaguda. Después embadurnó de grasa el calicó y puso el botón en el plato que contenía la untura.

—Ahora esperaremos a que llegue papá —dijo.

Laura y Carrie se apresuraron a lavar los platos ante el cada vez más ostensible crepúsculo. Cuando papá llegó ya era oscuro.

—Dame una cerilla, Charles —le pidió mamá y encendió la mecha afilada de la lámpara de botón. Una diminuta llama parpadeó y fue creciendo. Ardía constantemente derritiendo la grasa y haciéndola traspasar la tela manteniéndose siempre encendida. La pequeña llama era como la de una vela en la oscuridad.

—Eres fantástica, Caroline —exclamó papá—. ¡Es una luz muy pequeña, pero vaya diferencia!

Papá se calentó las manos junto a la estufa, y mirando el modesto montón de varas de heno retorcido añadió:

—Pero para ir al cobertizo a hacer varas con el heno, no necesito luz. Tengo que preparar más porque con lo que hay aquí no nos bastará para mañana por la mañana.

Papá salió a retorcer heno y Laura sustituyó a Mary con el

molinillo. Tenían que turnarse porque, de tanto dar vueltas y más vueltas a la manivela, les dolían los brazos. Aquel molinillo trituraba tan poco trigo y tan despacio que tenían que moler sin pausa para conseguir suficiente harina con que amasar el pan de cada comida.

Mamá le quitó los zapatos a Grace para que se calentara los pies junto a la puerta abierta del horno mientras la desnudaba, le ponía el camisón y la envolvía en un chal que se estaba calentando en una silla junto a la estufa.

—Ven, Carrie, si estás ya calentita —dijo mamá— te llevo a la cama con Grace.

Cuando Grace y Carrie estuvieron bien arropadas en la cama con sus gruesos chales y las planchas calientes, mamá bajó a la cocina.

—Ahora moleré yo un rato —dijo—. Tú y Mary iros a la cama. En cuanto llegue papá también nos acostaremos en seguida para ahorrar este heno tan difícil de conseguir y de retorcer.

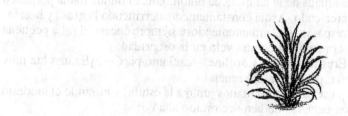

Capítulo veinte

ANTÍLOPES

Y llegó un día de sol en el que la nieve planeaba sobre la superficie de la helada pradera como una estela de humo.

Papá entró precipitadamente en la casa.

—¡Al oeste del pueblo hay una manada de antílopes! —exclamó mientras descolgaba la escopeta y llenaba sus bolsillos de balas.

Laura se despojó de un tirón del chal de mamá y corrió hacia la fría habitación de delante. Rascó un pedazo de escarcha del cristal de la ventana y mirando a través del trozo despejado vio a un grupo de hombres en la calle. Algunos iban a caballo. El señor Foster y Almanzo Wilder montaban los preciosos caballos Morgan. Cap Garland llegó corriendo y se reunió con los hombres que en aquel momento escuchaban lo que decía papá. Todos llevaban escopetas. Parecían excitados y sus voces sonaban fuertes y nerviosas.

—Vuelve junto a la estufa, Laura —le dijo mamá.

—Estoy pensando en la carne de venado —dijo Laura excitada mientras colgaba el chal—. ¡Espero que papá cace un par de antílopes!

—Yo también me alegraré de tener un poco de carne para acompañar el pan integral —dijo mamá—, pero no hay que contar con los pollos hasta que las gallinas no hayan puesto los huevos.

—Pero si hay antílopes, papá seguro que traerá uno —dijo Laura.

Carrie se acercó con un plato lleno de trigo para el molinillo de café que Mary estaba haciendo funcionar.

—¡Un asado de carne de venado! —dijo Carrie—. ¡Con la salsa de la carne sobre las patatas y el pan moreno!

—Un momento, Mary —exclamó Laura—. ¡Ahí van!

El viento soplaba constante junto a la casa y silbaba estridentemente al rozar los aleros, pero a pesar de ello pudieron oír el rumor vago de

133

las voces masculinas y las pisadas de hombres y caballos alejándose por la calle mayor.

Al llegar al final de la calle se detuvieron. A través de los blancos montículos y de la nieve que revoloteaba empujada por el viento pudieron distinguir la manada de antílopes grises que se dirigía hacia el sur.

—Hay que ir con mucho cuidado —dijo papá—. Antes de aproximaros al sur dadnos tiempo a que nosotros les rodeemos por el norte. Acercaos a ellos despacio y sin asustarlos, si podéis, y desviadlos hacia nosotros hasta que estén a tiro. No hay ninguna prisa y si lo hacemos bien podremos conseguir una pieza cada uno.

—Quizá sería mejor que los que vamos a caballo nos acerquemos por el norte y vosotros que vais a pie los rodeéis por el sur —propuso el señor Foster.

—No. Hagámoslo como dice Ingalls —le respondió Harthorn—. ¡Andando, chicos!

—Desplegaos —ordenó papá—, y avanzad despacio. No los asustéis.

Almanzo y el señor Foster, sobre sus Morgan, tomaron la delantera. El frío viento incitaba a los caballos a correr. Erguían las orejas y las movían hacia delante y hacia atrás sacudiendo la cabeza, haciendo tintinear los bocados y simulando asustarse un poco de sus propias sombras. Estiraron sus cuellos tirando del bocado y encabritándose con ganas de salir a la carrera.

—¡Sujétala bien! —le dijo Almanzo al señor Foster—. No le tires del bocado. Tiene la boca muy sensible.

El señor Foster no sabía montar. Estaba nervioso y ponía aún más nerviosa a la yegua. Daba botes sobre la silla de montar y no sujetaba las riendas con firmeza. Almanzo se arrepintió de haberle dejado montar a Lady.

—¡Ten cuidado, Foster! —dijo Almanzo—. Aquel macho se te echará encima.

—¿Qué le pasa a esta yegua?, ¿qué le pasa? —preguntó el señor Foster con una voz fuerte contra el frío viento—. ¡Oh, mira, allí están!

En aquella clara atmósfera, los antílopes parecían estar más cerca de lo que estaban en realidad. Más allá de la abundante manada, los hombres de a pie se encaminaban hacia el oeste. Almanzo distinguió al señor Ingalls a la cabeza de la fila. En pocos minutos los hombres habrían rodeado la manada.

Almanzo se giró para hablar con el señor Foster y de pronto observó que la silla de Lady estaba vacía. En aquel instante, un tiro

lo ensordeció y ambos caballos pegaron un salto hacia delante. Almanzo sujetó las riendas de Prince pero la alazana Lady salió al galope.

El señor Foster corría y agitaba la escopeta gritando. Con la excitación al ver los antílopes se había apeado, había soltado las riendas de Lady y disparado contra los animales, que se encontraban demasiado lejos para que la bala les alcanzara.

Los antílopes alzaron las cabezas y las colas y se desbandaron como si el viento los hiciera volar sobre las montañas de nieve. Lady alcanzó la manada y, metiéndose entre los animales, corrió con ellos.

—¡No disparéis! ¡No disparéis! —gritó Almanzo a pesar de que sabía muy bien que sus gritos en medio del viento serían inútiles.

Los antílopes ya estaban pasando por delante de la hilera de hombres de a pie pero nadie disparó por temor a darle a la yegua. La Morgan alazana y reluciente, con la cabeza erguida, la crin negra y la cola al viento, pasó por una elevación del terreno rodeada por la manada de grises antílopes y desapareció en medio de una nube de polvo. Un momento después la yegua dibujó otra curva y luego, haciéndose cada vez más pequeños, los animales de la manada fueron apareciendo y desapareciendo hasta que la pradera se los tragó.

—Parece que la has perdido, Wilder —dijo el señor Harthorn—. Qué lástima.

Los otros jinetes se habían aproximado. Permanecieron inmóviles sobre sus caballos contemplando la lejana pradera. La manada de antílopes, con Lady, pequeña y oscura, en medio de ella, volvió a aparecer una vez más como un borrón gris que pronto se desvaneció.

Llegaron el señor Ingalls y los demás hombres de a pie. Cap Garland dijo:

—Qué mala suerte, Wilder. Creo que deberíamos habernos arriesgado a disparar.

—Bien sabe Dios que eres un magnífico tirador, Foster —dijo Gerard Fuller.

—Es el único hombre que ha disparado —dijo Cap Garland—. ¡Y menudo disparo!

—Lo siento. He soltado a la yegua sin darme cuenta —dijo el señor Foster—. Estaba tan excitado que he actuado sin pensar. Creí que la yegua se quedaría quieta. Es la primera vez que veo un antílope.

—La próxima vez disparas a uno de ellos, Foster, pero espera a que esté a tiro —le dijo Gerard Fuller.

Nadie más habló. Almanzo permaneció montado mientras Prince luchaba con el bocado para liberarse y correr detrás de la yegua. El peligro era que Lady, que estaba muy asustada, corriera con la manada hasta caer muerta. Intentar darle caza era inútil. Si corrían tras la manada sólo conseguirían que corriera aún más deprisa.

A juzgar por los puntos de referencia del paisaje, los antílopes se encontraban a unas cinco o seis millas al oeste cuando enfocaron hacia el norte.

—Se dirigen a Spirit Lake —dijo el señor Ingalls—. Buscarán cobijo en el bosque y después recorrerán el escarpado del río. No volveremos a verlos.

—¿Y qué pasará con la yegua de Wilder, señor Ingalls? —preguntó Cap Garland.

Papá miró a Almanzo y después volvió a mirar hacia el noroeste. Allí no había nubes pero el viento soplaba con cruel frialdad.

—Lady es el único caballo del país que corre más que un antílope, tanto como su pareja, Prince, pero, si intentaras darles alcance, lo matarías —dijo papá—. De aquí al lago Spirit hay, por lo menos, un día de viaje y nadie sabe cuándo puede entablarse otra tormenta. Yo no me arriesgaría nunca en un invierno como el que estamos teniendo.

—Tampoco es ésa mi intención —dijo Almanzo—. Pero daré un rodeo y entraré en el pueblo por el norte. Quizás halle a la yegua. De lo contrario, a lo mejor ésta ha encontrado el camino de regreso. ¡Hasta luego, os veré en el pueblo!

Almanzo puso a Prince a galope corto y se dirigió hacia el norte mientras los demás se echaron la escopeta al hombro y emprendieron el regreso hacia el pueblo.

Cabalgó con la cabeza inclinada contra el viento; desde cada loma de nieve de la pradera atisbaba el terreno. Pero no veía nada más que los suaves montículos y la nieve en polvo que revoloteaba desde las cimas, empujada por el cortante viento. Haber perdido a Lady le había partido el corazón pero no tenía intención de arriesgar su vida por un caballo. Prince se quedaba sin pareja y nunca más encontraría una yegua tan perfecta como Lady. Pensó en lo estúpido que había sido prestándola a un desconocido.

Prince avanzaba serenamente con la cabeza erguida, galopando al viento por las lomas y deslizándose por ellas a galope corto. Almanzo no tenía intención de alejarse mucho del pueblo pero el cielo del noroeste permanecía sin nubes y siempre había otra loma que remontar desde la que podría ver el lejano norte.

Quizás, pensó, Lady se había cansado, quedando rezagada de la manada. Es posible que estuviera perdida y desorientada. A lo mejor, desde lo alto de la siguiente colina la podría distinguir.

Cuando Almanzo alcanzó la colina sólo vio la blanca pradera. Prince descendió la colina suavemente y otro montículo apareció frente a ellos. Almanzo miró hacia atrás, hacia el pueblo, pero el pueblo ya no se vislumbraba. El conjunto de altas fachadas falsas y los hilillos de humo saliendo de las chimeneas de las estufas habían desaparecido. Bajo aquel cielo inmenso no había nada más que la extensión blanca del terreno, la nieve volando, el viento y el frío.

Almanzo no tuvo miedo. Sabía dónde se encontraba el pueblo y, mientras hiciera sol, hubiera luna o estrellas no podía extraviarse. Pero tenía una sensación más fría que el propio viento. Sentía que era el único ser viviente en aquel mundo helado, bajo el frío cielo; él y su caballo solos en aquel frío aterrador.

—¡Ea, Prince! —dijo animando al caballo.

Pero la incesante acometida del viento se llevó el sonido de las palabras. Entonces, Almanzo tuvo miedo de tener miedo. Se dijo: «Ahora no voy a dar media vuelta, lo haré desde la cima de la próxima colina», y acortó las riendas para que Prince no perdiera el ritmo de su galope.

Desde la cima de la siguiente loma divisó una nube baja en el horizonte del noroeste. De pronto, la vasta pradera entera se convirtió en una trampa en la que había caído con seguridad. Pero también vio a Lady.

Allá a lo lejos se divisaba la pequeña figura del caballo alazán en lo alto de una colina mirando hacia el este. Almanzo se quitó el guante y, llevándose dos dedos a la boca, sopló emitiendo el penetrante silbido con el que acostumbraba llamar a Lady en los prados de Minnesota, cuando la yegua era todavía un potro. Pero el viento de aquella pradera recogió la estridente nota de sus labios y se la llevó consigo apagándola. También se llevó el prolongado relincho de Prince. Lady seguía mirando hacia el otro lado.

Entonces, al volverse para mirar hacia el sur, Lady los vio. El viento trajo su relincho lejano y apagado. El cuello de la yegua se arqueó, su cola se irguió y se acercó galopando.

Almanzo esperó hasta que Lady apareciera por otra elevación más cercana del terreno. De nuevo el viento trajo la llamada de la yegua. Entonces, Almanzo hizo girar su caballo en redondo y se dirigió hacia el pueblo. Mientras cabalgaba, la nube baja descendió hasta el horizonte pero Lady aparecía detrás de Almanzo una y otra vez.

Ya en la cuadra, junto al almacén de piensos, Almanzo introdujo a Prince en su establo y le secó el sudor. Llenó el pesebre y sostuvo el cubo de agua para que Prince bebiera un poco.

En la puerta del establo se oyó un golpeteo y Almanzo la abrió para dejar entrar a Lady. Estaba chorreante de blanca espuma de sudor y respiraba entrecortadamente.

Almanzo cerró la puerta de la cuadra para que no entrara el frío mientras Lady se dirigía a su establo. Entonces, con la almohaza rascó el sudor de sus jadeantes flancos y la cubrió con una manta. Le escurrió un trapo mojado en la boca para humedecerle la lengua. Le frotó la finas patas por las que todavía chorreaba el sudor y las secó.

—Está bien, Lady. ¿Así que corres más que un antílope? Has hecho el ridículo, ¿no te parece? —le hablaba Almanzo mientras trabajaba—. De todas maneras, es la última vez que permito que te monte un loco. Ahora descansa calentita y tranquila. Más tarde te daré de comer y beber.

Papá había entrado precipitadamente en la cocina y, sin decir palabra, había colgado la escopeta en su gancho. Nadie dijo nada. No era necesario. Carrie suspiró. No tendría carne de venado para comer ni salsa para untar el pan integral. Papá se sentó junto a la estufa y extendió las manos para calentarlas.

Tras un momento, dijo:

—Con la emoción, Foster ha perdido la cabeza. Ha saltado del caballo y ha disparado mucho antes de que los antílopes estuvieran a tiro. Ninguno de los demás hemos tenido la oportunidad de disparar. La manada ha huido hacia el norte.

Mamá puso una vara de heno en el fuego.

—De todas maneras en esta época del año la carne de venado no es muy buena —dijo mamá.

Laura sabía que los antílopes tenían que escarbar la nieve para encontrar hierba seca, es decir, su alimento; cuando se producían tormentas no lo podían hacer y ahora, con tanta nieve acumulada debían de estar muertos de hambre. Cierto es que su carne sería magra y dura. Pero no dejaba de ser carne. Todos estaban hartos de no comer otra cosa que patatas y pan integral.

—La yegua del hermano pequeño de los Wilder se ha escapado —continuó papá explicándoles cómo había huido, corriendo detrás de los antílopes. Mientras lo contaba se inventó una historia para Carrie y Grace sobre un caballo precioso que corría en libertad junto a una manada de antílopes salvajes.

—¿Y regresó alguna vez? —preguntó Grace con los ojos muy abiertos.

—No lo sé —respondió papá—. Almanzo ha salido en aquella

dirección y no sé si ha regresado o no. Mientras preparas la comida, Caroline, me acercaré al almacén de piensos para averiguar si ha vuelto.

El almacén estaba vacío y solitario pero Royal le vio desde la habitación de atrás y le dijo cordialmente:

—¡Entre, señor Ingalls, llega usted a tiempo para probar una torta de bacon!

—No sabía que para ustedes era la hora de comer —respondió papá mirando a la fuente de tocino que se mantenía caliente junto al fogón. En un plato había tres pilas de tortas y Royal estaba friendo más. Encima de la mesa había melaza, y la cafetera estaba hirviendo.

—Comemos cuando tenemos hambre —dijo Royal—. Ésta es la ventaja de ser soltero. Cuando no hay una mujer, no hay horarios de comidas.

—Tenéis la suerte de haber traído provisiones, chicos —dijo papá.

—Bueno, acarreaba un cargamento de heno y me dije que por qué no traer otras cosas —respondió Royal—. Ahora me gustaría haber traído un par de remesas más. Me imagino que antes de que llegue el tren podría vender una carga entera.

—Creo que sí —accedió papá echando un vistazo alrededor de la confortable habitación. Sus ojos observaron las paredes de las que colgaban cosas como ropa y arreos y entonces vio el pedazo de pared añadido.

—¿Tu hermano no ha regresado todavía?

—Sí. Ha ido al establo —respondió Royal y luego exclamó—: ¡Por todos los demonios! ¡Mire allí!

Entonces vieron a Lady sin jinete, chorreante de espuma pasando por delante de la ventana en dirección al establo.

Mientras hablaban sobre la frustrada cacería y el disparo atolondrado del señor Foster, entró Almanzo.

Éste dejó caer las sillas de montar en un rincón para limpiarlas más tarde, antes de colgarlas, y se acercó a la estufa para calentarse. Entonces él y Royal insistieron para que papá se sentara a la mesa y comiera con ellos.

—Las tortas de Royal no son tan buenas como las mías —dijo Almanzo—. Pero éste es el mejor bacon del mundo. Está curado en casa y está ahumado con nuez. Es de los tiernos cerdos de la granja de Minnesota, alimentados a base de maíz y trébol.

—Siéntese, señor Ingalls y sírvase usted mismo. Abajo en la bodega hay mucho más —insistió Royal.

Así pues, papá se sirvió.

Capítulo veintiuno

EL DURO INVIERNO

A la mañana siguiente lucía el sol y el aire estaba en calma. El día parecía menos frío de lo que era en realidad, porque el sol resplandecía.

—Qué día tan bonito —dijo mamá a la hora de desayunar.

Pero papá movió la cabeza meditabundo.

—El sol brilla demasiado —dijo—. En cuanto pueda traeré otra carga de heno pues si tenemos otra tormenta necesitaremos mucho más.

Y diciendo esto salió apresuradamente.

De vez en cuando, mamá, Laura y Carrie, ansiosas, echaban una ojeada a través de la mirilla de la ventana para observar el cielo del noroeste. Cuando papá regresó, el sol todavía brillaba y después de la segunda colación, a base de patatas y pan integral, papá se fue al otro lado de la calle para enterarse de las noticias recibidas.

Al cabo de poco rato regresó silbando alegremente y entró en la cocina por la habitación de delante cantando:

—¿Adivináis lo que traigo?

Grace y Carrie corrieron a palpar el paquete.

—Parece... parece... —dijo Carrie, pero no se atrevió a decir lo que parecía por miedo a equivocarse.

—¡Es carne! —exclamó papá—. ¡Cuatro libras de carne! Para acompañar nuestro pan y nuestras patatas.

Entregó el paquete a mamá.

—¡Charles! ¿Cómo has podido conseguir esta carne? —preguntó mamá incrédula.

—-Foster ha sacrificado su buey —respondió papá—. He llegado allí justo a tiempo. Ha vendido hasta el último pedazo de hueso a veinticinco centavos la libra. Yo he comprado cuatro libras y aquí está. Ahora viviremos como reyes.

141

Mamá desenvolvió la carne rápidamente.

—La chamuscaré bien y la pondré a asar —dijo.

A Laura se le hizo la boca agua sólo de verla. Tragó saliva y preguntó:

—¿Podrás hacer salsa de carne, mamá, con agua y harina integral?

—Claro que sí —respondió mamá sonriente—. Podemos hacer durar esta carne por lo menos una semana para dar sabor y, para entonces, el tren ya habrá llegado, ¿no es así?

Mamá miró sonriente a papá. Después dejó de sonreír y preguntó quedamente:

—¿Qué te pasa, Charles?

—Bueno —respondió papá vacilante—. Siento tener que decirlo —adujo aclarando su garganta—. Pero el tren no va a venir.

Todas se quedaron mirándole. Papá continuó:

—La compañía ferroviaria ha cancelado los trenes hasta la primavera.

Mamá se llevó las manos a la cabeza y se dejó caer en una silla.

—¿Cómo es posible, Charles? No puede ser. No nos pueden hacer esto. ¿Hasta la primavera? ¡Si sólo estamos a primeros de enero!

—Los trenes no pueden pasar —prosiguió papá—. En cuanto ha sido despejada una zanja, vuelve la tempestad y la llena de nieve otra vez. De aquí a Tracy hay dos trenes atascados entre dos zanjas. Cada vez que se limpiaba una zanja se echaba la nieve a los lados y ahora las zanjas están totalmente repletas de nieve. Y al superintendente de Tracy se le ha acabado la paciencia.

—¿La paciencia? —exclamó mamá—. ¡Paciencia! ¿Qué tendrá que ver su paciencia con todo esto, quisiera yo saber? ¿Cómo piensa que vamos a sobrevivir hasta la primavera? Ser paciente no es de su incumbencia. Lo que tiene que hacer es lograr que los trenes funcionen.

—Bueno, Caroline —dijo papá poniendo su mano sobre el hombro de mamá hasta que ésta dejó de balancearse y de frotarse las manos en el delantal—. Hemos estado sin tren durante más de un mes y nos hemos apañado muy bien.

—Sí —respondió mamá.

—Ahora terminamos este mes, después viene febrero que es un mes corto y, en marzo, ya estamos en primavera —concluyó papá animándola.

Laura echó un vistazo a las cuatro libras de carne. Pensó también en las pocas patatas que quedaban y vio el saco de trigo medio vacío en el rincón.

—¿Hay más trigo, papá? —preguntó en voz baja.

—No lo sé, Laura —respondió papá de forma extraña—. Pero no te preocupes. Traje un saco entero y todavía queda mucho.

Laura no pudo resistir la tentación de preguntar:

—Papá, ¿no podrías cazar un conejo?

Papá se sentó frente a la puerta abierta del horno y acomodó a Grace en su regazo.

—Ven aquí mi Media Pinta —dijo—. Y tú también, Carrie. Os voy a contar una historia.

No respondió a la pregunta de Laura. Ella sabía cuál era la respuesta. En toda aquella comarca no quedaba ni un conejo. Debieron de emigrar hacia el sur cuando lo hicieron los pájaros. Cuando papá iba a por heno, no cogía la escopeta. Si hubiera visto tan sólo una huella de conejo se la habría llevado consigo.

Laura se acercó a la rodilla de papá junto a Carrie. Papá la rodeó con su brazo. Grace se acurrucó bajo el otro brazo de su padre y rió cuando la barba de éste le hizo cosquillas como solía hacérselas a Laura cuando era pequeña. En los brazos de papá y con el reconfortante calor que salía del horno se sentían cómodas.

—Ahora, escuchad bien, Grace, Carrie y Laura —dijo papá—. Y vosotras también, Mary y mamá. Os voy a contar una historia muy divertida.

Y les contó la historia del superintendente.

«El superintendente era un hombre del este. Se sentaba en su oficina del este y daba órdenes a sus subordinados para que hicieran funcionar los trenes. Pero los ingenieros comunicaban que las tormentas y la nieve detenía a los trenes.

»—Aquí en el este, las tormentas de nieve no impiden que los trenes funcionen —dijo el superintendente—. Que sigan funcionando los trenes de la división del oeste. Es una orden.

»Pero en el oeste los trenes seguían deteniéndose. Los informes decían que las zanjas estaban llenas de nieve.

»—Que quiten la nieve de las zanjas —ordenó—. Que pongan más hombres a trabajar en ello. ¡Al diablo el presupuesto!

»Pusieron más hombres. Los gastos eran enormes. Pero los trenes seguían sin funcionar.

»Entonces, el superintendente dijo:

»—Voy a ir yo mismo a limpiar esas vías. Lo que aquellos hombres necesitan es que les enseñemos cómo trabajamos los del este.

»Se fue a Tracy en su vagón especial y allí se apeó del tren vestido con sus ropas de ciudad, sus guantes y su abrigo forrado de piel y esto fue lo que dijo:

»—He venido a ocuparme de este asunto en persona. Os voy a enseñar cómo se hace para mantener estos trenes en funcionamiento.

»Y montando en un vagón de trabajos de mantenimiento, se dirigió a la zanja al oeste de Tracy. Una vez allí se reunió con los obreros y, como un buen capataz, logró sacar la nieve de la zanja en la mitad del tiempo, y cuatro días más tarde las vías estaban despejadas.

»—Yo os he enseñado cómo se hace —dijo—. Ahora, haced pasar el tren y que no deje de funcionar ninguno.

»Pero aquella noche una tormenta azotó Tracy. A causa de ella, su tren especial no pudo funcionar y, cuando cesó, los dos lados de la zanja en los que habían echado la nieve seguían cubiertos por el blanco manto.

»El superintendente volvió a la zanja con sus hombres y de nuevo despejaron las vías del tren. Esta vez tardaron más tiempo porque tuvieron que sacar más nieve. Pero por fin pasó el tren de mercancías justo antes de ser cubierto por la nieve de otra tormenta.

»Hay que admitir que el superintendente tenía agallas. Reemprendió la tarea limpiando la zanja una y otra vez y luego, sentado en el hotel de Tracy, esperó a que cesara la tormenta. Entonces mandó traer dos equipos de hombres más y dos locomotoras quitanieves.

»Se dirigió a la zanja en una de las locomotoras. En aquel momento, la zanja se elevaba como una colina. En los montículos sobre los que él había arrojado la nieve, la tormenta había acumulado más de cien pies de nieve helada, que iba descendiendo a lo largo de un cuarto de milla.

»—¡Está bien, muchachos! —dijo—. Retiraremos esta nieve con picos y palas hasta que la máquina quitanieves pueda actuar.

»Tuvo a los hombres trabajando en ello durante cuatro días doblando la velocidad y recibiendo el doble de paga. Todavía quedaban por quitar más de doce pies de nieve, pero había aprendido una cosa. Sabía que si conseguía tres días de sol intercalados entre las tormentas, podía considerarse afortunado. Así pues, a la tercera mañana haría pasar la locomotora quitanieves.

»Dio las órdenes a los dos ingenieros de los ferrocarriles. Acoplaron las dos locomotoras con la máquina quitanieves delante y se dirigieron a la zanja de Tracy. Los hombres se agruparon y, al cabo de dos horas de trabajo duro y rápido, habían eliminado otros sesenta centímetros de nieve. El superintendente detuvo los trabajos.

»—Ahora —ordenó a los ingenieros—, retroceded unas dos millas y regresad a toda máquina. Con la velocidad que alcancéis en dos millas, embestiréis este montón de nieve a cuarenta millas por hora y lo atravesaréis como si fuera de mantequilla.

»Los ingenieros subieron a sus respectivas locomotoras. Después, el que iba en la locomotora de cabeza volvió a bajar. Los trabajadores estaban de pie dando fuertes pisadas y palmadas para calentarse los pies y las manos. Se agruparon para oír lo que el ingeniero maquinista iba a comentar y éste se acercó al superintendente diciéndole:

»—Yo dimito. Llevo conduciendo una locomotora desde hace más de quince años y nadie me puede llamar cobarde, pero no voy a obedecer órdenes para cometer un suicidio. Usted quiere que la locomotora embista un montón de nieve de diez pies a cuarenta millas por hora, señor superintendente. Ya puede buscar a otro hombre para que haga de conductor. Yo me voy ahora mismo.»

Papá hizo una pausa y Carrie dijo:

—No lo culpo.

—Yo sí —dijo Laura—. No debería haber dimitido. Debía intentar buscar otro medio para pasar si creía que aquél no iba a funcionar. Creo que tenía miedo.

—A pesar del miedo —añadió Mary—, tendría que haber obedecido órdenes. El superintendente sabe mejor que nadie lo que hay que hacer, de lo contrario, no sería superintendente.

—No necesariamente tiene que saberlo todo —la contradijo Laura—. De ser así hubiera hecho funcionar el tren.

—Continúa, papá, continúa —le rogó Grace.

—Se pide por favor, Grace —dijo mamá.

—Por favor, papá —repitió Grace—, continúa. ¿Qué pasó después?

—Sí, papá, ¿qué hizo entonces el superintendente? —preguntó Mary.

—Lo despidió —dijo Laura—. ¿No es así?

Papá continuó:

«El superintendente miró a aquel hombre y después a los hombres que estaban a su alrededor escuchando y dijo: "Cuando era joven yo también conducía locomotoras y nunca hubiera ordenado a un hombre que hiciera algo que yo mismo no pudiera hacer. Yo apretaré ese acelerador". Y diciendo esto se subió a la locomotora, puso marcha atrás y las dos locomotoras retrocedieron por las vías.

»El superintendente las hizo retroceder por lo menos unas dos millas hasta que, allá a lo lejos, se vieron más pequeñas que tu pulgar. Entonces, hizo una señal con el silbato al conductor de la locomotora de atrás y ambos arrancaron hacia delante a todo vapor.

»Aquellas locomotoras se embalaron por las vías durante las dos millas con los aceleradores completamente abiertos, a toda máquina, ganando velocidad a cada segundo que pasaba. Los negros penachos de humo del carbón quedaban atrás. Los faros resplandecían al sol e iban haciéndose cada vez más grandes. Las ruedas se desdibujaban por la velocidad cada vez más vertiginosa, rugiendo hasta alcanzar las cincuenta millas por hora, hasta que las dos máquinas fueron a estrellarse contra la nieve helada.»

—¿Qué... qué pasó... entonces, papá? —preguntó Carrie sin aliento.

«Entonces surgió una cascada de nieve que cayó a pedazos en un radio de cuarenta yardas. Durante un minuto o dos, nadie vio nada. Nadie supo lo que había sucedido. Pero cuando los hombres corrieron al lugar para ver lo que había pasado, se encontraron la segunda locomotora medio enterrada bajo la nieve y al ingeniero que se apeaba por la parte posterior. La sacudida había sido considerable pero, afortunadamente, no se había herido.

»—¿Dónde está el superintendente? ¿Qué le ha sucedido? —le preguntaron los hombres. Todo lo que respondió fue: "¿Cómo demonios voy a saberlo? Sólo sé que estoy vivo. Lo que he hecho, no lo volveré a hacer nunca más", dijo, "ni aunque me pagaran un millón de dólares en oro". Los capataces gritaban a los hombres que se acercasen con sus picos y sus palas. Desenterraron la segunda locomotora. El ingeniero hizo marcha atrás y la apartó del camino mientras los hombres excavaban la nieve frenéticamente para llegar hasta la primera locomotora en la que se encontraba el superintendente.

»Al cabo de muy poco rato hallaron la nieve hecha un bloque de hielo. La primera locomotora se había incrustado a toda velocidad, cuan larga era, en la montaña de nieve. La máquina estaba caliente por la velocidad y el vapor y el calor habían derretido la nieve; el agua se había congelado cubriendo toda la locomotora. Y allí se encontraba el superintendente, más gruñón que un abejorro furioso, sentado dentro de la helada locomotora como en un pastel de hielo.»

Grace, Carrie y Laura rieron a carcajadas. Incluso mamá sonrió.

—Pobre hombre —dijo Mary—. Yo no lo encuentro gracioso.

—Yo sí —respondió Laura—. Imagino que ahora no creerá que lo sabe todo.

—El orgullo siempre antecede al fracaso —dijo mamá.

—¿Qué más, papá, por favor? —rogó Carrie—. ¿Pudieron desenterrarlo?

—Sí, cavaron un agujero en el hielo junto a la máquina y lo sacaron de allí. El superintendente no había sufrido ningún daño; la locomotora tampoco. La máquina quitanieves había parado el golpe. El superintendente salió de la locomotora, trepó por la zanja y dirigiéndose a la segunda locomotora, le preguntó al ingeniero: "¿Puedes hacer marcha atrás y sacarla de ahí?" El ingeniero respondió que creía que sí. "Está bien, pues hazlo", le dijo el superintendente, que permaneció allí hasta que el ingeniero hubo sacado la locomotora de la nieve. Luego les dijo a los hombres: "Agrupaos, regresamos a Tracy. El trabajo queda pospuesto hasta la primavera".

—Veis, niñas —dijo papá—, el problema surgió porque no tuvo paciencia.

—Ni perseverancia —añadió mamá.

—Ni perseverancia —accedió papá—. Como vio que no podía pasar a base de picos y palas o máquinas quitanieves, creyó que no podría hacerlo de ninguna otra manera y dejó de intentarlo. Bueno, es un hombre del este. Para luchar contra los imprevistos que surgen aquí en el oeste, hay que tener paciencia y ser perseverante.

—¿Cuándo se ha rendido, papá? —preguntó Laura.

—Esta mañana. La noticia ha llegado por el telégrafo y el operador le ha contado a Woodworth cómo sucedió todo —respondió papá—. Y ahora tengo que apresurarme a hacer mis tareas antes de que se haga de noche.

Su brazo se puso tenso y dio a Laura un pequeño apretón con la mano antes de dejar a Carrie y a Grace en el suelo. Laura sabía lo que quería decir. Ahora era lo bastante mayor para apoyar a papá y a mamá en los momentos difíciles. Laura no debía preocuparse, debía estar de buen humor y ayudar a todos a mantener el espíritu alegre.

Así pues, cuando mamá empezó a cantarle una canción a Grace mientras la desnudaba para llevarla a la cama, Laura también se puso a cantar:

> *Oh Caná, resplandeciente Caná*
> *mi destino está...*

—¡Canta, Carrie! —la apremió Laura.

Carrie empezó a cantar también. Después se unió a ellas la dulce voz de soprano de Mary:

> *Oh riberas tormentosas del Jordán*
> *os contemplo con melancolía.*
> *Oh playas luminosas y resplandecientes de Caná*
> *allí donde yacen mis posesiones.*
> *Oh Caná, resplandeciente Caná*
> *mi destino está en las felices tierras de Caná...*

El sol poniente era tan rojo que teñía los cristales de las heladas ventanas y reflejaba una luz rosada en la cocina, en donde todos estaban sentados quitándose la ropa y cantando junto a la estufa. Pero Laura pensó que el viento emitía un sonido diferente; una nota salvaje y de mal presagio.

Después de que mamá las dejara en la cama bien arropadas y bajara al piso inferior, oyeron y sintieron cómo la tormenta azotaba la casa. Las niñas se arrimaron la una a la otra y, temblando bajo las sábanas, escucharon el aullido de la tempestad. Laura pensó en las solitarias y perdidas casas, cada una de ellas cegada y en soledad, acobardada ante la furia de la tormenta. En el pueblo había bastantes casas pero ni siquiera la luz de una de ellas llegaba hasta la vecina. Y el pueblo estaba solo en la helada e interminable pradera en donde la nieve se arremolinaba, los vientos rugían y la tormenta ocultaba las estrellas y el sol.

Laura intentó pensar en el buen olor y el buen sabor de la carne que comerían al día siguiente pero no podía olvidar que ahora las casas y el pueblo entero estarían solos hasta la primavera. Les quedaba medio saco de trigo, que molerían para conseguir un poco de harina, y también unas cuantas patatas. Pero hasta que el tren llegara, no tenían nada más para comer.

El trigo y las patatas no bastaban.

Capítulo veintidós

FRÍO Y OSCURO

Parecía una tormenta sin fin. De vez en cuando el viento cesaba, pero era para volver soplando con más fuerza desde el noroeste. Fueron tres días y tres noches de aullidos del viento que zarandeaba implacable la oscura y fría casa y la azotaba con sus copos de nieve helada que parecían arena. Después brillaba el sol desde la mañana hasta quizás el mediodía, pero el oscuro viento y la nieve helada volvían con renovada furia.

A veces, Laura, en el frío de la noche, soñaba que el viento arrasaba el tejado. Que la gran tormenta, más grande que el mismo cielo, caía sobre el tejado y lo volteaba con su manto invisible una y otra vez hasta que lo horadaba y la tempestad, chirriando y aullando, penetraba en su habitación sin darle tiempo de ponerse a salvo. En aquel momento, brincó sobre la cama. Después no se atrevió a dormirse otra vez. Permaneció callada e inmóvil en la oscuridad y, a su alrededor, la negra oscuridad de la noche que, hasta ahora había sido relajante y confortable, se convertía en un espanto.

Los días no eran tan malos como las noches. La oscuridad era menos densa y el día estaba repleto de cosas que hacer. Una luz crepuscular inundaba la cocina y el cobertizo. Mary y Carrie se turnaban con el molinillo de café, que no debía detenerse nunca. Mamá cocía el pan, barría, limpiaba y alimentaba el fuego. En el cobertizo, Laura y papá retorcían heno hasta que sus heladas manos no podían sostener la hierba y debían entrar en la casa para calentarlas junto a la estufa.

El fuego alimentado con varas de heno no calentaba la cocina, pero cerca de la estufa se estaba bien. Mary estaba siempre junto al horno con Grace sentada en sus rodillas. Carrie permanecía detrás del tubo de la estufa y mamá se colocaba al otro lado. Papá y Laura se inclinaban sobre la estufa para disfrutar del calor que desprendía.

Sus manos estaban rojas e hinchadas, la piel fría y surcada de cortes hechos por las afiladas briznas. El heno había rasgado el tejido de sus abrigos por la parte izquierda y a lo largo de la parte inferior de las mangas. Mamá ponía parches en las zonas estropeadas pero el heno también los desgarraba.

Para desayunar había pan integral. Mamá lo tostaba en el horno hasta dejarlo crujiente y les permitía remojarlo en el té.

—Fue una gran idea, Charles, el comprar tanto té —dijo.

Todavía quedaba mucho té y tenían azúcar para endulzarlo.

Para la segunda comida, mamá hirvió doce patatas con piel. La pequeña Grace sólo se comía una, pero los demás tomaban dos cada uno y mamá insistía que papá tuviera una extra.

—Son pequeñas, Charles —le dijo—, y tienes que conservar tus fuerzas. De todas formas, cómetela, si no la tendremos que tirar. Nosotras no la queremos, ¿verdad niñas?

—No, mamá —respondieron todas a coro—. No, gracias, papá, de verdad que no la quiero.

Era cierto. No tenían hambre. Papá sí que estaba hambriento. Al llegar a casa después de andar bajo la tormenta palpando el alambre del tendedero, había mirado el pan moreno y las humeantes patatas con avidez. Y los demás tan sólo estaban cansados, cansados del viento, del frío y de la oscuridad, cansados del pan integral con patatas. Cansados, decaídos y aburridos.

Laura destinaba cada día un rato a estudiar. Cuando había retorcido suficientes varas de heno para que duraran una hora, se sentaba junto a Mary, entre la estufa y la mesa, y abría los libros del colegio. Pero se sentía estúpida y sin energías. No podía recordar la historia y, apoyando la cabeza en la mano, contemplaba el problema aritmético escrito en la pizarra viéndose incapaz de solucionarlo y sin ganas de intentarlo siquiera.

—¡Vamos, niñas! No debemos abatirnos —dijo mamá—. Laura, Carrie, sentaos bien erguidas. Terminad pronto vuestras lecciones y después haremos algo para entretenernos.

—¿Qué haremos, mamá? —preguntó Carrie.

—Primero terminad los deberes —respondió mamá.

Cuando la hora de estudiar hubo acabado, mamá cogió el libro de lectura de quinto grado. Luego dijo:

—Veamos cuánto texto podéis repetir de memoria. Primero tú, Mary. ¿Qué quieres recitar?

—El discurso de Régulo —dijo Mary.

Mamá pasó las hojas hasta encontrarlo y Mary empezó:

—«¡Vos que creíais, juzgando por vos mismo la virtud romana, que faltaría a mi promesa en lugar de regresar para soportar vuestra venganza!»

Mary repetía sin titubeo aquel espléndido reto.

—«Aquí en vuestra capital os desafío. ¿Acaso no he conquistado vuestros ejércitos, incendiado vuestras ciudades y arrastrado a vuestros generales bajo las ruedas de mi carro desde que mis jóvenes brazos fueron capaces de blandir una espada?»

La cocina parecía hacerse más espaciosa. Los vientos de la tormenta no parecían tener más fuerza que aquellas palabras.

—Lo has hecho muy bien, Mary —le dijo mamá—. Ahora le toca a Laura.

—El viejo Tubal Caín —empezó a recitar Laura, y los versos la hicieron ponerse de pie. Porque para recitar este pasaje, uno se tenía que poner de pie y dejar que la voz retumbara como los martillazos del viejo Tubal Caín.

El viejo Tubal Caín era un hombre con una gran fuerza
allá en los días cuando la tierra era joven,
y sus martillazos retumbaban en la roja luz de su fuego...

Papá entró antes de que Laura llegara al final.

—Continúa, continúa —dijo—. Esto me hace entrar más en calor que la propia estufa.

Así pues, Laura continuó mientras papá se quitaba el abrigo que estaba completamente blanco y tieso a causa de la nieve que había penetrado en el tejido, y se inclinaba hacia el fuego para que se derritiera la nieve que se había helado entre sus cejas.

...y cantó Hurra para Tubal Caín,
que es nuestro fiel amigo;
por la reja y el arado
nuestra alabanza será para él.
Pero mientras la opresión yergue su cabeza
sobre un tirano que será el señor,
aunque le demos las gracias por el arado
no olvidaremos la espada.

—Recuerdas todas las palabras correctamente, Laura —dijo mamá cerrando el libro—. A Carrie y a Grace les tocará el turno mañana.

Había llegado el momento de ir a retorcer más heno y, mientras Laura temblorosa retorcía las afiladas briznas, iba recordando más versos. Había que prepararse para el día siguiente. El libro de quinto grado estaba lleno de preciosos pasajes y poemas y Laura quería recordar tantos versos como recordara Mary.

De vez en cuando, la tormenta amainaba. Los remolinos cesaban y el viento soplaba permanente. La atmósfera se aclaraba sobre la nieve que revoloteaba y papá iba a por más heno.

Entonces, Laura y mamá se daban prisa en lavar la ropa y tenderla en el exterior, en donde se secaba congelándose. Nadie sabía cuándo volvería a entablarse la tormenta. En cualquier momento se podía levantar la nube y la tormenta llegaría más veloz que el galope de los caballos. Papá no estaba a salvo allá en la pradera lejos del pueblo.

A veces, la tormenta amainaba durante medio día. Otras veces, el sol brillaba desde el amanecer hasta la puesta y después, con la oscuridad, llegaba de nuevo la tempestad. En días así, papá hacía tres viajes para transportar el heno. Hasta que papá no regresaba y metía a David en la cuadra, Laura y mamá trabajaban duro y en silencio mirando a menudo el cielo y prestando atención al viento, y Carrie también miraba silenciosa hacia el noroeste por la mirilla del cristal cubierto de escarcha.

Papá comentaba a menudo que sin David no hubiera podido desenvolverse.

—Es un caballo magnífico —decía—. No sabía que un caballo pudiera ser tan bueno y tan paciente.

Cuando David se hundía en la nieve, se quedaba siempre inmóvil hasta que papá lo ayudaba a salir apartando la nieve con la pala. Luego, con paciencia, arrastraba el trineo bordeando el agujero y continuaba el camino hasta que volvía a caerse.

—Me gustaría tener un poco de avena o maíz para él —dijo papá.

Cuando el viento aullador y la lacerante nieve volvieron a cubrir la tierra, papá aseguró:

—Bueno, gracias a David, hay suficiente heno para unos cuantos días.

Los alambres del tendedero seguían allí para ayudarle a encontrar el camino hasta el establo y regresar a casa. Tenían heno, un poco de trigo y patatas y, mientras la tormenta arreciaba, papá estaba a salvo en casa. Y aquella tarde, Mary, Laura y Carrie recitaron poesías. Incluso Grace sabía recitar «El pequeño Corderito de María» y «La pastora ha perdido a sus ovejas».

A Laura le gustaba ver los ojos azules de Grace y los resplandecientes ojos de Carrie llenos de emoción cuando les recitaba:

> *Escuchad, niños míos y oiréis*
> *de Paul Revere cuando cabalgó a medianoche*
> *el día diez y ocho del setenta y cinco.*
> *Ahora ya no queda casi ningún hombre vivo*
> *que recuerde este día y año tan famosos...*

A Grace y a Carrie les encantaba repetir al unísono «El nido del
cisne»:

> *La pequeña Ellie está sola*
> *en medio de los hayales de un prado*
> *junto a un riachuelo sobre la hierba,*
> *y las ramas de los árboles caen como cascadas*
> *redoblando sus hojas para hacer sombra*
> *a su rostro y a su reluciente cabello y...*

Allí, el aire era tranquilo y templado al sol, la hierba estaba
caliente. El agua cristalina entonaba su propia melodía, las hojas de
los árboles murmuraban y los insectos del prado zumbaban adorme-
cidos. Mientras estuvieron allí con la pequeña Ellie, Laura y Carrie
se olvidaron del frío. Casi no oían el rugir del viento ni veían la
nieve compacta azotando las paredes de la casa.

Una mañana serena, Laura bajó la escalera y encontró a mamá
con cara de sorpresa y a papá riendo.

—Ve a echar un vistazo por la puerta de atrás —le dijo papá.

Laura cruzó el cobertizo corriendo y abrió la puerta. Vio un
montículo horadado por un túnel tosco y estrecho lleno de sombras
de nieve gris y blancuzca. Las paredes, el suelo y el techo eran de
nieve y llegaban hasta la parte superior del portal.

—Esta mañana he tenido que abrirme paso hasta el establo como
si fuera una ardilla —explicó papá.

—Pero, ¿qué has hecho con la nieve? —preguntó Laura.

—¡Oh!, he hecho un túnel lo suficientemente alto para poder
deslizarme por él. He retirado la nieve, sacándola hacia fuera y he
cubierto el agujero con las últimas paletadas. No hay nada mejor que
la nieve para protegerse del viento —dijo papá, encantado de la
vida—. Mientras el montículo aguante, podré hacer mi trabajo
confortablemente.

—¿Es muy alto el montículo? —quiso saber mamá.

153

—No te lo puedo decir; llega más arriba que el tejado del cobertizo —respondió papá.

—No estarás insinuando que la casa está enterrada bajo la nieve, ¿verdad? —exclamó mamá.

—Si lo está, mejor para nosotros —respondió papá—. ¿No te has fijado que la cocina está más caliente que ningún otro día de invierno?

Laura corrió escaleras arriba. Rascó un pedazo del cristal de la ventana y miró al exterior. No podía creer lo que veían sus ojos. La superficie de la calle quedaba al mismo nivel que sus ojos. A través de la nieve centelleante vio asomar el sencillo tejado blanco y cuadrado de la fachada falsa de la tienda de Harthorn que sobresalía como un pedazo enrejado de sólida madera.

Oyó un grito alegre y vio las pezuñas de unos caballos pasando velozmente al trote por delante de sus ojos. Eran ocho pezuñas grises en unas finas patas marrones que se doblaban y se enderezaban ligeras, seguidas de un largo trineo con dos pares de botas sobre su plataforma. Laura se inclinó para mirar mejor hacia arriba a través del cristal pero el trineo ya había pasado y sólo vio el cielo inundado de una luz tan viva que le hirió los ojos. Corrió escalera abajo a la cocina para contar lo que había visto.

—Son los hermanos Wilder —dijo papá—. Han ido a buscar heno.

—¿Cómo lo sabes, papá? —le preguntó Laura—. Yo sólo he visto las pezuñas de los caballos y unas botas.

—En este pueblo únicamente nos atrevemos a salir ellos y yo —dijo papá—. La gente tiene miedo de que empiece la tormenta. Estos muchachos traen toda la hierba de los cenagales del Gran Cenagal y la venden para quemar, a tres dólares la carga.

—¿A tres dólares? —exclamó mamá.

—Sí, y me parece justo porque se arriesgan mucho. Están sacándole un buen provecho. Ojalá pudiera hacer yo lo mismo. Pero ellos tienen carbón para quemar y yo me daría por satisfecho si tuviéramos nosotros suficiente heno para sobrevivir a las tormentas hasta la llegada del tren. No suponía que este heno sería todo nuestro combustible para pasar el invierno.

—Han pasado a la misma altura que los caballos —insistió Laura emocionada—. Era muy extraño ver las pezuñas de los caballos, el trineo y las botas a la altura de mis ojos como lo podría ver un pequeño animalito, una ardilla, por ejemplo.

—Es misterioso que no se hundan en el espesor de nieve —dijo mamá.

—Oh, no —razonó papá devorando su tostada y bebiendo el té

rápidamente—. No se hundirán. Este viento deja la nieve dura como una roca. Las herraduras de David ni siquiera dejan huellas. El único problema son las bolsas de aire bajo la nieve.

Papá se puso el abrigo precipitadamente.

—Estos chicos me han tomado la delantera esta mañana. Yo me he entretenido cavando el túnel y ahora tengo que extraer la nieve para sacar a David del establo. Tengo que ir a por más heno mientras luce el sol —dijo bromeando cuando cerraba la puerta tras de sí.

—Está más contento porque tiene ese túnel —dijo mamá—. Poder realizar las tareas confortablemente amparado del viento es una bendición.

Aquel día, desde la ventana de la cocina no se podía ver el cielo. La nieve amortiguaba el frío y Laura acompañó a Mary al cobertizo para enseñarle a retorcer el heno. Hacía tiempo que Mary quería aprender pero en el cobertizo hacía demasiado frío para ella. Le tomó un tiempo aprender porque no era fácil copiar a Laura y retorcer las briznas, sujetarlas bajo el brazo y doblar sus puntas. Pero, finalmente, aprendió a hacerlo. Se detuvieron un par de veces para calentarse mientras preparaban las provisiones del día.

Más tarde, en la cocina, no tuvieron que agruparse alrededor de la estufa porque la habitación estaba templada. En la casa reinaba el silencio. Los únicos sonidos eran los pequeños ruidos que hacían mamá y Mary al mecerse en sus balancines, la tiza al rasear la pizarra, el murmullo del agua hirviendo en la tetera y sus propias voces al hablar en susurros.

—Esta acumulación de nieve es una bendición —dijo mamá.

Pero no podían contemplar el cielo si bien esto tampoco hubiera sido hoy un buen asunto. Aunque vieran las bajas nubes grises elevarse velozmente no hubieran podido detenerlas. Tampoco podían ayudar a papá. Él vería la nube y buscaría cobijo en algún lugar lo más rápidamente posible. Laura pensó en ello muchas veces, pero a pesar de todo no dejaba de correr escalera arriba para mirar a través del trocito de cristal despejado de su ventana.

Al bajar, mamá y Carrie le echaban una mirada fugaz y ella siempre les hablaba en voz alta para que Mary supiera lo que estaba sucediendo.

—El cielo está despejado y nada se mueve, excepto los miles de destellos que emite la nieve. Creo que no sopla ni una pizca de viento.

Aquella tarde, papá acarreó el heno a través del túnel hasta llenar a rebosar el cobertizo. Había alargado el túnel hasta la puerta del establo para que David pudiera salir y, más allá de la puerta, lo había rematado en ángulo para poder observar la dirección del viento en su entrada.

—Nunca en mi vida había visto un tiempo como éste —dijo—. Al exterior debemos estar a más de treinta grados bajo cero y no sopla una brizna de aire. Parece que el mundo se haya congelado. Creo que este frío va a mantenerse. Llegar al trabajo a través del túnel no representa por suerte ningún esfuerzo.

Al día siguiente todo continuaba igual. La quietud, la oscuridad y la temperatura eran como un sueño invariable y perpetuo; como el tic tac de un reloj. Cuando el reloj se aclaró la garganta para dar las horas, Laura dio un respingo en su silla.

—No estés tan nerviosa, Laura —murmuró mamá que parecía dormida. Aquel día no recitaron. No hicieron nada. Simplemente permanecieron sentados.

La noche también fue tranquila. Pero por la mañana fueron despertadas por unos aullidos furiosos. El viento y el azote arremolinado de nieve habían vuelto.

—El túnel está desapareciendo a toda velocidad —dijo papá al entrar para desayunar. Una vez más, sus cejas estaban llenas de escarcha y sus ropas tiesas. El frío impedía que el calor de la estufa se expandiera—. Tenía la esperanza de que el túnel aguantara una de esas embestidas. ¡Caray, con la tormenta del demonio! No te da ni tiempo de respirar.

—No digas palabrotas, Charles —le espetó mamá. Luego se llevó la mano a la boca horrorizada—. Oh, Charles, lo siento —se excusó—. No era mi intención hablarte con esta brusquedad. Pero este viento que no cesa de soplar y soplar...

Su voz se fue apagando y permaneció allí escuchando el rugir del viento.

—Lo sé, Caroline —respondió papá—. Sé perfectamente cómo te sientes. Acaba agotándote. Mira, después de desayunar leeremos un rato el libro de Livingstone, *África*.

—Siento haber quemado tanto heno esta mañana, Charles —dijo mamá—. He tenido que hacerlo para intentar calentar un poco la habitación.

—No te preocupes. Retorceremos más. No es ningún problema —respondió papá.

—Yo le ayudaré —se ofreció Laura.

—Tenemos todo el día por delante para hacerlo —dijo papá—. En el establo todo está en orden hasta la noche. Primero haremos las varas de heno y después leeremos.

Grace empezó a lloriquear.

—Tengo frío en los pies.

—Qué vergüenza, Grace. Una niña tan mayor como tú. Anda, ves a calentártelos —le dijo Laura.

—Ven a sentarte en mi regazo y caliéntatelos —le dijo Mary dirigiéndose a tientas hacia su mecedora junto al horno.

Después de que papá y Laura hubieron retorcido un montón de varas de heno y las hubieron amontonado junto a la estufa, Carrie fue a buscar el gran libro verde de papá.

—Por favor, papá, lee algo sobre los leones —le pidió—. Nosotros haremos ver que el aullido del viento es el de los leones.

—Me temo que necesitaré luz, Caroline. Esta letra es pequeña.

Mamá encendió la lámpara hecha con el botón y la colocó junto a papá.

—Comencemos —dijo éste—, es de noche. Nos encontramos en la jungla de África. Esta luz que parpadea es la de nuestro campamento. Las fieras salvajes nos rodean aullando, chillando y rugiendo. Hay leones, tigres y hienas y me imagino que un hipopótamo o dos. No se acercan a nosotros porque tienen miedo del fuego. También se oye el crujido de unas hojas enormes y el graznido de unos extraños pájaros. Es una noche negra, espesa y calurosa con el cielo cuajado de estrellas. Ahora voy a leer lo que sucedió.

Y, dicho esto, empezó a leer.

Laura intentaba escuchar lo que su padre leía pero estaba atontada y entumecida. La voz de papá se entremezclaba con los incesantes ruidos de la tormenta. Tenía la sensación de que, antes de hacer cualquier cosa, aquella tormenta debía cesar. No podía prestar atención ni pensar, si la tormenta no se detenía. Hacía una eternidad que el viento soplaba ferozmente.

Laura estaba cansada. Estaba cansada del frío y de la oscuridad, cansada del pan moreno y de las patatas. Cansada de retorcer heno y de moler trigo, de llenar la estufa, de fregar los platos, de hacer las camas, de subir a acostarse y de levantarse por la mañana. Estaba cansada del vendaval. Ya no le parecía que el viento interpretara melodía alguna, sólo notaba una confusión de sonidos.

—Papá —dijo Laura interrumpiéndole la lectura—. ¿Por qué no tocas el violín un ratito?

Papá la miró sorprendido. Después dejó el libro.

—Pues claro que sí, Laura. Si quieres que toque el violín, lo tocaré.

Mientras Laura iba a buscar el estuche que se encontraba en un lugar resguardado debajo de la estufa, papá preparó sus manos abriéndolas y cerrándolas y se frotó los dedos.

Después, frotó el arco con colofonia y apoyó el violín bajo el mentón y pulsó las cuerdas.

Miró a Laura.

—Toca «Bonnie Doon» —le pidió ésta y papá empezó a tocar y cantó:

Vosotras, riberas y laderas de Bonnie Doon
¿cómo podéis florecer llenas de frescura?

Pero las notas del violín salían un poco desafinadas. Los dedos de papá estaban entumecidos, la música languidecía y las cuerdas vibraban.

—Mis dedos están entumecidos e hinchados de trabajar a la intemperie y no puedo tocar.

Como si se avergonzara de lo que le sucedía, dejó el violín en su estuche.

—Guárdalo, Laura, hasta otro día.

—Me gustaría que me ayudaras, Charles —dijo mamá cogiendo

el molinillo de café que tenía Mary y vaciando el trigo molido del cajoncillo. Luego, llenó el molinillo con más trigo y se lo entregó a papá—. Necesitaré otra molienda para poder cocer pan suficiente —le dijo.

Mamá sacó el plato de levadura cubierto con un paño que se encontraba debajo de la estufa y la revolvió con brío; luego echó dos tazas de la masa en una sartén, añadió sal y bicarbonato y la harina que Mary y Carrie habían molido. Después recuperó el molinillo que tenía papá y añadió también esta harina que él había molido.

—Con esto habrá bastante —dijo—. Gracias, Charles.

—Será mejor que vaya a hacer mis tareas antes de que se haga de noche —dijo papá.

—Cuando regreses tendrás la comida caliente esperándote —le recordó mamá.

Papá se abrigó y salió a la tormenta.

Laura se quedó escuchando el ruido del viento y mirando la blancura de la ventana sin ver nada a través. Lo peor de todo era que papá no había podido tocar el violín. Si ella no le hubiese pedido que tocara, él no habría descubierto que no podía hacerlo.

Mamá y Carrie se acercaron y se sentaron en las mecedoras junto a la estufa enfrente de Mary. Mamá tenía a Grace en sus brazos y la acunaba lenta, dulcemente, cantándole:

Te cantaré una canción de aquel país tan hermoso
el lejano hogar del alma
en donde las tormentas nunca azotan las playas relucientes
mientras los años avanzan eternos.

Los compases del himno se entremezclaban con los lamentos del viento mientras la noche caía ahondando la negrura de la ventisca de nieve.

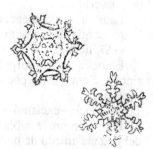

Capítulo veintitrés

EL TRIGO EN LA PARED

A la mañana siguiente, la nieve acumulada había desaparecido. Cuando Laura hizo una mirilla en el cristal de la ventana del piso de arriba para ver el exterior vio el suelo desnudo. La nieve que revoloteaba a ras de suelo formaba nubecillas bajas pero en la calle se veía la tierra parda y dura.

—¡Mamá, mamá, puedo ver el suelo!

—Ya lo sé —respondió mamá—. Ayer por la noche el viento se llevó toda la nieve.

—¿Qué hora es? Quiero decir, ¿en qué mes estamos? —preguntó Laura tontamente.

—Estamos a mediados de febrero —respondió mamá.

Por tanto, el verano estaba más cerca de lo que Laura se había imaginado. Febrero era un mes corto y en marzo llegaría la primavera. El tren también llegaría y volverían a tener pan blanco y carne.

—Estoy cansada de comer pan integral sin nada para acompañarlo —exclamó Laura.

—No te quejes, Laura —la reprendió rápidamente mamá—. No te quejes nunca de lo que tienes. Recuerda siempre que eres afortunada de poseerlo.

Laura no tenía intención de quejarse pero no sabía cómo expresar lo que sentía. Respondió dócilmente:

—Sí, mamá.

Entonces miró sorprendida al saco de trigo que había en el rincón. Contenía tan poco trigo que estaba arrugado como si estuviera vacío.

—Mamá —exclamó—. Me querías dar a entender que…

Papá siempre le había dicho que nunca debía tener miedo. Nunca debía tener miedo de nada. Entonces preguntó:

160

—¿Cuánto trigo nos queda?

—Creo que el suficiente para moler un día más —respondió mamá.

—¿Papá puede comprar? —preguntó Laura.

—No, Laura. No queda ya en todo el pueblo —respondió mamá mientras ponía cuidadosamente las rebanadas de pan en el horno para tostarlas para el desayuno.

Entonces Laura se preparó mentalmente y dijo:

—Mamá, ¿nos vamos a morir de hambre?

—No, no moriremos de hambre —respondió mamá—. Si es necesario, papá sacrificará a Ellen y al ternero.

—¡Oh, no! —lloró Laura.

—Silencio, Laura —dijo mamá.

Carrie y Mary bajaban la escalera para vestirse junto a la estufa y mamá se dirigió arriba en busca de Grace.

Papá estuvo todo el día transportando heno y sólo entró en la casa para comunicar que se iba un minuto a la tienda de Fuller antes de cenar. Cuando regresó traía noticias frescas.

—En el pueblo corre el rumor de que un colono que vive a unas veinte millas hacia el sur o sudeste de aquí, cultivó el verano pasado un poco de trigo —dijo—. Se comenta que se ha quedado a pasar el invierno en su cabaña.

—¿Quién dice esto? —preguntó mamá.

—Es un rumor que corre —repitió papá—. Lo dice todo el mundo. Lo único que te puedo decir es que el que ha expandido la noticia es el señor Foster. Según él, se lo oyó decir a un forastero que trabajaba en el ferrocarril. Dice que un hombre que estuvo aquí de paso el último otoño, habló sobre el trigo que el colono había cultivado. Comentó que tenía una parcela de trescientas áreas que produce unos mil cuatrocientos áridos por área.

—Espero que no estés pensando en ir a la caza de este trigo, Charles —dijo mamá con voz suave.

—Alguien tiene que hacerlo —comentó papá—. Con un par de días de buen tiempo y el suelo nevado para que pueda deslizarse el trineo, se podría hacer en...

—Ni hablar —espetó mamá.

Papá la miró sorprendido. Todos la miraron. Nunca habían visto a mamá de aquella manera. Estaba callada pero su expresión era terrible. Luego le dijo a papá lentamente:

—Te lo prohíbo. No pienso consentir que te arriesgues.

—Pero... Caroline —dijo papá.

—Ya te arriesgas bastante yendo a buscar el heno —dijo mamá—. A la caza del trigo no irás.

Papá le habló también suavemente:

—Si te lo has de tomar así no iré, pero...

—No quiero oír ningún pero —dijo mamá todavía con una expresión aterradora—. Esta vez no me harás cambiar de opinión.

—Está bien, está bien. Que sea como tú quieras —accedió papá.

Laura y Carrie se miraron y sintieron como si de pronto hubiera caído sobre ellas un relámpago fugaz. Mamá sirvió el té con mano temblorosa.

—Oh, Charles, lo siento, se ha derramado el té.

—No tiene importancia —dijo papá vertiendo el té del plato en la taza—. Hacía mucho tiempo que no vertía el té en el plato para enfriarlo.

—Me temo que el fuego se está apagando —dijo mamá.

—No es el fuego —dijo papá—. Es que hace más frío.

—De todas maneras no podrías ir —dijo mamá—. Esto se quedaría sin nadie para hacer las tareas y para ir a buscar el heno.

—Tienes razón, Caroline. Siempre la tienes —concluyó papá para tranquilizarla—. Nos arreglaremos con lo que tenemos.

Después echó un vistazo al rincón en donde había estado el saco de trigo pero no hizo ningún comentario hasta que hubo regresado de hacer las tareas y de retorcer heno. Luego dejó una brazada de varas de heno junto a la estufa y extendió las manos para calentárselas.

—¿Se ha terminado el trigo, Caroline? —preguntó.

—Sí, Charles —dijo mamá—. Pero tenemos pan para desayunar.

—¿También se están acabando las patatas?

—Parece como si todo se terminara al mismo tiempo —respondió mamá—, pero me quedan seis para mañana.

—Voy un momento a la calle y quiero llevarme el cubo de la leche —dijo papá.

Laura fue a buscarlo y se lo entregó a papá sin poder resistir la tentación de preguntar:

—¿Hay alguna vaca que dé leche en el pueblo, papá?

—No, Laura —respondió papá cruzando la habitación de delante haciendo chasquear la puerta tras él.

Almanzo y Royal estaban cenando. Almanzo había amontonado las tortas cubiertas de azúcar moreno. Había hecho muchas. Royal se había comido la mitad de su montón. Almanzo estaba acabando con el suyo y cuando papá llamó a la puerta todavía quedaba un tercer montón de tortas bañadas en azúcar moreno derretido. Royal abrió la puerta.

—Entre, señor Ingalls. Siéntese y coma unas cuantas tortas con nosotros —le invitó Royal.

—No, gracias. En cambio, me pregunto si podría persuadirles para que me vendieran un poco de trigo —dijo papá al entrar.

—Lo siento —respondió Royal—. Ya no nos queda trigo para vender.

—¿Lo han vendido todo? —preguntó papá.

—Todo —respondió Royal.

—Estoy dispuesto a pagar un precio alto por él —dijo papá.

—Ojalá hubiese traído otro cargamento —comentó Royal—. Siéntese y coma con nosotros. Manzo no hace más que jactarse de sus tortas.

Papá no respondió. Se dirigió a la pared del fondo y descolgó una de las monturas. Almanzo exclamó:

—¡Oiga! ¿Qué está haciendo?

Papá colocó firmemente el cubo de la leche contra la pared y retiró el tapón del agujero. Brotó un chorro de trigo tan grande como el mismo agujero, que repiqueteó al caer dentro del cubo.

—Os estoy comprando un poco de trigo —le contestó papá.

—Oiga, éste es mi grano para la siembra y no lo vendo —declaró Almanzo.

—En casa nos hemos quedado sin trigo y os estoy comprando un poco —respondió papá.

El trigo seguía cayendo en el cubo, resbalando del montón y

tintineando ligeramente al chocar contra el metal. Almanzo permaneció de pie observándolo y, al cabo de unos minutos, Royal se volvió a sentar, inclinó la silla apoyando el respaldo contra la pared, metió las manos en los bolsillos y mirando a Almanzo sonrió.

Una vez el cubo estuvo lleno, papá volvió a poner el tapón en el agujero, lo apretó con el puño con firmeza y luego dio unos golpecitos con los nudillos en la parte superior y a lo largo de la pared.

—Esto está lleno de trigo —dijo—. Ahora hablemos de precios. ¿Cuánto crees que vale este cubo lleno?

—¿Cómo supo usted que estaba aquí? —quiso saber Almanzo.

—Las medidas del interior de esta habitación no se corresponden con las del exterior —dijo papá—. Es por lo menos unas cincuenta pulgadas más corta por dentro. Lo justo para montar unos tablones de dos por cuatro, lo que abre un espacio de sesenta pulgadas. Cualquier hombre con un poco de vista puede darse cuenta.

—¡Maldita sea! —exclamó Almanzo.

—El día que fuimos a cazar el antílope y descolgaste las monturas de la pared me fijé en el tapón —dijo papá—. Así pues, supuse que ahí guardabas el grano. ¿Qué otra cosa podría salir por este agujero?

—¿Hay alguien más en el pueblo que esté al corriente de esto? —preguntó Almanzo.

—Que yo sepa no —respondió papá.

—Verá —añadió Royal—, nosotros no sabíamos que ustedes no tenían trigo. Este trigo es de Almanzo. No es mío pero él no permitiría que nadie se muriera de hambre.

—Es mi grano para sembrar —explicó Almanzo—. Es de gran calidad y no sabemos si en primavera, en la época de la siembra, llegará más. Naturalmente que no dejaría morir a nadie de hambre pero alguien podría ir a buscar el trigo que cultivó aquel colono que vive en el sur.

—En el sudoeste, he oído decir —puntualizó papá—. Yo había pensado en ir, pero...

—Usted no puede hacerlo —interrumpió Royal—. ¿Quién cuidaría de los suyos si quedara atrapado en medio de una tormenta o si por alguna razón se retrasara?

—Todo esto no establece el precio que tengo que pagar por este trigo —les recordó papá.

Almanzo hizo un gesto con la mano.

—¿Qué importancia tiene un poco de trigo entre unos buenos vecinos? Sea usted bienvenido, señor Ingalls. Y ahora, acérquese una silla y pruebe estas tortas antes de que se enfríen.

Pero papá insistió en pagar. Después de hablarlo durante un rato,

Almanzo accedió a que le pagara veinticinco centavos y papá se los dio. Después se sentó tal como le rogaron y, destapando la pila de las tortas por empezar, cogió un montón de ellas, calientes y rociadas con jarabe de azúcar. Royal hincó un tenedor en una lonja de jamón de la sartén y la puso en el plato de papá mientras Almanzo le llenaba la taza de café.

—Realmente, muchachos, vivís en el lujo absoluto —sentenció papá.

Las tortas no eran de trigo ordinario sino que Almanzo las hacía según la receta de su madre y resultaban unas tortas ligeras como la espuma y empapadas de azúcar moreno. El jamón era de la granja de los Wilder de Minnesota y estaba curado con azúcar y ahumado con madera de nogal.

—No recuerdo una comida tan sabrosa como ésta —dijo papá.

Hablaron acerca del tiempo, la caza y la política; sobre el ferrocarril y las granjas y, cuando papá se dispuso a marcharse, tanto Royal como Almanzo le pidieron que repitiera la visita más a menudo. Ninguno de los dos jugaba al ajedrez, así que no pasaban mucho tiempo en la tienda; preferían estar en su casa donde estaban más confortables.

—Ahora que ya sabe el camino, señor Ingalls, vuelva —le dijo Royal, de corazón—. Estaremos encantados de volver a verle. Manzo y yo estamos cansados de hacernos compañía mutuamente. Venga cuando quiera, la puerta está siempre abierta.

—Será un placer —dijo papá abriendo la puerta y echando una ojeada al exterior.

Almanzo salió con él al viento helado. Las estrellas resplandecían en el cielo pero hacia el noroeste empezaban a cubrirse velozmente por una espesa nube negra que pronto se cerniría también sobre ellos.

—¡Ya viene! —exclamó papá—. Supongo que durante un tiempo nadie podrá visitar a nadie. Si me apresuro, tendré el tiempo justo para llegar a casa.

En el momento en que papá alcanzaba la puerta de su casa, la tempestad arremetió contra sus cuatro paredes por lo que nadie le oyó llegar, y tampoco nadie tuvo tiempo de preocuparse por él porque casi inmediatamente entró en la cocina en donde se encontraban todas ellas sentadas en la oscuridad. Estaban junto a la estufa y no tenían frío. A pesar de ello, Laura temblaba oyendo el vuento y pensando que papá estaba en la intemperie.

—Aquí tienes un poco de trigo para unos cuantos días, Caroline —dijo papá dejando el cubo en el suelo junto a mamá.

Ella alargó la mano y tocó los granos.

—¡Oh, Charles! —dijo meciéndose en su balancín—. Siempre he sabido que atenderías nuestras necesidades pero... ¿de dónde lo has sacado? Creí que en el pueblo ya no quedaba trigo.

—No estaba seguro de que hubiera, de lo contrario te lo habría dicho, pero no quería que te hicieras ilusiones para que luego te llevaras un desengaño —explicó papá—. He prometido que no diría de dónde lo he sacado, pero no te preocupes, Caroline, allí donde he ido, hay más.

—Venid, Carrie. Voy a llevaros a ti y a Grace a la cama —dijo mamá con renovadas energías.

Encendió luego la lámpara del botón y llenó de trigo el molinillo. El ruido del molinillo volvió a oírse y acompañó a Laura y a Mary por la helada escalera hasta que se perdió entre el rugir de la tormenta.

Capítulo veinticuatro

NO ESTAMOS REALMENTE HAMBRIENTOS

—¡Es increíble que quede exactamente una patata para cada uno! —dijo papá.

Lentamente comieron las últimas patatas con piel incluida. La tormenta azotaba la casa y el viento silbaba y aullaba. La luz que entraba por la ventana palidecía con el crepúsculo y la estufa desprendía su débil calor contra el frío reinante.

—No tengo hambre, papá. Me gustaría que tú te acabaras mi patata —dijo Laura.

—Cómetela, Laura —respondió papá cariñosamente pero con voz firme.

Laura tuvo que tragarse los trozos de patata que ya se habían enfriado en el plato. Partió un pedazo de pan integral y dejó el resto. Sólo le apetecía el té caliente. Laura se sentía entumecida y soñolienta.

Papá se puso otra vez el abrigo y el gorro y salió al cobertizo para retorcer heno. Mamá se levantó.

—Vamos, niñas, fregad los platos, limpiad la cocina y barred el suelo mientras yo voy a hacer las camas. Después nos pondremos a estudiar. Cuando hayáis terminado, recitaremos, y después os daré una sorpresa que tengo guardada para la cena.

A nadie le importó mucho lo de la sorpresa pero Laura hizo un esfuerzo para contestar a mamá.

—¿Tienes una sorpresa, mamá? ¡Qué bien! —dijo.

Laura fregó los platos y barrió el suelo. Después se puso el abrigo confeccionado con retales de varios colores y se dirigió al cobertizo a ayudar a papá a retorcer heno. Todo parecía irreal excepto la tormenta que no cesaba.

Aquella tarde Laura empezó a recitar *El viejo Tubal Caín*:

El viejo Caín era un hombre fuerte
era un hombre muy poderoso.
Pidió que le trajeran su pipa,
pidió que le trajeran su bol
y llamó a sus tres violinistas...

—Oh, mamá. No sé lo que me sucede. No puedo pensar —dijo Laura llorosa.

—Es la tormenta. Creo que todos estamos medio atontados —respondió mamá—. Debemos dejar de prestarle atención.

Las cosas se sucedían con lentitud. Al cabo de un rato Mary preguntó:

—¿Cómo podemos dejar de hacerle caso?

Mamá cerró el libro lentamente. Por fin se levantó.

—Voy a buscar la sorpresa —dijo.

Se dirigió a la habitación de delante. Se trataba de un pedazo de bacalao salado y congelado que había guardado durante mucho tiempo.

—Hoy para cenar tendremos salsa de bacalao para untar en el pan —les dijo.

—¡Cáspita, Caroline! No hay nada mejor que lo escocés —exclamó papá.

Mamá metió el bacalao en el horno para que se descongelara y le pidió a papá el molinillo de café.

—Las niñas y yo acabaremos de moler el grano. Lo siento, Charles, pero necesitaré más heno y tú necesitarás tiempo para calentarte antes de ir a tus tareas.

Laura fue a ayudar a papá. Cuando entraron cargados de varas de heno, Carrie se encontraba moliendo el grano monótonamente y mamá estaba troceando el bacalao.

—Tan sólo su olor ya revive a un muerto —dijo papá—. Caroline, eres maravillosa.

—Creo que este cambio de sabor nos sabrá a gloria —admitió mamá—, pero tenemos que dar gracias a Dios por el pan, Charles.

Mamá vio cómo papá echaba un vistazo al trigo que había en el cubo de leche y le dijo:

—Si esta tormenta no dura más de lo normal, tendremos bastante trigo para sobrevivirla.

Laura le cogió a Carrie el molinillo de café. Le preocupaba lo pálida y delgada que estaba Carrie y cuánto le agotaba moler el grano. Pero incluso las preocupaciones parecían sentirse con menos viveza, se veían más lejanas que el odioso retumbar de la tormenta. La manivela del molinillo de café daba vueltas y más vueltas. No debía detenerse. Ella y su molinillo formaban parte de los remolinos de viento que hacían volar la nieve en círculos y más círculos sobre la tierra, estrellándose contra papá cuando éste iba al establo; el viento que aullaba a las casas solitarias, formando espirales de nieve entre los edificios y elevando la nieve por los aires hacia el lejano cielo, dando vueltas eternamente sobre la interminable pradera.

Capítulo veinticinco

LIBRE E INDEPENDIENTE

Durante los días que duró la tormenta, Almanzo estuvo pensativo. No bromeaba como de costumbre y cuando hizo sus tareas las hizo con premura; cepilló a los caballos mecánicamente. Incluso se sentó cabizbajo a tallar un madero con la navaja y dejó que Royal se ocupase de las tortas para la cena.

—¿Sabes lo que pienso, Royal? —le preguntó por fin.

—Si tenemos en cuenta el tiempo que te has pasado pensando, debe de ser algo muy interesante —respondió Royal.

—Creo que en el pueblo hay gente que está pasando hambre —empezó a decir Almanzo.

—Sí, seguramente algunos deben pasar bastante hambre —admitió Royal dándole la vuelta a las tortas.

—Yo quería decir que se están muriendo de hambre —repitió Almanzo—. Tomemos por ejemplo a los Ingalls. Son una familia de seis personas. ¿Te fijaste en los ojos de Ingalls y en lo delgado que estaba? Dijo que se les había terminado el trigo. Imaginemos diez litros de trigo, ¿cuánto le dura a una familia de seis miembros diez litros de trigo? Calcúlalo tú mismo.

—Seguramente tendrá otras provisiones —dijo Royal.

—Llegaron aquí no el verano pasado sino el anterior y no fueron al este a trabajar en el ferrocarril. Se quedaron con unas tierras. Tú ya sabes lo que se puede cultivar en una tierra virgen el primer año. Y por ahí no ha habido trabajos a destajo.

—¿A dónde quieres llegar? —le preguntó Royal—. ¿Es que vas a vender tus semillas de trigo?

—Ni en broma. No si hay alguna alternativa que permita seguir guardándolo —declaró Almanzo.

—Bien, ¿y luego qué? —inquirió Royal.

Almanzo no prestó atención a la pregunta.

—Me imagino que Ingalls no es el único hombre con la misma idea.

Lenta y metódicamente calculó las provisiones que había en la ciudad cuando el tren dejó de llegar, y nombró a las familias de las cuales tenía motivos para creer que ya estaban faltas de alimentos.

También calculó el tiempo que tardarían en dejar las vías libres de nieve una vez acabado el temporal.

—Dicen que esto durará hasta marzo —concluyó—. Yo les he demostrado a esas gentes que habrá que comer mi trigo o morirán de hambre antes de que puedan llegar más provisiones.

—Supongo que tienes razón —admitió Royal.

—Por otra parte, opino que este tiempo seguirá hasta abril. El viejo indio predijo siete meses de mal tiempo, no lo olvides. Si los trenes no circulan antes de abril, o si no hay manera de traer semillas de trigo antes, tendré que intentar salvar las mías o perderé la cosecha del año.

—Sí, es verdad —asintió Royal.

—Y además, si los trenes no circulan antes de abril, la gente morirá de hambre. Aunque hayan comido trigo.

—Bien, veamos la situación —propuso Royal.

—Sí, hay un punto a tratar. Alguien tiene que conseguir el trigo que se sembró al sur de la ciudad.

Royal movió lentamente la cabeza.

—Nadie lo hará. Es tanto como pedir la vida de un hombre.

Al instante, Almanzo volvió a sentirse alegre. Se dirigió a la mesa y puso un montón de tortas en su plato.

—Bien, ¿por qué no probar suerte? —preguntó alegremente, vertiendo melaza sobre las tortas—. A veces, no hay que creer todo lo que se dice.

—¿Cuarenta millas? —exclamó Royal—. ¿Ir por esa pradera como si buscases una aguja en un pajar, veinte millas de ida y veinte de vuelta? Chico, nadie querrá hacerlo con esta tormenta. Sólo de vez en cuando hemos tenido un día despejado desde que empezó este tiempo. A menudo, sólo medio día. Imposible, Manzo. Un individuo no tendría la menor oportunidad de hacerlo, con tanta nieve.

—Pues alguien deberá hacerlo —razonó Almanzo—. Yo lo demostré.

—Sí, pero... ¡cáspita! —dijo Royal.

—De acuerdo, comprueba si tienes razón —asintió Almanzo—. Y si es así, ¡adelante!

—Es mejor estar a salvo que tener que lamentarlo, como decía mamá —replicó Royal.

—Oh, está bien —consintió Almanzo—. Tú eres un tendero, Roy—. Un granjero corre riesgos. Es necesario.

—Almanzo —dijo Royal con solemnidad—. Si dejo que te arriesgues tontamente por estas praderas, ¿qué les diré a papá y mamá?

—Diles que no has tenido que ver con ello, Roy —respondió Almanzo—. Yo soy libre, blanco y tengo veintiún años... o casi. Además, éste es un país libre y yo soy libre e independiente. Hazlo como digo.

—No te apresures, Almanzo —le aconsejó Royal—. Piénsalo bien.

—Ya lo he pensado.

Royal calló. Ambos se sentaron en silencio, comiendo al calor de la lumbre, bañados por la poderosa luz que procedente de la lámpara se reflejaba en la hojalata de la misma. Las paredes retemblaban un poco y las sombras las imitaban al impulso de las ráfagas de viento que racheaban los tejados, dividiéndose en las esquinas, y siempre atronando como cataratas. Almanzo cogió otro montón de tortas.

De repente, Royal soltó el cuchillo y echó atrás su plato.

—Una cosa es segura —opinó—. No irás solo en esa tonta travesía. Si estás decidido a realizarla, yo iré contigo.

—¡Vaya! —exclamó Almanzo—. ¡Pero no podemos ir los dos!

Capítulo veintiséis

UN RESPIRO

A la mañana siguiente, el tiempo estuvo en calma. El sol brillaba en lo alto y hacía frío, y sólo el ruido del molinillo de café, las ráfagas de viento y los crujidos del heno, en la cocina donde trabajaban Laura y Mary, rompían el silencio. Ninguna de las dos podía retorcer más de dos o tres brazadas de heno sin tener que calentar las manos en la estufa.

Tampoco podían mantener apenas el fuego vivo, ni podían apilar una brazada de heno y tener tiempo de efectuar la colada. Así, mamá aplazó la colada.

—Tal vez mañana hará más calor —murmuró, yendo a ayudar a trenzar el heno. Se turnaba con Mary y Laura, para que éstas a su vez ayudaran a Carrie en el molinillo.

Papá no llegó a casa hasta última hora de la tarde. Ya le aguardaba la cena, consistente en pan y té.

—Caramba —exclamó—, vaya día frío.

Aquel día sólo había podido acarrear una carga de heno. Los almiares estaban enterrados en nieve. Y él tuvo que cavar en medio de las temibles ráfagas del vendaval. La nieve había cubierto las antiguas rodadas, cambiando el aspecto del lodazal. David había caído en varias ocasiones dentro de los cenagales, entre la maleza.

—¿Se te ha helado la nariz, papá? —le preguntó Grace ansiosamente.

Naturalmente, con el tiempo frío, las orejas y la nariz de papá se helaban, de modo que tenía que frotárselas para reactivarlas pero él le hacía creer a Grace que cada vez que se le helaba la nariz, ésta crecía y Grace pretendía creérselo. Se trataba de una broma entre ellos dos.

—Hoy se me ha helado cinco o seis veces —le respondió papá

173

cariñosamente tocándose la nariz roja e hinchada—. Si la primavera no llega pronto acabaré con una nariz más larga que la trompa de un elefante.

Aquello hizo reír a Grace.

Después de haber comido el pedazo de pan de cada día, papá se fue a retorcer heno hasta que tuvo suficientes varas para alimentar la estufa hasta la hora de acostarse. Cuando metió a David en el establo, al término de sus tareas, aún no había oscurecido del todo.

—Creo que me voy un rato a la farmacia de Bradley a ver cómo va la partida de ajedrez —dijo papá.

—Muy bien, Charles —le animó mamá—. ¿Por qué no juegas tú también?

—Es que esos solterones se han pasado el invierno jugando al ajedrez —explicó papá—. Como no tenían otra cosa que hacer ahora son muy expertos en este juego. Lo son demasiado para mí. Por eso, yo sólo miro. No creo que haya nada más interesante que observar una buena partida de ajedrez.

No tardó mucho en regresar. En la farmacia hacía tanto frío que no hubo partida de ajedrez, pero traía noticias frescas.

—Almanzo Wilder y Cap Garland se disponen a ir en busca del trigo del colono que vive hacia el sur.

Mamá se quedó en silencio y sus ojos se abrieron como si hubiese visto algo que la asustara.

—¿Cuántas millas dices que hay?

—Nadie lo sabe con exactitud. Tampoco se sabe bien dónde vive ese hombre —dijo papá—. Sólo corre el rumor de que un colono que vive por el sur cultivó trigo el año pasado. Por aquí no se ha vendido trigo a nadie, por lo cual tiene que estar allí si ese hombre en verdad lo cultivó. Foster asegura que alguien le dijo que este colono pasaba el invierno en su cabaña del campo. Los chicos van a intentar encontrar el lugar. Loftus les ha dado el dinero para que compren todo el trigo que puedan transportar.

Grace empezó a pedir a voces que quería sentarse en las rodillas de su padre para medirle la nariz con el dedo. Papá la alzó distraído. Incluso Grace, que era una niña de muy corta edad, comprendió que aquel no era el momento para gastar bromas. Primero miró a papá con inquietud y después a mamá y luego permaneció callada sobre las rodillas de papá.

—¿Cuándo emprenden el viaje? —preguntó mamá.

—Mañana por la mañana. Hoy han construido un trineo para Cap Garland. En un principio iban a ir los hermanos Wilder pero han decidido que a Royal lo sustituya Cap.

Todos guardaron silencio.

—Esperemos que les vaya bien —dijo papá—. Mientras dure el buen tiempo podrán viajar. A lo mejor aguanta así dos o tres días. Nunca se sabe.

—Éste es el problema —dijo mamá—. Nunca se sabe.

—Si lo consiguen —apuntó papá—, tendremos suficiente trigo hasta la primavera. Eso si hay trigo allí y si lo encuentran.

Aquella noche, Laura oyó el impacto de la nieve contra las ventanas y los aullidos del vendaval. Sólo había habido un día de tregua. Aquella tormenta no permitiría que nadie saliera al día siguiente para ir en busca del trigo.

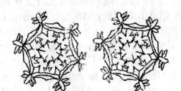

Capítulo veintisiete

EN BUSCA DEL PAN COTIDIANO

A la tercera noche de aquella tormenta, una gran calma despertó a Almanzo. La tormenta había cesado. Almanzo alargó el brazo para alcanzar su chaleco que colgaba de una silla, sacó el reloj del bolsillo, encendió una cerilla y vio que eran las tres de la madrugada.

En la oscuridad del invierno y en los días fríos añoraba a su padre sacándole de la cama. Ahora tenía que salir él solo del calor de las mantas al frío, encender la linterna, avivar el fuego y romper el hielo del cubo, y también elegir entre hacerse el desayuno o quedarse con hambre. A las tres de la madrugada de un día de invierno era el único momento en el que no se alegraba de ser libre e independiente.

Sin embargo, una vez fuera de la cama y vestido, la mañana era la parte del día que más le gustaba. El aire era más ligero que a cualquier otra hora del día. La estrella matutina colgaba baja del cielo del este. La temperatura era de diez grados bajo cero y el viento soplaba regularmente. El día prometía ser claro.

Cuando se deslizaba por la calle mayor en el trineo del heno, todavía no había salido el sol pero la estrella matutina se había diluido en un haz de luz ascendente. El edificio de los Ingalls destacaba como una sombra negra en contraste con la interminable pradera cubierta de nieve que se extendía detrás. Más allá de la calle segunda, los dos establos con sus almiares se veían pequeños y, más lejos, la casita de Garland dejaba escapar un rayo de luz de su cocina. Cap Garland llegó montado en el trineo arrastrado por su caballo alazán.

Saludó a Almanzo y éste levantó el brazo con esfuerzo debido a la incomodidad de sus gruesas mangas de lana. Las caras de ambos iban envueltas en bufandas por lo que no les era posible hablar. Tres días atrás, antes de que empezara la última tormenta, habían hecho sus planes. Almanzo condujo su caballo sin detenerse y Cap Garland hizo girar el suyo para seguir a Almanzo por la calle mayor.

Al final de la corta calle, Almanzo viró hacia el sudoeste para cruzar el istmo del Gran Cenagal por el lugar más estrecho. Estaba amaneciendo. El cielo era claro y de un frío color azul. La tierra, hasta su más lejano horizonte, estaba cubierta por montañas de nieve teñidas de rosa y ligeramente sombreadas de azul. El aliento del caballo formaba una nube blanca que envolvía su cabeza.

El único sonido era el de los cascos de Prince sobre la dura nieve y el roce de los patines del trineo. En las olas formadas por la nieve no se veía ni una huella. Ni siquiera la de un conejo o un almiarillo. No había ni rastro del camino, ni una señal de que un ser viviente hubiera pisado aquella pradera cubierta de nieve en donde el paisaje, después de cada curva, emergía distinto y desconocido. Sólo el viento había rizado la nieve de los campos y cada ondulación mostraba una tenue sombra azul y el propio viento levantaba la nieve en polvo de cada cresta dura y lisa.

Había algo de irónico en el destello de aquel mar sin huellas en el que las sombras se movían ligeramente y la nieve, revoloteando por los aires, confundía a los que buscaban un punto de referencia. Allí, donde todo era nuevo y desconocido, Almanzo medía la distancia y el rumbo a seguir lo mejor posible y pensó: «Bueno, tendremos que tantear el camino y confiar en la suerte».

Creyó adivinar que había llegado al istmo del Gran Cenagal y se encontraba cerca del lugar por donde solía cruzarlo cuando iba a por heno. Si estaba en lo cierto, la nieve debajo del trineo estaría muy compacta y, en cinco minutos o menos, se hallaría a salvo en el altiplano. Miró hacia atrás. Cap había reducido la marcha de su caballo, y le seguía a una distancia prudente. Sin previo aviso, Prince se hundió en la nieve.

—¡Soo, quieto! —gritó Almanzo a través de su bufanda con voz tranquila y sosegada. Por el profundo agujero de hierba asomaba la cabeza del caballo que relinchaba. El trineo continuó deslizándose hacia delante; no hay forma de frenar un trineo, pero afortunadamente se detuvo a tiempo.

—Soo, Prince. Quieto, quieto —dijo Almanzo sujetando las riendas con firmeza—. Quieto, quieto.

Prince, hundido en la nieve, se quedó inmóvil.

Almanzo saltó del trineo y lo desenganchó. Cap Garland condujo su trineo hasta ponerse a su lado y se detuvo. Almanzo se acercó a la cabeza de Prince y, resbalando por la nieve resquebrajada y la enmarañada hierba muerta, sujetó las riendas por el bocado.

—Tranquilo, Prince, viejo amigo. Quieto, quieto —le decía porque sus propios forcejeos asustaron de nuevo al caballo.

Después apisonó la nieve hasta que pudo persuadir a Prince de su firmeza. Sujetando otra vez a Prince por el bocado, lo apremió para que avanzara y el animal, con gran esfuerzo, salió del agujero. Almanzo lo ayudó de inmediato a trepar hasta pisar la nieve sólida. Lo llevó junto al trineo de Cap Garland y le pasó las riendas a éste para que sujetara al caballo.

La expresión de los claros ojos de Cap indicaba que bajo su bufanda se reía alegremente.

—Así que ésta es tu manera de actuar —dijo.

—No es tan difícil —respondió Almanzo.

—Hace un día muy bonito para viajar —comentó Cap.

—Sí, es una mañana hermosa y muy larga —accedió Almanzo.

Almanzo fue a colocar el trineo atravesado junto al agujero que Prince y él habían hecho en la nieve. Cap Garland le caía bien. Era un muchacho despreocupado y alegre pero capaz de defenderse como un gato salvaje. Cuando Cap Garland tenía motivos para perder la paciencia, sus ojos se entrecerraban y centelleaban con una mirada que ningún hombre era capaz de sostener. Almanzo había sido testigo de cómo amedrentó al trabajador más fuerte del ferrocarril.

Almanzo sacó una cuerda y ató un cabo a la cadena del trineo y el otro cabo al travesaño de los arreos de Prince y, entre él y el caballo, lo arrastraron bordeando el agujero. Después enganchó a Prince al trineo, recogió la larga cuerda, y continuaron el camino.

Cap Garland volvió a colocarse detrás. En realidad, era tan sólo un mes más joven que Almanzo. Ambos tenían diecinueve años. Pero siendo Almanzo dueño de tierras, Cap suponía que tenía más de veintiún años. En parte, por esta razón, Cap trataba a Almanzo con respeto y Almanzo no ponía objeción alguna.

Abriendo el camino, y guiándose por el sol, Almanzo se dirigió al este hasta estar seguro de haber cruzado el Gran Cenagal. Luego se dirigió al sur, en dirección a los lagos gemelos Henry y Thompson.

Ahora, la única nota de color sobre los interminables campos nevados era el pálido reflejo del azul del cielo. Por todas partes unos pequeños destellos relucían vivamente. El resplandor hería los ojos de Almanzo, casi cerrados por la estrecha abertura que quedaba entre el gorro y la bufanda. Con cada respiración, la lana se hinchaba y se pegaba de nuevo a su nariz y a su boca.

Tenía las manos tan frías que casi no notaba las riendas, por lo que se cambió de mano, golpeándose con el brazo libre el pecho para entrar en calor.

Cuando sus pies se entumecieron salió del trineo y se puso a correr al lado. Los rápidos latidos de su corazón parecían ayudar a que el calor llegara a sus pies hsata sentir en ellos un cosquilleo y una sensación de ardor. Entonces, de un salto, volvió a subir al trineo.

—¡No hay nada como el ejercicio para calentarse! —le gritó a Cap.

—¡Yo prefiero estar junto a una estufa! —le respondió Cap también a gritos mientras saltaba del trineo y se lanzaba a correr.

Y así continuaron el viaje, ahora corriendo, ahora montados en el trineo, ahora golpeándose los brazos contra el pecho, corriendo de nuevo, mientras los caballos trotaban briosamente.

—¡Dime!, ¿cuánto tiempo crees que durará esto? —le gritó Cap.

—¡Hasta que encontremos el trigo o se hiele el infierno! —respondió Almanzo.

—¡Entonces podremos practicar allí el patinaje sobre hielo! —le gritó Cap.

Continuaron avanzando. El sol naciente despedía unos rayos que parecían más gélidos que el viento. En el cielo no se veía ni una sola nube pero el frío se hacía cada vez más intenso.

Prince volvió a hundirse en no se sabe qué pequeño cenagal. Cap se acercó y se detuvo. Almanzo volvió a desenganchar a Prince del trineo y lo hizo trepar del agujero a la nieve firme, rodeó con el trineo el agujero y volvió a enganchar el caballo.

—¿Puedes distinguir la alameda Lone por alguna parte? —le preguntó a Cap.

—No. Pero no me puedo fiar de mis ojos —respondió Cap—. El reflejo del sol me hace ver manchas negras por todas partes.

Se pusieron de nuevo las bufandas desplazando el trozo en que el aliento se había helado, para que no les rozara la piel de la cara. A su alrededor y hasta el horizonte lejano no había nada más que el destello de la nieve y el viento cruel que no dejaba de soplar.

—Hasta ahora, hemos tenido suerte —dijo Almanzo—. Sólo nos hemos hundido dos veces.

Subió a su trineo y oyó gritar a Cap. Éste, al darse impulso para seguirle provocó el hundimiento de su caballo en la nieve.

Cap lo sacó del agujero, arrastró el trineo bordeando el hoyo y lo enganchó de nuevo.

—No hay nada como el ejercicio para calentar a un hombre —le recordó a Almanzo.

Desde la cima de la siguiente protuberancia divisaron la alameda Lone desierta y lúgubre. La nieve cubría los lagos gemelos y los arbustos que crecían entre ellos. Únicamente las copas desnudas de los árboles surgían de la blancura infinita.

En cuanto Almanzo vio la alameda giró rápidamente hacia el oeste para evitar los cenagales que rodeaban los lagos. Sobre la hierba del altiplano la nieve era más firme.

El árbol Lone era la última referencia para reconocer el terreno pero pronto desapareció entre la interminable y virgen ondulación nevada. No se veía ni un camino, ni rastros, ni huellas de ninguna clase por ninguna parte. Nadie sabía dónde vivía el colono que había cultivado el trigo. Ni siquiera estaban seguros de que estuviera todavía en aquellos parajes. Quizá se había marchado a pasar el invierno a otro lugar. Quizás ese hombre nunca había existido. Únicamente corría el rumor de que alguien le había dicho a alguien que un hombre que vivía en algún lugar de aquella región había cultivado trigo.

Cada ondulación de aquel mar helado era igual a la anterior. Bajo el polvo de nieve que desprendían sus cúspides, las pequeñas elevaciones de la pradera aparecían idénticas e interminables. El sol fue ascendiendo pero el frío se intensificó.

Se oía solamente el repiqueteo de los cascos de los caballos y el chirriar de los patines de los trineos, que no dejaban huella en la nieve dura y helada, y el débil silbido del viento contra el trineo.

De vez en cuando, Almanzo miraba hacia atrás y Cap le hacía un gesto con la cabeza. Ninguno de los dos vislumbraba columna alguna de humo que se dibujara contra el gélido cielo. El pequeño disco solar parecía colgar inmóvil pero iba ascendiendo. Las sombras se estrecharon. La nívea ondulación y las curvas de la pradera parecieron equipararse. El desierto se veía raso y desolador.

—¿Todavía vamos más lejos? —gritó Cap.

—Hasta que encontremos el trigo —respondió Almanzo, aunque él también se preguntaba si en aquel interminable desierto habría trigo. Ahora, el sol se encontraba en el cenit. Había transcurrido la mitad del día. De momento el cielo del noroeste seguía sin amenazar tormenta pero no tendría nada de extraño que entre una tempestad y otra tormenta transcurriera más de un día de buen tiempo.

Almanzo pensaba que sería más prudente dar media vuelta y regresar al pueblo. Entumecido de frío se apeó tambaleante del trineo y se puso a correr al lado. No quería volver al pueblo hambriento y decir que regresaba con el trineo vacío.

—¿Cuántas millas crees que hemos recorrido? —preguntó Cap.

—Unas veinte —se aventuró a responder Almanzo—. ¿Crees que sería mejor regresar?

—¡No hay que darse nunca por vencido! —exclamó Cap alegremente.

Miraron a su alrededor. Se encontraban en un altiplano. Si el viento no trajera un reluciente polvo de nieve, hubieran disfrutado de una visibilidad. Las ondulaciones de la pradera, que bajo el sol parecían niveladas, ocultaban el pueblo que se hallaba al noroeste. El cielo del noroeste seguía despejado.

Pateando y golpeándose los brazos contra el pecho otearon la tierra blanca del este al oeste y lo más al sur posible. No se veía ni una señal de humo por ninguna parte.

—¿Qué dirección tomamos? —preguntó Cap.

—Una dirección es tan buena como la otra —dijo Almanzo.

Volvieron a atarse las bufandas. Sus alientos las habían cubierto de hielo. No había casi ni un pedazo de tela que no tuviera hielo adherido y que no les rozara la piel ya al rojo vivo.

—¿Cómo van tus pies? —le preguntó a Cap.

—No responden —respondió éste—. No les pasará nada, espero. Voy a seguir corriendo.

—Yo también —dijo Almanzo—. Si no se reactivan pronto será mejor que nos detengamos y los frotemos con nieve. Sigamos durante un rato por esta colina en dirección hacia el oeste. Si no encontramos nada por allí daremos un rodeo en dirección al sur.

—Me parece bien —dijo Cap.

Sus caballos accedieron obedientes a ponerse al trote otra vez y ellos corrieron junto a sus trineos.

El altiplano desapareció antes de lo que se habían imaginado. El campo nevado se extendía ahora en una hondanada que el altiplano había ocultado. Parecía un cenagal. Almanzo puso a Prince al paso y se subió al trineo para observar el terreno. La hondanada se extendía hacia el oeste y no vio la manera de bordearla sin regresar al altiplano. Entonces vio a lo lejos, en medio de la nieve, al otro lado del cenagal, una estela gris elevándose detrás de un montículo. Detuvo a Prince y gritó:

—¡Oye, Cap! Aquello de allá es humo, ¿no crees?

Cap miró hacia donde señalaba Almanzo.

—¡Parece que sale de detrás de aquel montículo de nieve! —gritó Cap.

Almanzo hizo descender la pendiente a su caballo. Al cabo de unos minutos volvió a gritar:

—¡Ya lo creo que es humo! ¡Y hay algo que parece una casa!

Para llegar a ella tenían que cruzar el cenagal. Con las prisas, Cap se puso junto a Almanzo y su caballo se fue abajo otra vez. Aquel era el hoyo más profundo de todos y a su alrededor la nieve se había agrietado dejando ver unos grandes huecos. El forcejeo de ambos para rescatar al caballo parecía no tener fin. Antes de que consiguieran poner al caballo alazán sobre nieve firme y reemprender cautelosamente el camino, las sombras empezaban ya a deslizarse hacia el este.

El hilo de humo surgía de detrás de un alargado montículo de nieve, y sobre ésta no había huella alguna. Pero al dar un rodeo y retroceder por el lado sur, vieron que la nieve había sido apartada a paletadas frente a una puerta enclavada en el montículo de nieve. Los muchachos acercaron los trineos y llamaron a voces.

Se abrió la puerta y un hombre asombrado apareció en el umbral. Llevaba el cabello largo y una desaliñada barba que nacía a la altura de sus pómulos.

—¡Hola, hola! —gritó—. Entrad, entrad. ¿De dónde venís? ¿A dónde vais? Entrad —y prosiguió—: ¿Cuánto tiempo os quedaréis aquí? Pasad.

Estaba tan excitado que no podía esperar las respuestas.

—Primero debemos cuidar de nuestros caballos —respondió Almanzo.

El hombre agarró un abrigo precipitadamente y salió de la cabaña diciendo:

—Venid. Por aquí. Seguidme. ¿De dónde venís?

—Venimos del pueblo —dijo Cap.

El hombre les indicó otra puerta del mismo montículo. Mientras desenganchaban los caballos le dieron sus nombres y él se presentó como Anderson. Condujeron a los caballos a un resguardado establo de tierra construido en la montaña cubierta de nieve.

En el fondo del establo había una recámara hecha de tablones con una puerta rústica. Granos de trigo se escapaban por sus ranuras. Almanzo y Cap, al descubrirlo, se miraron sonrientes.

Dieron de beber a Prince y al caballo alazán del agua del pozo que había junto a la puerta, les echaron el pienso y los dejaron atados al pesebre lleno de heno, junto a la pareja de caballos negros de Anderson. Después siguieron a éste hacia la casa oculta bajo la nieve.

El tejado de su única habitación estaba hecho de troncos recubiertos de heno que se combaban con el peso de la nieve. Las paredes eran de barro. Anderson dejó la puerta entornada para que entrara un poco de luz.

—Todavía no he limpiado la nieve de las ventanas desde la última tormenta —dijo—. La nieve se amontona sobre este pequeño montículo que mira al noroeste y cubre mi casa. Mantiene el lugar tan templado que necesito muy poco combustible. De todas maneras, las casas de barro son las más calientes de todas.

La habitación estaba caldeada y llena de vapor de la tetera cuya agua hervía en el fogón. La comida de Anderson estaba sobre una mesa rústica pegada a la pared. Insistió para que se acercaran y comieran con él. No había visto un alma desde el mes de octubre, cuando fue al pueblo a comprar provisiones para el invierno.

Almanzo y Cap se sentaron a la mesa con él y comieron con gran apetito las judías hervidas, acompañadas con bollos y salsa de manzanas resecadas. Aquella comida caliente y el café les hizo entrar en calor y los pies, que se iban calentando lentamente, les dolían de tal forma que comprendieron que no se les habían congelado. Almanzo le mencionó al señor Anderson que quizás él y Cap comprarían un poco de trigo.

—No lo vendo —respondió el señor Anderson llanamente—. Todo el que cultivé el año pasado, lo guardo para sembrarlo. ¿Para qué queréis comprar trigo en esta época del año? —quiso saber.

Los muchachos tuvieron que contarle que los trenes habían dejado de funcionar y que la gente del pueblo pasaba hambre.

—Hay mujeres y niños que no han tenido una comida como Dios manda desde antes de Navidad —le informó Almanzo—. Tienen que comer algo o de lo contrario morirán de hambre antes de la primavera.

—Éste no es mi problema —dijo el señor Anderson—. Nadie es responsable de las personas que no han sabido preocuparse por ellos mismos.

—Nadie le dice que usted sea responsable —le respondió Almanzo—. Y nadie le pide que les dé nada. Le pagaremos el valor de un silo completo a ochenta y dos centavos el árido y le ahorraremos la molestia de transportarlo al pueblo y negociar.

—No tengo grano para vender —dijo Anderson, y Almanzo supo lo que quería decir.

Entonces intervino Cap con una sonrisa dibujada en su rostro enrojecido y en carne viva a causa de los cortes producidos por el viento helado.

—Vamos a ser sinceros y honrados con usted, señor Anderson. Nosotros hemos puesto nuestras cartas sobre la mesa. La gente del pueblo tiene que conseguir un poco de su trigo o se morirá de hambre. Por tanto, está dispuesta a pagar por él. ¿Cuánto pide?

—Yo no intento aprovecharme de vosotros, muchachos —dijo el señor Anderson—, pero no quiero vender. Son mis semillas de trigo. Es mi cosecha del año que viene. Si hubiera querido venderlo lo habría hecho el verano pasado.

Almanzo tomó una decisión rápida.

—Se lo pagaremos a un dólar el árido —dijo—. Dieciocho centavos más que el precio del mercado y no olvide que además nosotros nos ocupamos del transporte.

—Yo no vendo mis semillas —insistió el señor Anderson—. En verano tengo que plantarlas.

Almanzo le dijo meditabundo:

—Un hombre siempre puede comprar semillas. La mayoría de la gente de aquí lo hará. Usted está despreciando una ganancia de dieciocho centavos el árido por encima del precio del mercado, señor Anderson.

—¿Y cómo sé yo si podré comprar grano para antes de la siembra? —preguntó el señor Anderson.

—Bueno, si se pone así, ¿cómo sabe si el año próximo conseguirá usted una cosecha? Digamos que rechaza esta oferta al contado y siembra su grano. Es posible que caiga granizo o que haya una plaga de langostas.

—Eso es verdad —admitió el señor Anderson.

—De lo único que puede estar seguro es del dinero contante y sonante en su bolsillo —dijo Almanzo.

El señor Anderson movió la cabeza lentamente.

—No. No vendo. Me rompí la espalda cultivando este grano y quiero quedármelo para sembrarlo.

Almanzo y Cap se miraron. Almanzo sacó su cartera.

—Le pagaremos un dólar veinticinco centavos por árido al contado —dijo depositando el fajo de billetes sobre la mesa.

El señor Anderson dudó. Luego, apartó la vista del dinero.

—Más vale pájaro en mano que ciento volando —dijo Cap.

El señor Anderson volvió a mirar los billetes contra su voluntad. Después se echó hacia atrás y empezó a considerar la situación. Se rascó la cabeza.

—Bueno —dijo finalmente Anserson—. También podría cultivar avena.

Almanzo y Cap permanecieron callados. Sabían que estaba dudando y que si ahora decidía no vender, no cambiaría de opinión. Por fin se decidió.

—A este precio creo que podría venderos unos sesenta áridos.

Almanzo y Cap se levantaron rápidamente de la mesa.

—Vamos, deprisa. Carguémoslo —dijo Cap—. Estamos muy lejos de casa.

El señor Anderson insistió en que se quedaran a pasar la noche. Almanzo, de acuerdo con Cap, respondió:

—Gracias, de todos modos, pero es que últimamente, entre

tormenta y tormenta, sólo tenemos un día bueno y hoy ya hemos perdido medio. Ya se nos está haciendo tarde para emprender el regreso.

—El trigo no está almacenado en sacos —apuntó el señor Anderson, pero Almanzo respondió:

—Hemos traído sacos.

Se dirigieron al establo apresuradamente. El señor Anderson les ayudó a meter el grano en sacos de dos áridos y cargaron los trineos. Mientras enganchaban los trineos a los caballos, le preguntaron al señor Anderson cuál era el mejor camino para cruzar el cenagal, pero aquel invierno el señor Anderson no lo había cruzado y, por falta de puntos de referencia en el paisaje, no pudo indicarles con exactitud por dónde lo había hecho el verano anterior.

—Sería mejor que pasarais la noche aquí, muchachos —les apremió de nuevo, pero ellos se despidieron y emprendieron el regreso a casa.

Salieron del cobijo bajo la nieve al viento helado y, poco después de haber empezado a cruzar el valle, Prince se hundió de nuevo en la nieve. Cap avanzó haciendo una circunferencia para intentar esquivar el peligro, pero de pronto su caballo sintió que la nieve cedía bajo sus cascos y Cap soltó un grito mientras caía en el agujero.

Los relinchos de los caballos eran terribles. Durante unos momentos Almanzo no pudo hacer nada más que intentar tranquilizar a su caballo. Luego vio a Cap sujetando a su frenético animal por el bocado. Al encabritarse y retroceder, el caballo de Cap hizo que el trineo casi se hundiera en el hoyo. Volcó y la mitad de los sacos cayeron sobre la nieve.

—¿Estás bien?—-preguntó Almanzo cuando el caballo de Cap se tranquilizó.

—Sí —respondió Cap.

Después ambos desengancharon trabajosamente los caballos allí abajo en la nieve resquebrajada y la hierba traicionera. Pisotearon el suelo para formar una superficie sólida con el fin de que los caballos pudieran salir. Por fin lo hicieron, cubiertos de nieve y con el frío metido hasta los huesos.

Ataron ambos caballos al trineo de Almanzo. Después descargaron el trineo de Cap y acercándolo a rastras, volvieron a cargar en él los sacos de ciento veinticinco libras. Engancharon de nuevo los caballos. Era muy difícil atar aquellas correas tiesas con los dedos entumecidos por el frío. Después, una vez más, Almanzo se puso a la cabeza abriéndose paso cautelosamente por el maldito cenagal.

Prince volvió a hundirse, pero afortunadamente el caballo alazán de Cap no lo hizo. Con la ayuda de Cap no tardaron mucho en sacar a Prince del hoyo. Y sin más contratiempos llegaron al altiplano.

Una vez allí, Almanzo se detuvo y le preguntó a Cap:

—¿Crees que sería bueno que intentáramos encontrar nuestras propias huellas?

—No —respondió Cap—. Será mejor que nos dirijamos directamente al pueblo sin rodeos. No tenemos tiempo que perder.

Ni las pezuñas de los caballos ni los trineos habían dejado huellas sobre la helada superficie de la nieve. Las únicas marcas las constituían los agujeros en los que se habían hundido aquí y allá en el cenagal, al este del camino de casa.

Almanzo se dirigió a través de la vasta y blanca pradera hacia el noroeste. Su sombra era su única guía. Cada ondulación de la pradera era igual que la anterior. Un cenagal cubierto de nieve era semejante al siguiente, sólo difería en su tamaño. Atravesar la tierra

baja significaba arriesgarse a caer en más hoyos y perder mucho tiempo. Si seguían por las cimas de las tierras más elevadas debían recorrer más millas. Los caballos estaban cansados. Tenían miedo de caer en los agujeros ocultos por la nieve y este temor se sumaba a su cansancio.

Una y otra vez se hundían al pisar una delgada capa de nieve. Cap y Almanzo tenían que desengancharlos, sacarlos del hoyo y volver a engancharlos a los trineos.

Avanzaban con torpe paso contra el cortante y helado viento. Debido a la carga que arrastraban, los caballos estaban demasiado cansados para trotar y no iban lo suficientemente rápidos para que Almanzo y Cap pudieran correr junto a los trineos. Sólo podían andar dando fuertes pisadas para evitar que se les helasen los pies y golpear sus brazos contra el pecho.

Cada vez tenían más frío. Los pies de Almanzo ya no sentían el impacto cuando pisaba con furia. Los dedos de la mano que sujetaba las riendas estaban tan entumecidos que no podía enderezarlos. Se puso las riendas alrededor del cuello para liberar ambas manos y a cada paso golpeaba su pecho con las manos para que la sangre siguiera fluyendo.

—¡Oye, Wilder! —gritó Cap—. ¿No crees que vamos demasiado hacia el norte?

—¿Cómo quieres que lo sepa? —le respondió Almanzo.

Siguieron avanzando pesadamente. Prince volvió a caerse en un hoyo y permaneció con la cabeza colgando mientras Almanzo lo desenganchaba y pisaba la nieve para aplanarla. Luego le ayudó a salir del hoyo y lo volvió a enganchar. Después subieron a un altiplano y bordearon un cenagal. Prince volvió a hundirse.

—¿Quieres que vaya un rato delante? —preguntó Cap cuando Almanzo hubo enganchado otra vez el trineo—. Así os ahorraré a ti y a Prince lo más pesado.

—Me parece bien —dijo Almanzo—. Nos turnaremos.

A partir de entonces, cuando un caballo se hundía en la nieve, el otro tomaba el liderazgo hasta que también caía. El sol estaba ya bajo y en el noroeste se estaba formando una neblina.

—Desde aquella elevación del terreno deberíamos ver la alameda Lone —le dijo Almanzo a Cap.

Al cabo de un momento, Cap respondió:

—Creo que la veremos.

Pero cuando llegaron a la cima no vieron nada más que las interminables y desiertas ondulaciones cubiertas de nieve y, más allá, en el noroeste, una espesa y baja neblina. Almanzo y Cap observaron el panorama, luego tranquilizaron a sus caballos y siguieron el camino. Pero ahora mantuvieron los trineos más juntos.

Cuando divisaron la desnuda cima de la alameda Lone, allá a lo lejos hacia el noreste, el sol de color rojo se ponía. Y en el noroeste se veía claramente, a lo largo del horizonte, la nube de la tormenta aproximándose.

—Parece como si estuviera suspendida —dijo Almanzo—. La vengo observando desde muy lejos.

—Yo también —coincidió Cap—. Será mejor que nos olvidemos de todo y montemos en los trineos.

—Buena idea —dijo Almanzo—. Unos minutos de descanso no me irán mal.

Sólo hablaban para ordenar a los caballos que acelerasen el paso. Cap hacía pasar a su caballo directamente sobre las elevaciones del terreno y atravesaba los valles en línea recta entre los afilados dientes de aquel viento helado. Avanzaron con las cabezas inclinadas hasta que el caballo alazán cayó en un agujero.

Almanzo iba tan cerca de Cap que le fue imposible esquivar el hoyo. Intentó desviarse rápidamente pero Prince cayó muy cerca del otro caballo. La poca gruesa capa de nieve que había entre ellos cedió y el trineo de Almanzo volcó cayendo, con carga y todo, dentro del hoyo sobre la hierba del fondo.

Mientras Cap ayudaba a Almanzo a arrastrar el trineo y a desenterrar los pesados sacos de trigo, la oscuridad cayó sobre ellos. La nieve resplandecía pálidamente. El viento no había dejado de soplar y, en medio del inquietante silencio, no se movía ni una brizna de aire. Las estrellas brillaron en el cielo sobre sus cabezas al sur y al este, pero en el norte y en el oeste el cielo estaba negro. Y aquella negrura se fue elevando y cubriendo las estrellas una por una.

—Nos va a caer la tormenta encima —dijo Cap.

—Estamos llegando —contestó Almanzo. Después le habló a Prince y siguió avanzando. Cap, detrás de él, proyectaba con su trineo una sombra abultada que se iba desplazando sobre la tenue blancura de la nieve.

En el cielo frente a ellos desaparecían las estrellas una tras otra, tapadas por la negra nube que no dejaba de avanzar.

Con voz suave, Cap y Almanzo hablaron a sus agotados caballos animándoles para que continuaran avanzando. Todavía tenían que cruzar el istmo del Gran Cenagal. Ahora no podían ver ni las elevaciones ni las depresiones del terreno. Sólo distinguían un corto recorrido gracias al pálido resplandor de la nieve y a la tenue luz de las estrellas.

Capítulo veintiocho

CUATRO DÍAS DE VENTISCA

Durante todo aquel día, Laura, dando vueltas a la manivela del molinillo de café o retorciendo heno, no dejó de pensar en Cap Garland y en el menor de los hermanos Wilder, que juntos se habían ido en busca de trigo para la gente del pueblo, cruzando los impolutos campos nevados.

Aquella tarde, Mary y ella salieron al patio detrás de la casa para respirar un poco de aire fresco y Laura observó el cielo del noroeste temerosa de descubrir aquel negro y bajo cerco, señal inequívoca de que se aproximaba una tormenta. No veía ninguna nube pero, a pesar de todo, seguía desconfiando de aquel sol tan resplandeciente. El destello de la pradera cubierta de nieve que llegaba hasta el horizonte parecía amenazador. Laura temblaba.

—Entremos, Laura —dijo Mary—. Este sol no calienta apenas. ¿Puedes ver alguna nube?

—No hay ninguna —le aseguró Laura—. Pero no me gusta el tiempo que hace. De alguna manera, el aire parece salvaje.

—El aire es tan sólo aire —respondió Mary—. Querrás decir que es un aire frío.

—No quiero decir que sea frío, quiero decir que es salvaje —respondió Laura con dureza.

Regresaron a la casa y entraron por la puerta trasera del cobertizo.

Mamá, que en aquel momento se encontraba zurciendo un calcetín de papá, levantó la vista.

—Habéis regresado muy pronto, niñas —dijo—. Tendríais que aprovechar el aire fresco al máximo antes de que se desencadene la próxima tormenta.

Papá entró por la puerta principal. Mamá dejó lo que estaba

haciendo y sacó del horno una barra de pan integral mientras Laura vertía la salsa de bacalao en un bol.

—¡Otra vez salsa, qué bien! —dijo papá sentándose a la mesa. El frío y el arduo trabajo de transportar el heno le habían abierto el apetito. Al ver la comida, sus ojos brillaron. No había nadie que hiciera un pan tan bueno como el de mamá, se dijo, y nada era mejor que untar el pan con la salsa de bacalao. Comió con tanto deleite que aquel pan tosco y un poco de pescado salado le parecieron un manjar exquisito.

—Los chicos tendrán hoy un buen día para viajar —dijo—. Allí, en el Gran Cenagal, he visto el lugar en el que se ha caído uno de los caballos pero parece que lo han podido sacar sin mayores problemas.

—¿Crees que regresarán sin tropiezos, papá? —preguntó Carrie con timidez, y papá contestó:

—Si este tiempo aguanta, no veo por qué no deberían hacerlo.

Papá salió a hacer sus tareas. A su regreso, el sol se había puesto y la luz iba apagándose. Entró por la puerta delantera para que supieran que había ido al pueblo en busca de noticias. Al verle, todas comprendieron que las noticias no eran buenas.

—Vamos a tener otra tormenta —dijo, colgando el abrigo y el gorro del clavo que había detrás de la puerta—. Una nube se está aproximando rápidamente.

—¿Los chicos no han regresado todavía? —preguntó mamá.

—No —respondió papá.

Mamá se meció en silencio mientras los demás permanecían sentados en la oscuridad sin decir nada. Grace estaba dormida en la falda de Mary. Los demás acercaron sus sillas a la estufa pero siguieron en silencio, simplemente esperando. De pronto llegó la sacudida y los truenos y el rugir del viento.

Papá se levantó de la silla inspirando aire profundamente.

—Aquí la tenemos.

Entonces, de pronto, blandió el puño en dirección al noroeste y gritó amenazante:

—¡Brama, brama, maldito viento! ¡Aquí estamos todos a salvo! ¡No nos vencerás! ¡Lo has intentado durante todo el invierno pero no lo has logrado! ¡Cuando llegue la primavera seguiremos aquí!

—Charles, Charles —dijo mamá conciliadora—. Se trata tan sólo de una tormenta. Ya estamos acostumbrados a ellas.

Papá se dejó caer en la silla. Al cabo de un minuto añadió:

—Lo que he hecho es una tontería, Caroline. Pero por un momento creí que el viento era un ser viviente que intentaba vencernos.

—A veces lo parece —continuó mamá para calmarlo.

—Si por lo menos pudiera tocar el violín no me importaría tanto —murmuró papá mirándose las hinchadas y agrietadas manos al resplandor de la estufa.

Antes, cuando atravesaban tiempos duros, papá siempre había interpretado música para los demás. Ahora no había nadie que pudiera hacerlo para él. Laura intentó animarse recordando lo que había dicho papá; que estaban todos allí, a salvo, pero quería hacer algo por papá. De pronto recordó:

—¡Ahora que estamos todos aquí!

Se trataba del estribillo de la canción de «Los hombres libres».

—¡Podríamos cantar! —dijo, entonando la melodía.

—Sí, Laura, pero has empezado en un tono demasiado alto. Inténtalo en re bemol —dijo papá.

Laura volvió a empezar la melodía. Luego siguió papá, después se unieron los demás y todos cantaron:

> *Cuando Paul y Silas estaban encerrados en la cárcel*
> *no se infringían ningún daño.*
> *Uno cantaba y el otro rezaba*
> *no se infringían ningún daño.*

Estamos todos aquí, estamos todos aquí,
no se infringían ningún daño.
Estamos todos aquí, estamos todos aquí,
no se infringían ningún daño.

Si la religión fuera algo que el dinero pudiera comprar
no se infringían ningún daño.
Los ricos vivirían y los pobres morirían
no se infringían ningún daño.

Ahora, Laura se había puesto de pie y Carrie también, Grace se había despertado y cantaba con todas sus fuerzas.

Estamos todos aquí, estamos todos aquí,
no se infringían ningún daño.
Estamos todos aquí, estamos todos aquí,
no se infringían ningún daño.

—Muy bien —dijo papá. Después entonó una nota baja y empezó a cantar:

Por el viejo río Jim descendía navegando
y conduje mi barca hacia tierra.
El tronco a la deriva llegó precipitado
y rompió la popa y la proa de mi vieja barca.

—Ahora todos al estribillo —dijo papá, y todos cantaron:

Nunca la abandonará así como así,
Nunca la abandonará así como así,
Nunca la abandonará así como así, señor Brown,
Nunca la abandonará así como así.

Cuando dejaron de cantar, la tormenta aullaba con más fuerza que nunca. Era realmente como una bestia enorme que atacaba la casa, la sacudía rugiendo, aullando y tronando contra las paredes temblorosas que se le enfrentaban.

Al cabo de un momento, papá cantó de nuevo y los majestuosos compases hacían de pareja con el agradecimiento que todos sentían:

Grande es el Señor
y más grande es alabarlo
en la Ciudad de nuestro Dios,
en la montaña de su Santidad.

Entonces mamá empezó a cantar:

Cuando pueda leer mi nombre con claridad
en las mansiones del cielo
les diré adiós a todos los temores
y enjugaré mis ojos llorosos.

Afuera, la ventisca aullaba, silbaba y aporreaba las paredes y las ventanas, pero ellos, bien protegidos y arropados junto al fuego, continuaron cantando.

Cuando la estufa se apagó, la hora habitual de irse a la cama ya había pasado y, como no podían despilfarrar el heno, salieron de la oscura y ya fría cocina, subieron por la escalera aún más fría y oscura y se fueron a la cama.

Laura y Mary rezaron sus oraciones en silencio debajo del edredón. Después Mary dijo muy bajito:

—Laura.

—¿Qué? —respondió ésta también en un susurro.

—¿Has rezado por ellos?

—Sí —respondió Laura—. ¿Crees que no deberíamos haberlo hecho?

—No es como pedir algo para nosotras mismas —respondió Mary—. No he mencionado el trigo para nada. Sólo he pedido que por favor salven sus vidas si es la voluntad de Dios.

—Creo que debe serlo —dijo Laura—. Lo están haciendo lo mejor posible y papá sobrevivió tres días en aquella tormenta de Navidad en Plum Creek.

Durante los días que duró la tormenta no se volvió a mencionar el nombre de Cap Garland ni el del hermano menor de los Wilder. Si habían encontrado un lugar donde guarecerse, seguramente sobrevivirían a la tormenta. De lo contrario, no se podía hacer nada por ellos. Hablar no solucionaría nada.

Con el constante azotar del viento contra la casa y el rugido y el bramido de la tormenta, era casi imposible pensar. Lo único posible era esperar a que cesara. Mientras molían el grano, retorcían el heno, mantenían la estufa encendida y se acercaban a ella para calentarse las manos entumecidas y laceradas y los pies hinchados y llenos de sabañones que escocían, y, mientras masticaban y tragaban aquel pan tan tosco, todos esperaban a que cesara la tormenta.

No cesó ni el tercer día ni la tercera noche. Al cuarto día todavía soplaba ferozmente.

—No da señales de amainar —dijo papá cuando volvió del establo—. Sin duda, ésta es la peor de todas.

Al cabo de un rato, cuando estaban comiendo el pan de la mañana, mamá se levantó y dijo:

—Espero que todos en el pueblo estén bien.

No había forma de averiguarlo. Laura pensó en las casas que no podía ver aunque se encontraban al otro lado de la calle. Por alguna razón recordó a la señora Boast, a la que no habían visto desde el verano pasado. Tampoco habían visto al señor Boast desde aquel día en que les trajo el último pedazo de mantequilla.

—Para el caso, podríamos estar viviendo en el campo —dijo Laura.

Mamá la miró preguntándose lo que había querido decir pero no respondió nada. Todos aguardaban impacientes a que los ruidos de la tormenta cesaran.

Aquella mañana, mamá vertió los últimos granos de trigo en el molinillo de café.

Había suficiente para una barra de pan pequeña. Mamá limpió el bol con una cuchara y después con el dedo para rebañar hasta la última migaja de masa con que cocer el pan.

—Ya no hay más, Charles —dijo.

—Puedo conseguir más —le dijo papá—. Almanzo Wilder guarda sus semillas. Si es preciso iré a su casa a pesar de la tormenta.

Aquel día, a última hora, con el pan sobre la mesa, las paredes dejaron de temblar. El aullido cesó y sólo se oyó el silbido del viento rozando los aleros.

Papá se levantó rápidamente diciendo:

—Creo que la tormenta ha cesado.

Se puso el abrigo, la bufanda y el gorro y le dijo a mamá que se iba al otro lado de la calle, a la tienda de Fuller. Laura y Carrie miraron a través de la mirilla que habían hecho en el cristal de la ventana rascando la escarcha y vieron que, afuera, la nieve seguía aún volando empujada por un viento constante.

Mamá, ya más relajada, se sentó en su silla y dijo suspirando:

—Este silencio es una bendición.

La nieve cuajaba. Al cabo de un rato, Carrie pudo ver el cielo y llamó a Laura para que también lo viera. Observaron el claro azul en lo alto y la cálida luz de la puesta de sol sobre la nieve que volaba a ras del suelo. Realmente, la tormenta había cesado y el cielo del noroeste se veía libre de nubes.

—Espero que Cap Garland y el joven Wilder estén a salvo —dijo Carrie.

Laura también lo deseaba pero sabía que no por decirlo iban a cambiar las cosas.

Capítulo veintinueve

LA ÚLTIMA MILLA

Almanzo pensó que quizás habían cruzado ya el istmo del Gran Cenagal. No estaba seguro de dónde se encontraban. Podía ver a Prince y a la silueta del trineo cargado que se desplazaba lentamente. Más allá, la oscuridad parecía formada por una niebla espesa sobre un mundo liso y blanco. Unas estrellas parpadeaban lejanas en sus márgenes. La negra tormenta subía rápidamente hasta el cielo y en silencio destruía las estrellas.

Almanzo le gritó a Cap:

—¿Crees que hemos cruzado el Gran Cenagal?

Se había olvidado de que no era necesario gritar porque el viento había cesado y Cap le contestó:

—No lo sé. ¿Tú lo crees?

—No nos hemos hundido —contestó Almanzo.

—Se aproxima rápidamente —dijo Cap refiriéndose a la negra tormenta que se avecinaba.

Contra aquella evidencia no había argumento posible. Almanzo volvió a hablar quedamente a Prince para darle ánimos y siguieron avanzando. Mientras andaba junto al trineo, Almanzo iba dando fuertes pisadas con los pies insensibles; sus piernas, desde la rodilla hasta la punta del pie, eran como de madera. Todos los músculos de su cuerpo estaban rígidos para defenderse del frío. No podía relajarlos y esta tensión le provocaba dolor en las mandíbulas y en el estómago. Daba palmadas para desentumecerse las manos.

Prince arrastraba el trineo cada vez con más esfuerzo. Aunque el suelo parecía llano estaban remontando una cuesta. No habían visto el hoyo que Prince había hecho aquella mañana en el Gran Cenagal pero seguramente ya lo habían dejado atrás.

A pesar de ello, todo resultaba desconocido. La oscuridad, mezclada con el débil resplandor de las estrellas que reflejaba la nieve, tornaba el camino muy extraño. En la negrura que tenían frente a ellos, no había nada que pudiera guiarles.

—Me imagino que lo hemos sobrepasado —dijo Almanzo.

El trineo de Cap continuó avanzando y al cabo de un rato desde atrás una voz respondió:

—Supongo que sí.

Pero Prince seguía tirando del trineo tembloroso y vacilante no sólo por el frío y el cansancio sino por el miedo a perder el equilibrio.

—¡Sí! ¡Lo hemos cruzado! —dijo Almanzo cantando porque ahora estaba seguro de ello—. ¡Estamos en el altiplano!

—¿Dónde esta el pueblo? —preguntó Cap.

—Debe de estar muy cerca —respondió Almanzo.

—Tendremos que montar en el trineo e ir más deprisa —dijo Cap.

Almanzo era consciente de ello. Dio una palmada en el flanco de Prince.

—¡Despierta, Prince, despierta!

Prince aceleró el paso durante unos segundos pero después volvió a caminar con lentitud. El caballo estaba exhausto y no quería dirigirse hacia la tormenta que ahora se aproximaba velozmente. La mitad del cielo estaba cubierto y un viento negruzco empezaba a soplar.

—Vamos, súbete o no llegaremos —dijo Cap.

Almanzo no deseaba hacerlo, pero subió al trineo, asió los extremos de las riendas que descansaban sobre sus hombros y fustigó a Prince con los nudos de aquellas correas, tiesas por el frío reinante.

—¡Despierta, Prince, vamos!

Prince se sobresaltó con espanto. Almanzo no le había pegado nunca. El caballo dio un tirón haciendo brincar el trineo hacia delante y, al iniciar un descenso del terreno, se puso al trote. Cap también fustigó a su caballo sin estar tampoco seguro de dónde se encontraba el pueblo.

Almanzo se encaminaba hacia allá orientándose lo mejor posible. El pueblo debía de encontrarse en algún lugar de la espesa negrura que tenían delante.

—¿Ves algo? —preguntó Almanzo.

—No. Supongo que lo encontraremos —respondió Cap.

—Tiene que estar por ahí delante —dijo Almanzo.

Entonces, por el rabillo del ojo captó un destello de luz. Miró hacia el lugar de donde había surgido pero sólo divisó la oscuridad de la tormenta. Entonces lo volvió a ver: un resplandor que relucía vivamente y luego desaparecía de golpe. Almanzo supo lo que era. Se trataba del haz de luz escapado de una puerta al abrirse y cerrarse. Cerca de donde había surgido el destello le pareció ver ahora otra tenue luz quizá de una ventana cubierta de escarcha.

—¿Ves aquella luz? ¡Vamos!

Habían avanzado desviándose un poco hacia el oeste. Pero ahora iban derechos hacia el norte. Almanzo comprobó que conocía el camino. Prince también trotaba con más entusiasmo y el caballo alazán seguía detrás también al trote. Una vez más, Almanzo vio aquel destello de luz y ahora el reflejo de la ventana era constante. Era la ventana de la tienda de Loftus, en el lado opuesto de la calle.

Al detenerse frente a ella, el viento los azotó con un remolino de nieve.

—Desengancha el trineo y vete corriendo —le dijo Almanzo a Cap—. Yo me encargaré del trigo.

Cap desenganchó el trineo y montó en su caballo.

—¿Crees que lograrás llegar a casa? —le preguntó Almanzo a través del rumor de la tormenta.

—¿Que si puedo? Tengo que poder —gritó Cap mientras ponía su caballo al trote y se dirigía hacia el establo cruzando los solares vacíos.

Almanzo entró en la tienda dando traspiés. El señor Loftus se levantó de su silla colocada junto a la estufa. Estaba solo. El señor Loftus dijo:

—¿Lo habéis conseguido, muchachos? No creíamos que fuerais capaces de hacerlo.

—Cap y yo decidimos hacer lo que nos habíamos propuesto —respondió Almanzo.

—¿El qué, encontrar a aquel hombre que había sembrado trigo? —preguntó el señor Loftus.

—Sí, y comprarle sesenta áridos de trigo. ¿Me quiere ayudar a entrarlos? —respondió Almanzo.

Entraron los sacos y los amontonaron junto a la pared. La tormenta soplaba ferozmente. Cuando el último saco estuvo en la cúspide del montón, Almanzo le entregó al señor Loftus el cambio junto con el recibo que el señor Anderson había firmado.

—Me dio ochenta dólares para comprar trigo y aquí está lo que me ha sobrado, cinco dólares.

—Un dólar y veinticinco centavos el árido. ¿Esto es todo lo que conseguiste? —dijo el señor Loftus mirando el recibo.

—A este precio se lo quito de las manos cuando usted quiera —respondió Almanzo.

—Yo nunca me echo atrás en los negocios —respondió el tendero apresuradamente—. ¿Cuánto te debo del transporte?

—Ni un centavo —le dijo Almanzo encaminándose hacia la puerta.

—Oye, ¿no te vas a quedar para calentarte un poco? —le ofreció el señor Loftus.

—¿Y dejar a mi caballo ahí afuera en la tormenta? —Almanzo salió dando un portazo.

Agarró a Prince por las riendas del bocado y lo condujo calle abajo pasando junto a los postes y los rincones de los porches de las fachadas de las tiendas. Después avanzaron caminando pesadamente a lo largo del muro del almacén de piensos y por fin llegaron al establo. Almanzo desenganchó a Prince y lo dejó en aquel silencioso establo donde Lady le dio la bienvenida con un relincho. Atrancó la puerta con vistas a la tormenta, se quitó un mitón y calentó su mano derecha poniéndola bajo su axila hasta que los dedos tuvieron suficiente agilidad para encender el quinqué.

Luego introdujo a Prince en su compartimento y le dio de beber y de comer. Después lo secó y lo cepilló bien. Una vez hecho esto, tendió un mullido, limpio y suave jergón de paja para aquel caballo exhausto.

—Tú has salvado las semillas de trigo, viejo muchacho —le dijo a Prince dándole una cariñosa palmada.

Almanzo se colgó el cubo del agua del brazo e inició con esfuerzo su camino a través de la tormenta. Justo delante de la puerta de la habitación de atrás, llenó el cubo de nieve. Al entrar tambaleándose, llegaba Royal del destartalado almacén de grano de la parte delantera de la casa.

—¡Ya estás aquí! —exclamó su hermano—. He salido para ver si te veía llegar por la calle pero con esta tormenta no se ven tres en un burro. Fíjate cómo ruge. Has tenido suerte de llegar en este momento.

—Hemos comprado sesenta áridos de trigo —dijo Almanzo.

—No me digas. Yo creí que era algo tan imposible como cazar ahora un ganso salvaje —añadió Royal echando carbón a la estufa—. ¿Cuánto habéis pagado por él?

—Un dólar y cuarto —respondió Almanzo al tiempo que se quitaba las botas.

—¡Vaya! ¿Ése es el mejor precio que has conseguido?

—Sí —respondió Almanzo secamente mientras se quitaba varios pares de calcetines.

Royal intuyó lo que estaba haciendo cuando vio el cubo lleno de nieve.

—¿Para qué es esta nieve? —exclamó.

—¿Para qué crees que es? —respondió Almanzo con un bufido—. Para descongelar mis pies.

La sangre se había retirado de sus pies; estaban completamente blancos y eran insensibles al tacto. Royal le ayudó a frotarlos con nieve en el rincón más frío de la habitación hasta que empezaron a producirle un cosquilleo tan doloroso que Almanzo estuvo a punto de vomitar. Aquella noche, y a pesar del cansancio, Almanzo no pudo dormir. Los pies le dolían rabiosamente, pero a pesar de ello estaba contento porque aquel dolor significaba que sus pies no se habían helado del todo.

Durante todo el tiempo, día y noche, que duró aquella tormenta, los pies de Almanzo estuvieron tan inflamados y doloridos que, cuando le tocaba a él hacer las tareas, tenía que ponerse las botas más anchas de su hermano. Pero cuando la tormenta cesó, la tarde del cuarto día, ya pudo calzarse sus propias botas y salir a la calle.

Era reconfortante salir al aire fresco y puro, y ver la luz del sol y oír el constante viento en lugar del huracán de la tormenta. Pero la fuerza de aquel viento, sin embargo, podía tumbar a un hombre. Antes de que Almanzo hubiera avanzado una manzana sintió tanto frío que agradeció que el viento lo empujara a la ferretería de Fuller.

El local estaba abarrotado de gente. Casi todos los hombres del pueblo se encontraban allí discutiendo furiosos con una creciente excitación.

—Hola, ¿qué sucede? —preguntó Almanzo.

El señor Harthorn se volvió hacia él.

—¿Así que le has cobrado a Loftus lo que has querido por transportar el trigo? Cap Garland dice que él no cobró nada.

El rostro de Cap se iluminó con una sonrisa.

—Hola, Wilder. Le has sacado los pavos a ese tacaño, ¿y por qué no? Yo fui tan tonto que le dije que habíamos hecho este viaje como diversión. Ahora pienso que me gustaría haberle dejado desplumado.

—¿De qué estáis hablando? —preguntó Almanzo—. No. Yo no he cobrado ni un céntimo. ¿Quién dice que le hemos cobrado el viaje?

Gerald Fuller le comunicó:

—Loftus está cobrando el trigo a tres dólares el árido.

Todos volvieron a hablar a la vez pero el señor Ingalls, alto y delgado, se levantó de la caja en la que estaba sentado junto a la estufa. Su rostro estaba más enjuto que nunca y los huesos de sus pómulos se marcaban a través de su barba castaña. Sus ojos azules centelleaban.

—Con tanto hablar no conseguiremos llegar a ninguna parte —dijo—. Yo propongo que vayamos todos a aclarar las cosas con Loftus.

—¡Así se habla! —gritó un hombre—. Vamos, chicos. Nos serviremos tanto trigo como queramos.

—He dicho aclarar las cosas con él —objetó el señor Ingalls—. Yo hablo de razón y justicia.

—Es posible que usted hable de esto —gritó otro hombre—. ¡Yo hablo de comida, por todos los santos! No pienso presentarme delante de mis hijos con las manos vacías. ¿Y vosotros, muchachos?

—¡No, no! —corearon algunos. Entonces habló Cap.

—Wilder y yo tenemos algo que decir al respecto. Nosotros somos quienes trajimos el trigo. No lo transportamos hasta aquí para que después hubiera problemas.

—Eso es cierto —dijo Gerald Fuller—. Mirad, chicos, no queremos que en el pueblo surjan problemas.

—Yo no le veo ningún sentido a que este tema se nos escape de las manos —dijo Almanzo.

Almanzo iba a continuar pero uno de los hombres le interrumpió:

—Sí, pero a ti no te falta la comida. A ninguno de los dos, tú y Fuller, pero yo no me voy a casa sin nada para comer.

—¿Cuánta comida le queda a usted, señor Ingalls? —le interrumpió Cap.

—Nada —respondió el señor Ingalls—. Ayer molimos los últimos granos de trigo que teníamos y nos los hemos comido esta mañana.

—¿Ves? —dijo Almanzo—. Dejad que el señor Ingalls trate este asunto.

—Está bien, tomo la iniciativa —accedió el señor Ingalls—. Los demás, seguidme y vamos a ver lo que Loftus tiene que decir al respecto.

Todos marcharon en fila india tras él atravesando los montículos de nieve a grandes zancadas. Cuando entraron en la tienda de Loftus, éste se metió detrás del mostrador. No se veía ni rastro del trigo. Loftus había llevado los sacos a la habitación trasera.

El señor Ingalls le dijo que todos creían que cobraba demasiado dinero por el trigo.

—Esto es asunto mío —dijo Loftus—. Es mi trigo, ¿no es así? Lo he pagado con mi propio dinero.

—Sí, pero según tenemos entendido, lo has pagado a un dólar y cuarto el árido —dijo el señor Ingalls.

—Esto sigue siendo asunto mío —repitió el señor Loftus.

—Te vamos a enseñar de quién es este asunto —gritó enfadado uno de los hombres.

—Si ponéis un dedo en mi propiedad os haré perseguir por la ley —respondió el señor Loftus.

Alguno de los hombres rieron burlonamente. Pero Loftus no iba a ceder. Dio un puñetazo en el mostrador y les dijo:

—Este trigo es mío y tengo todo el derecho a cobrar por él el precio que yo quiera.

—Así es, Loftus —accedió el señor Ingalls—. Éste es un país libre y todos los hombres tienen el derecho de hacer lo que les plazca con su propiedad —dijo el señor Ingalls dirigiéndose a la multitud—. Sabéis muy bien que esto es así, muchachos —y continuó—: No te olvides de que cada uno de nosotros también es libre e independiente, Loftus. Este invierno no durará para siempre y quizá, cuando haya pasado, querrás seguir con tu negocio.

—¿Me estás amenazando? —preguntó el señor Loftus exigiendo una respuesta.

—No es necesario —respondió el señor Ingalls—. Es un hecho bien simple. Si usted tiene el derecho a hacer lo que le plazca, nosotros también tenemos el derecho a hacer lo que nos venga en gana. Es recíproco. Ahora es usted quien tiene la sartén por el mango. Tal como dice, es asunto suyo. Pero su negocio depende de nuestra buena voluntad. Ahora es posible que no lo vea pero a lo largo del próximo verano lo verá usted con más claridad.

—Así es, Loftus —dijo Gerald Fuller—. Tiene que tratar bien a sus clientes, de lo contrario el negocio no durará mucho tiempo más, por lo menos en esta parte del país.

El hombre que estaba enfurecido dijo:

—Ya está bien, no hemos venido aquí a escuchar una conferencia. ¿Dónde está ese trigo?

—No seas tonto —le dijo el señor Harthorn.

—No adelantó el dinero más que por un día —dijo el señor Ingalls—. Y los muchachos no le cobraron ni un centavo por el transporte. Cobre una ganancia razonable y en menos de una hora habrá recuperado el dinero.

—¿A qué llama usted una ganancia razonable? —preguntó el señor Loftus—. Yo compro lo más barato que puedo y también vendo lo más caro posible; a esto le llamo yo hacer un buen negocio.

—Éste no es mi punto de vista —dijo Gerald Fuller—. Lo que yo digo es que el buen negocio está en tratar bien a los clientes.

—Si Wilder y Garland le hubiesen cobrado lo que vale ir a buscar este trigo y traerlo aquí, no discutiríamos su precio —dijo el señor Ingalls.

Ahora habló Cap Garland. Ya no sonreía. Sus ojos tenían aquella expresión que había hecho retroceder al rielero.

—No nos ofrezca su cochino dinero. Wilder y yo no hicimos este viaje para aprovecharnos de las personas que están pasando hambre.

Almanzo también estaba furioso.

—Métaselo en la cabeza. En la casa de la moneda no hay suficiente dinero para pagar lo que vale este viaje. No lo hicimos por usted y usted no nos lo puede pagar.

El señor Loftus miró primero a Cap, después a Almanzo y luego a los demás rostros que le observaban. Todos le despreciaban. Abrió la boca y la volvió a cerrar. Tenía un aspecto abatido. Entonces dijo:

—Os diré lo que voy a hacer, muchachos. Podéis comprar el trigo por el mismo precio que me ha costado a mí, un dólar veinticinco centavos el árido.

—Nosotros no nos oponemos a que saque una ganancia razonable, Loftus —dijo el señor Ingalls, pero Loftus movió la cabeza.

—No. Lo doy por lo que me costó.

Aquello fue tan inesperado que por un momento nadie supo cómo tomárselo. Entonces el señor Ingalls sugirió:

—¿Qué le parece si nos reunimos y racionamos el trigo basándonos en lo que necesitarán las distintas familias hasta que llegue la primavera?

Así lo hicieron. Parecía que había suficiente trigo para abastecer a cada familia durante unas ocho a diez semanas. A algunos todavía les quedaban unas cuantas patatas y otros hasta tenían galletas. A un hombre le sobraba melaza. Algunos de ellos compraron menos trigo que otros. Almanzo no compró nada. Cap Garland compró medio saco y el señor Ingalls se llevó dos sacos.

Almanzo se dio cuenta de que el señor Ingalls no se cargaba los sacos al hombro como haría cualquier hombre con toda naturalidad.

—Esto es demasiado pesado para una sola persona —dijo Almanzo ayudándole a levantar los sacos y a distribuir su peso. Hubiera querido transportarlo al otro lado de la calle pero para un hombre es duro admitir que no puede cargar con ciento veinticinco libras.

—Te apuesto un puro a que si jugamos una partida de ajedrez, te gano —le dijo Almanzo a Cap mientras se dirigían calle arriba en dirección a la ferretería.

Cuando pasaron entre la nieve que volaba delante del edificio del señor Ingalls, éste entraba en su tienda. Laura oyó cómo la puerta principal se abría y cerraba. Todos estaban silenciosos sentados en la oscuridad y, como si fuera un sueño, oyeron los pesados pasos de papá que se aproximaban por la habitación de delante y la puerta de la cocina que se abría. Papá dejó caer el bulto en el suelo, con un ruido sordo que hizo temblar la casa. Después cerró la puerta para impedir el paso al frío que había entrado con él.

—¡Los muchachos han regresado! —dijo jadeante—. ¡Aquí tienes un poco del trigo que han traído, Caroline!

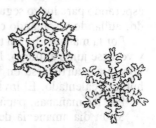

Capítulo treinta

NO PODRÁ CON NOSOTROS

El invierno había durado tanto que parecía que nunca iba a terminar. Tenían todos la sensación de que no acababan de despertarse completamente.

Por la mañana, Laura salió de la cama al frío de la habitación. Se vistió junto a la estufa que papá había encendido antes de irse al establo. Comieron el pan moreno. Después, mamá, Mary y ella, se pasaron todo el día moliendo trigo y retorciendo heno lo más deprisa posible. El fuego no debía apagarse; hacía mucho frío. A la hora de cenar comieron más de aquel tosco pan. Después, Laura se metió en la cama helada y tembló hasta calentarse suficientemente y se durmió.

A la mañana siguiente se levantó para afrontar otra vez el frío. Se vistió en la gélida cocina junto al fuego. Comió su acostumbrado pan integral. Hizo sus turnos moliendo el trigo y retorciendo el heno. Pero nunca se sentía despierta del todo. Se notaba apaleada por el frío y la tormenta. Sabía que estaba atontada pero no lograba espabilarse.

Ya no daban clases. En el mundo no había nada más que el frío, la oscuridad, el trabajo, el pan burdo y el viento que soplaba. La tormenta estaba siempre allí, al otro lado de las paredes, a veces esperando para luego seguir golpeando y sacudiendo la casa, rugiendo, aullando y soplando con rabia.

Por la mañana, Laura tenía que salir de la cama precipitadamente y vestirse junto al fuego. Después, ir a trabajar durante todo el día y volver a acurrucarse en la fría cama para dormirse en cuanto se hubiera calentado. El invierno duraba tanto… Nunca se acababa.

Por las mañanas, papá ya no cantaba su canción.

Si un día amanecía despejado iba a por heno. A veces las tor-

mentas duraban dos días. Quizás había tres o cuatro días claros y
fríos antes de que llegara otra tormenta.

—Nosotros duraremos más que ellas —dijo papá refiriéndose a
las tormentas—. Ya no les queda mucho tiempo. Estamos a finales
de marzo. Podremos con ellas.

—Todavía nos queda trigo —dijo mamá—. Doy gracias a Dios
por ello.

Terminó el mes de marzo y empezó abril. La tormenta seguía
azotando. A veces esperaba unos días pero luego volvía a atacar con
más furia. Todavía hacía un frío insoportable y se repetían los días
oscuros y había que moler el trigo y retorcer el heno. Laura ya no
recordaba lo que era el verano; no podía creer que volvería algún día.

Transcurría el mes de abril.

—¿Tenemos suficiente heno, Charles? —preguntó mamá.

—Sí, gracias a Laura —respondió papá—. Si no me hubieses
ayudado, mi pequeña Media Pinta, no habría recogido tanto y ahora
ya no tendríamos. Hace tiempo que nos hubiésemos quedado sin
heno.

Aquellos días calurosos en los que segaban y recogían el heno
habían quedado muy lejos. La alegría de Laura se desvaneció porque
papá dijo que a él, aquellos días, también le parecían estar muy
lejos. Sólo la tormenta, el molinillo de café dando vueltas, el frío y
el ocaso cayendo en la oscuridad para dar paso a la noche cerrada
eran reales. En aquel momento, Laura y papá se calentaban las
heladas y laceradas manos al calor de la estufa y mamá estaba
cortando el pan para la cena. La tormenta era atronadora y el viento
soplaba con furia.

—¡No podrá con nosotros! —dijo papá.

—¿No lo crees, papá? —preguntó Laura tontamente.

—No —respondió papá categórico—. Tendrá que detenerse en
algún momento pero nosotros no. No podrá vencernos. No nos
rendiremos.

De pronto, Laura sintió una punzada de calor en su interior. Era
muy leve pero contumaz. Era constante como una pequeña luz en la
oscuridad e iluminaba muy poco pero ningún viento podía hacerla
oscilar porque no se rendía.

Para cenar comieron el grosero pan integral y subiendo la
negruzca y helada escalera se fueron a la cama. Laura y Mary
dijeron sus oraciones temblando de frío y poco a poco se fueron
calentando hasta que se quedaron dormidas.

Durante la noche a veces Laura oía el viento. Todavía soplaba furiosamente pero ya no se oían ni voces ni aullidos. Pero con él llegó otro sonido. Un pequeño e incierto ruido de agua que a Laura le sorprendió mucho.

Prestó atención. Se destapó la cara para oír mejor y el frío no le mordió las mejillas. La oscuridad era más cálida. Sacó la mano y tan sólo sintió un ligero frescor. El pequeño sonido era el repiquetear de las gotas de agua. Los aleros de la casa estaban goteando. Entonces comprendió.

Saltó de la cama gritando:

—¡Papá, papá, el Chinook está soplando!

—Ya lo oigo, Laura —respondió papá desde la otra habitación—. Ha llegado la primavera. Vuélvete a dormir.

El Chinook soplaba. Había llegado la primavera. La tormenta se había rendido; era empujada de nuevo hacia el norte.

Maravillada, Laura se desperezó en la cama, sacó los brazos por encima del embozo y no sintió frío. Escuchó el soplido del viento y el goteo de los aleros y supo que en la otra habitación, papá, muy contento también, estaba despierto escuchando. El Chinook, el viento de la primavera, soplaba. El invierno había terminado.

A la mañana siguiente la nieve casi había desaparecido. La escarcha de las ventanas se había derretido y afuera el aire era dulce y cálido.

Cuando hubo terminado sus tareas, papá entró silbando.

—Muy bien, niñas —dijo feliz—. Por fin hemos vencido al viejo invierno. Aquí está la primavera y ninguno de nosotros se ha perdido, ni ha muerto de hambre ni se ha congelado. Bueno, no se ha congelado mucho —dijo tocándose tiernamente la nariz—. Creo que es más larga —le dijo a Grace angustiado mientras le guiñaba un ojo.

Se miró al espejo.

—¡Es más larga y además está roja!

—Deja de preocuparte por tu aspecto, Charles —le dijo mamá—. La belleza sólo tiene la profundidad de la piel. Ven a desayunar.

Mamá sonreía y cuando se dirigía hacia la mesa, papá le dio unas palmaditas debajo de la barbilla. Grace se precipitó hacia su silla y riendo se subió a ella.

Mamá apartó su silla de la estufa.

—Realmente, junto al fuego hace demasiado calor —dijo.

Era maravilloso que alguien tuviera calor.

Carrie no quería apartarse de la ventana.

—Me gusta ver correr el agua —explicó.

Laura no dijo nada. Se sentía demasiado feliz para hablar. Casi no podía creer que el invierno hubiera terminado, que hubiera llegado la primavera. Cuando papá le preguntó el motivo de su silencio ella respondió seriamente:

—Lo he dicho todo esta noche.

—Por supuesto que sí. Nos has despertado a todos de un sueño profundo para decirnos que el viento soplaba —le dijo papá burlonamente—. ¡Como si el viento no hubiese soplado durante meses!

—He dicho el Chinook —le recordó Laura—. Ahí está la diferencia.

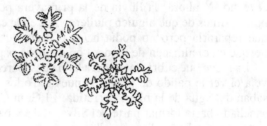

Capítulo treinta y uno

ESPERANDO A QUE LLEGUE EL TREN

—Tenemos que esperar a que llegue el tren —dijo papá—. Hasta que no lo haga no podremos trasladarnos al campo.

A pesar de que había clavado cuidadosamente el papel embreado del tejado de la cabaña, el viento de la tormenta lo había soltado y lo había hecho jirones dejando que la nieve entrara por los lados y por el techo. Y ahora, la lluvia de la primavera penetraba por las ranuras. Antes de que alguien pudiera vivir en la cabaña, papá tendría que repararla pero no podía hacerlo hasta que no llegara el tren porque en el almacén de madera no quedaba papel embreado.

La nieve que cubría la pradera había desaparecido. En su lugar se veía el verde pálido de la hierba nueva. Todos los cenagales rebosaban del agua de la nieve derretida. El Gran Cenagal se había ensanchado hasta formar parte del Silver Lake y papá tenía que dar un rodeo de muchas millas para llegar a la cabaña por el lado sur.

Un día, el señor Boast llegó andando al pueblo. Dijo que no había podido conducir el carro porque la mayor parte del camino estaba inundado. Había caminado por las vías del tren a lo largo del terraplén que cruzaba el cenagal.

El señor Boast les dijo que la señora Boast estaba bien. No había viajado con él a causa de los cenagales que se extendían por todas partes. Él no estaba seguro de poder llegar al pueblo siguiendo las vías del tren. Prometió que la señora Boast vendría con él un día no muy lejano.

Una tarde, Mary Power fue a visitarles y ella y Laura llevaron a Mary a pasear por la alta pradera al oeste del pueblo. Hacía tanto tiempo que Laura no había visto a Mary Power que se sintieron como dos extrañas que acababan de conocerse.

Por todo el verde manto de la pradera, una red de agua se

dibujaba reflejando el cálido azul del cielo. Los gansos salvajes y los patos volaban altos y sus graznidos descendían lentamente. Ninguno de ellos se detenía en Silver Lake, sino que se apresuraba, pues iba con retraso, para llegar a su territorio del norte y anidar en él.

Durante todo el día cayó agua de un cielo gris inofensivo y llenó aún más los rebosantes cenagales. Hubo algunos días de sol y después volvió a llover. El almacén de grano estaba vacío y cerrado con llave. Los hermanos Wilder habían transportado su trigo a sus tierras bordeando el cenagal al norte del pueblo. Papá dijo que estaban sembrando trigo en sus extensos campos.

Y el tren seguía sin llegar. Día tras día, Laura, Mary y Carrie se turnaban para moler el grano en el molinillo de café y por la mañana y por la noche comían aquel basto pan. El saco de trigo estaba casi vacío y el tren seguía sin llegar.

Las ventiscas habían arrastrado tierra de los campos en los que estaba deshecha y se había mezclado tan sólidamente con la nieve de las zanjas que las máquinas quitanieves no podían moverla. La nieve helada no podía derretirse a causa de la tierra que se le había mezclado y unos hombres con picos y palas la estaban sacando pulgada a pulgada. Era un trabajo muy lento porque en las zanjas más grandes tenían que cavar unos seis metros de profundidad hasta llegar a las vías de acero.

Abril transcurrió lentamente. En el pueblo no había más comida que un poco de trigo de los sesenta áridos que el joven Wilder y Cap habían ido a buscar la última semana de febrero. Mamá amasaba cada día una barra de pan más pequeña y el tren seguía sin llegar.

—¿No existe ninguna otra salida, Charles? —preguntó mamá.

—Ya hemos hablado sobre esto, Caroline. Ninguno de nosotros sabe cómo hacerlo —respondió papá.

Estaba cansado de trabajar todo el día con el pico. Los hombres del pueblo se encontraban cavando en una zanja al oeste pues el tren atascado tenía que pasar por Huron antes de que el tren de mercancías pudiera pasar por la vía única.

—No hay manera de que un carromato y una pareja de caballos lleguen al este —dijo papá—. Todos los caminos están anegados, los cenagales son lagos que se desplazan en todas las direcciones y aunque el carro fuera por el altiplano, se atascaría en el barro. En el peor de los casos podría ir un hombre andando por las ondulaciones a lo largo de la vía del tren pero de aquí a Brookings y viceversa, hay más de cien millas. Este hombre no podría acarrear mucha comida y además tendría que consumir parte de los víveres para llegar hasta aquí.

—He pensado que podríamos comer verduras pero en el jardín no hay nada suficientemente grande para ser arrancado. ¿Podríamos comer hierba?

—No, Nabucodonosor —dijo papá riendo—. No tienes que comer hierba. Los hombres que trabajan en Tracy ya han superado más de la mirad de la zanja. El tren llegará aquí como máximo la semana que viene.

—Haremos que el trigo dure hasta entonces —dijo mamá—. Pero desearía que no trabajaras tan duro, Charles.

Las manos de papá temblaban. Estaba muy cansado de trabajar todo el día con el pico y la pala. Pero decía que una buena noche de descanso era todo lo que necesitaba.

—Lo más importante es despejar la zanja —dijo.

En el último día de abril el tren de trabajo llegó a Huron. Al oír de nuevo el silbido y al ver el humo ascender hacia el cielo el pueblo entero pareció despertar. El tren, soltando bocanadas de humo, despidiendo vapor y haciendo sonar el silbato, se detuvo en la estación. Después volvió a salir silbando otra vez fuerte y claramente. Se trataba de un tren que no llevaba carga pero al día siguiente llegaría el tren de mercancías.

Al día siguiente Laura se despertó pensando: «¡Hoy llega el tren!»

El sol brillaba. Se había dormido y mamá no la había despertado. Saltó de la cama y se vistió corriendo.

—¡Espérame, Laura! —rogó Mary—. No tengas tanta prisa. No puedo encontrar mis calcetines.

Laura los buscó.

—Aquí los tienes. Lo siento. Al saltar de la cama les he dado un puntapié. ¡Ahora, date prisa! ¡Corre, Grace!

—¿Cuándo llegará?—-preguntó Carrie sin aliento.

—En cualquier momento. Nadie sabe cuándo —respondió Laura mientras corría escalera abajo cantando:

Si me despiertas, despiértame temprano,
despiértame temprano, madre querida.

Papá estaba sentado a la mesa. Miró a Laura y sonrió.

—Bueno, bueno, revoltosa. Te crees la reina de mayo y hasta llegas tarde a desayunar.

—Mamá no me ha despertado —se excusó Laura.

—Para preparar este escueto desayuno no necesitaba ayuda —dijo mamá—.Sólo hay un bollo de pan para cada uno y son muy pequeños. Para hacerlos, he utilizado los últimos granos de trigo que quedaban.

—Yo no quiero comer ni uno —dijo Laura—. Vosotros podéis repartiros el mío. No tendré hambre hasta que llegue el tren.

—Tú comerás tu ración —le dijo papá—. Después, esperaremos todos a que el tren traiga más.

Todos comieron el bollo con alegría. Mamá dijo que papá tenía que comerse el más grande. Papá accedió pero insistió en que mamá tenía que coger la medida siguiente. Después, naturalmente, le tocaba el turno a Mary. Luego hubo dudas respecto a Laura y a Carrie; tenían que coger los de tamaño más parecido posible. Y el más pequeño sería para Grace.

—Creí que los había hecho todos del mismo tamaño —protestó mamá.

—Eso es para que nos fiemos de la forma de gobernar de una mujer escocesa —bromeó papá—. No solamente has hecho durar el trigo hasta la última comida antes de que llegara el tren sino que has preparado los bollos con las medidas exactas para cada uno de nosotros seis.

—Es una maravilla lo justo que ha venido todo —admitió mamá.

—La maravilla eres tú, Caroline —le dijo papá sonriendo, y poniéndose de pie, se caló el gorro y declaró:

—Me siento bien. ¡Ahora sí que podemos decir que hemos superado el invierno; la nieve de la última tormenta ya está fuera de la zanja y el tren está a punto de llegar!

Aquella mañana, mamá dejó las puertas de la casa abiertas para que penetrara el húmedo aire primaveral de los cenagales. La casa estaba fresca y fragante y el pueblo se hallaba en efervescencia con todos los hombres marchando a la estación. A lo largo de la pradera se oyó un silbido prolongado y nítido y Laura y Carrie corrieron a la ventana de la cocina. Mamá y Grace también se aproximaron.

Vieron el negro humo de la chimenea elevarse oscilante por el cielo azul. Luego, la máquina, seguida de los vagones de carga, entró resoplando y traqueteando en la estación. El pequeño grupo de hombres en la plataforma de la estación contemplaron cómo pasaba la máquina. Surgía un vapor blanco dibujando círculos, mezclándose con el humo negro y, a cada traqueteo, se oía el claro silbido. Los hombres que se ocupaban de los frenos iban saltando de techo en techo de los vagones accionando los frenos.

El tren se detuvo. Realmente estaba allí. Por fin había llegado.

—Oh, espero que Harthorn y Wilmarth reciban ambos las provisiones que encargaron el otoño pasado —dijo mamá.

Al cabo de unos momentos, la máquina silbó, los hombres que se ocupaban de los frenos corrieron por los techos de los vagones, de vagón en vagón, soltando los frenos. La máquina, después de que la campana sonara, se puso en marcha, luego retrocedió y volvió a adelantar y cogió velocidad en dirección al oeste dejando un rastro de humo y las últimas notas de su silbido. Detrás de ella había dejado tres vagones de carga aparcados en unas vías laterales.

Mamá suspiró profundamente.

—Tener otra vez de todo para cocinar será maravilloso —dijo.

—Yo espero no volver a ver nunca más un pedazo de pan integral —declaró Laura.

—¿Cuándo vendrá papá? ¡Quiero que venga papá! —insistió Grace—. ¡Quiero que venga ahora mismo!

—Grace —le amonestó mamá suavemente pero con firmeza.

Entonces Mary sentó a Grace en su falda. Mamá añadió:

—Vamos, niñas, tenemos que acabar de ventilar las camas.

Papá tardó una hora en llegar. Al final, incluso mamá se preguntaba en voz alta qué podía retenerlo tanto tiempo. Lo esperaban todas impacientes. Llegó con los brazos cargados con un paquete enorme y dos más pequeños. Antes de hablar los dejó sobre la mesa.

—Nos habíamos olvidado del tren que ha estado todo el invierno atascado. Pues ha sido el que ha llegado y ¿adivina por qué razón salió de De Smet? —Papá respondió a su propia pregunta—: Para traer un vagón cargado de postes de telégrafos, otro cargado de maquinaria agrícola y otro de emigrantes.

—¿Nada de comida? —preguntó mamá a punto de echarse a llorar.

—No, nada —dijo papá.

—Entonces, ¿qué es esto? —preguntó mamá palpando el paquete grande.

—Son patatas. El pequeño contiene harina y el menor es tocino salado. Woodworth ha entrado en el vagón de los emigrantes y ha repartido todos los alimentos que allí ha encontrado —dijo papá.

—¡Charles! No debería haberlo hecho —dijo mamá consternada.

—Ya no me importa lo que debería hacer o no —respondió papá ferozmente—. Que la compañía ferroviaria pague los desperfectos. Ésta no es la única familia en el pueblo que no tiene nada para comer. Le hemos dicho a Woodworth que abriera el vagón o de lo contrario lo haríamos nosotros. Ha intentado persuadirnos diciendo que mañana llegaría otro tren pero nosotros no hemos tenido ganas de esperar a mañana. Ahora, si hierves unas patatas y fríes un poco de carne, tendremos un buen almuerzo.

Mamá empezó a abrir los paquetes.

—Carrie, pon heno en el fogón para calentar el horno. También voy a hacer unos bollos con un poco de harina blanca —dijo.

Capítulo treinta y dos

EL BAÚL DE NAVIDAD

Al día siguiente llegó el segundo tren. En cuanto hubo sonado el silbido anunciando que partía, papá y el señor Boast se aproximaron por la calle acarreando entre ambos un gran baúl. Lo pusieron de pie para pasarlo por la puerta y luego lo dejaron en medio de la habitación de delante.

—¡Aquí está el baúl de Navidad! —le dijo papá a mamá.

Papá se fue a buscar el martillo y empezó a arrancar los clavos mientras todos se asomaban para ver lo que había dentro. Papá levantó la tapa. Después retiró un grueso papel que lo cubría todo.

En la superficie había ropa. Primero papá sacó un vestido de una franela fina y preciosa de color azul oscuro. La falda era plisada y el jubón de cañamazo se abrochaba por delante con unos botones de acero.

—Este vestido es más o menos de tu talla, Caroline —dijo papá radiante—. Toma, cógelo.

Y diciendo esto volvió a meter la mano en el baúl. Acto seguido sacó un vaporoso pañuelo azul cielo para Mary y ropa interior de invierno. Sacó un par de zapatos de piel negra que eran de la medida exacta de Laura. Sacó cinco pares de calcetines de lana blancos tejidos a máquina. Eran mucho más suaves y finos que los hechos en casa. Después sacó un abrigo marrón muy grueso que era un poco grande para Carrie pero que el año próximo seguramente le iría bien. Y también un gorro rojo y unos guantes rojos a juego con el abrigo.

La siguiente prenda fue un chal de seda.

—¡Oh, Mary! —dijo Laura—. Es lo más bonito de todo. Es un chal de seda del color tornasolado de las palomas con finas rayas verdes, rosas y negras y un fleco tupidísimo en donde se mezclan

214

todos los colores. Comprueba lo suave que es esta seda y lo que pesa —y diciendo esto puso una punta del chal entre las manos de Mary.

—¡Oh, es maravilloso! —dijo Mary.

—¿Para quién será el chal? —preguntó papá.

Y todos respondieron:

—Para mamá.

Aquel chal tan bonito tenía que ser naturalmente para mamá. Papá lo dejó sobre el brazo de mamá y el chal era como ella, suave y a la vez firme y elegante con aquellos finos y brillantes colores. Entonces mamá dijo:

—Y cuando Mary vaya a la universidad lo llevará ella.

—¿Qué hay para ti, papá? —preguntó Laura un poco celosa.

Para papá había dos bonitas camisas blancas y una gorra de felpa marrón.

—Y todavía hay más —dijo papá sacando del baúl dos vestidos pequeños. Uno era de franela azul y el otro de cuadros rosas y verdes. Eran demasiado pequeños para Carrie y demasiado grandes para Grace, pero ésta crecería y un día le irían a su medida. Después había un abecedario impreso en tela y un pequeño y brillante libro de Mamá Ganso impreso en papel finísimo y con un dibujo de colores en la portada. También había una caja de cartulina llena de retales de lana de todos los colores y otra caja con encajes de seda y unas finas hojas perforadas de cartón plateadas y doradas. Mamá le dio las dos cajas a Laura diciéndole:

—Como regalaste aquellos objetos tan bonitos que hiciste, aquí tienes todo esto para que te pongas manos a la obra.

Laura estaba tan contenta que no sabía qué decir. La delicada seda se enganchó en sus ásperas manos dañadas de retorcer el heno pero aquella tela de preciosos colores desprendía fragancia y musicalidad y Laura supo que sus manos volverían a ser finas otra vez y podría bordar aquellas delicadas láminas plateadas y doradas.

—Me pregunto qué será esto —dijo papá al coger del fondo del baúl un objeto abultado y con protuberancias que estaba muy bien envuelto con abundante papel de color marrón—. ¡Por los grillos de Jerusalén! —exclamó—. ¡Si es nuestro pavo de Navidad! ¡Y todavía está congelado!

Papá alzó el gran pavo para que todos pudieran verlo.

—¡Y manteca! Si no me equivoco, por lo menos hay quince libras.

Y al dejar caer el pesado paquete de papel marrón al suelo se oyó un sonido seco y se escaparon unos cuantos arándanos que se esparcieron por el pavimento.

—¡Y también hay un paquete de arándanos para acompañar el pavo! —dijo papá.

Carrie soltó un gritito de satisfacción. Mary aplaudió y dijo:

—¡Oh, qué bueno!

Pero mamá preguntó:

—¿Han recibido las tiendas sus mercancías, Charles?

—Sí, azúcar, harina, frutos secos y carne. Todo lo que necesitamos —dijo papá.

—Bien, pues, señor Boast. Pasado mañana les esperamos a usted y a su esposa —dijo mamá—. Vengan tan pronto como les sea posible y celebraremos la primavera con una comida de Navidad.

—¡Esto está muy bien! —exclamó papá mientras el señor Boast echaba la cabeza hacia atrás y la habitación resonaba con su risa. Todos rieron con él porque cuando el señor Boast reía todos se contagiaban.

—¡Vendremos, sí señora, ya lo creo que vendremos! —dijo el señor Boast riendo entre dientes—. ¡La comida de Navidad en mayo! Será estupendo darse un banquete después de este maldito invierno de tanto ayuno. Me voy corriendo a casa a comunicárselo a Ellie.

Capítulo treinta y tres

NAVIDAD EN EL MES DE MAYO

Aquella tarde, papá compró ultramarinos. Fue maravilloso verle entrar en casa con los brazos cargados de paquetes; maravilloso descubrir un saco lleno de harina blanca, azúcar, manzanas secas, galletas saladas y queso. La lata de queroseno estaba llena. Laura fue feliz rellenando la lámpara, puliendo la chimenea y recortando la mecha. A la hora de cenar, la luz brillaba a través del transparente cristal iluminando el mantel a cuadros y las galletas blancas, las patatas calientes y la bandeja de tocino salado frito.

Aquella noche mamá preparó el bizcocho con levadura y puso las manzanas secas en remojo para hacer una tarta.

A la mañana siguiente Laura se despertó sin que nadie la llamara. Al amanecer ya estaba de pie y se pasó el día ayudando a mamá a asar, hervir y cocinar aquellas cosas tan buenas para la comida de Navidad del día siguiente.

Aquella mañana, temprano, mamá añadió agua y harina al bizcocho y dejó que la pasta subiera otra vez. Laura y Carrie cogieron unos cuantos arándanos y los lavaron. Mamá los hirvió con azúcar hasta que se convirtieron en una masa gelatinosa color carmesí.

Laura y Carrie arrancaron cuidadosamente el rabillo de las pasas y, una a una, les quitaron las semillas. Mamá coció las manzanas secas, las mezcló con las pasas y amasó unas tartas.

—Me parece extraño tener todo lo que necesito para trabajar —dijo mamá—. Ahora, ya que tengo crema tártara y mucho bicarbonato, voy a hacer un pastel.

Durante todo el día la cocina desprendió un exquisito olor a comida y, al llegar la noche, en la despensa había varias barras de pan blanco de corteza dorada, un pastel cubierto de azúcar escarchado, tres tartas de crujiente pasta y la gelatina de arándanos.

—Me gustaría comer todo esto ahora mismo —dijo Mary—. Creo que no podré aguardar a mañana.

—Yo espero a comer primero el pavo —dijo Laura—. En el relleno podrías poner salvia, Mary.

A pesar del supuesto despliegue de generosidad de Laura, Mary se rió de ella.

—Esto lo dices porque no hay cebollas para ti.

—Está bien, niñas. No os pongáis nerviosas —les rogó mamá—. Esta noche comeremos un poco de pan blanco con salsa de arándanos.

Así pues, el festín de Navidad empezó la noche anterior. A Laura no le parecía bien desperdiciar aquellos momentos tan llenos de felicidad durmiendo, pero, de todas formas, dormir era la manera más rápida de hacer llegar el día siguiente. Desde que Laura cerró los ojos hasta que mamá la despertó pasó muy poco tiempo y ya era mañana.

¡Qué prisas hubo! La hora del desayuno transcurrió volando. Después, mientras Laura y Carrie recogían la mesa y fregaban los platos, mamá preparó el gran pavo y le mezcló el relleno.

Aquella mañana de mayo era cálida y el viento de la pradera traía el aroma de la primavera. Las puertas estaban abiertas de par en par y se podían utilizar ambas habitaciones. El poder entrar y salir sin trabas de la habitación grande le daba a Laura una sensación de espacio y de tranquilidad como si ya nunca más pudiera angustiarse.

Mamá había colocado las mecedoras junto a las ventanas de delante para que hubiera más espacio en la cocina. Ahora, el pavo ya estaba dentro del horno y Mary ayudaba a Laura a colocar la mesa en el centro de la habitación delantera. Mary levantó las alas extensibles de la mesa y extendió cuidadosamente el mantel blanco que le había traído Laura. Luego, Laura fue a buscar los platos al armario y Mary los distribuyó en la mesa. Carrie pelaba patatas y Grace hacía carreras de una a otra habitación.

Mamá sacó el bol de cristal lleno de reluciente gelatina de arándano. Lo colocó en el centro de la mesa cubierta con el mantel blanco y todos admiraron el buen efecto que hacía.

—Necesitaríamos un poco de mantequilla para el pan —dijo mamá.

—No te preocupes, Caroline —dijo papá—. En la ferretería ya hay papel embreado y pronto repararé la cabaña y en unos pocos días nos trasladaremos a vivir allí. Espera un poco.

El asado de pavo llenaba la casa con unos aromas que les hacía la boca agua. Las patatas hervían y mamá se encontraba preparando café cuando llegaron el señor y la señora Boast.

—¡Desde la última milla he seguido el rastro de un olor que me ha traído hasta este pavo! —declaró el señor Boast.

—Yo pensaba más en el gusto que me daría ver a esta familia de nuevo que en la comida —dijo la señora Boast reprendiendo a su esposo.

Estaba más delgada y el saludable color rosado de sus mejillas había desaparecido pero era la misma adorable señora Boast con la acostumbrada expresión risueña en sus ojos azules orlados de negro y el mismo cabello oscuro y rizado bajo el habitual gorro marrón. Estrechó calurosamente la mano de mamá, de Mary y Laura y se agachó para saludar a Carrie y a Grace.

—Pase a la sala de delante y póngase cómoda, señora Boast —le rogó mamá—. Estoy encantada de volver a verla después de tanto tiempo. Ahora, descanse en la mecedora y charle un rato con Mary mientras yo voy a terminar la comida.

—Déjeme ayudarla —pidió la señora Boast, pero mamá le dijo que después de la larga caminata debía de estar cansada y que casi todo estaba listo.

—Laura y yo pondremos la comida en la mesa en unos minutos —dijo mamá regresando apresuradamente a la cocina. Con las prisas, chocó contra papá.

—Será mejor que dejemos el camino despejado, Boast —dijo papá—. Venga, le voy a enseñar el *Pioneer Press* que he recibido esta mañana.

—Me gustará volver a ver un periódico —afirmó el señor Boast interesado. Así pues, la cocina quedó libre para las cocineras.

—Laura, ve a buscar la fuente grande para poner el pavo —dijo mamá mientras sacaba del horno la pesada bandeja chorreante.

Laura corrió hacia el armario y en un estante descubrió un paquete que anteriormente no se encontraba allí.

—¿Qué es esto, mamá? —preguntó.

—No sé. Míralo —le dijo mamá.

Laura deshizo el paquete. En un pequeño plato había una bola de mantequilla.

—¡Mantequilla! ¡Es mantequilla! —gritó.

Oyeron reír a la señora Boast.

—Es un pequeño regalo de Navidad —dijo desde la otra habitación.

Papá, Mary y Carrie lanzaron exclamaciones de contento y Grace gritó mientras Laura llevaba la mantequilla a la mesa. Luego regresó a la cocina corriendo y deslizó la fuente debajo del pavo que mamá sacaba de la bandeja y que goteaba grasa.

Mientras mamá preparaba la salsa Laura chafó las patatas. No había leche pero mamá le dijo:

—Pon un poco de agua hirviendo y después las deshaces con una cuchara.

El puré de patata quedó blanco y esponjoso aunque sin el sabor que le hubieran dado la leche y la mantequilla.

Cuando todas las sillas estuvieron bien arrimadas a la mesa, mamá miró a papá y todos bajaron la cabeza.

—Señor, te damos gracias por tu bondad.

Esto fue todo lo que dijo papá pero con ello lo decía todo.

—Esta mesa tiene un aspecto diferente del que tenía hace unos días —dijo papá mientras servía un plato rebosante de pavo, puré y una gran cucharada de arándanos. Y mientras iba llenando los demás platos añadió—: Ha sido un invierno muy largo.

—Y muy duro —apostilló el señor Boast.

—Es un milagro que todos hayamos resistido y estemos bien —dijo la señora Boast.

Mientras el señor y la señora Boast explicaban cómo habían trabajado y conseguido sobrevivir durante aquel largo invierno, solos en la cabaña, aislados por la tormenta, mamá sirvió el café y el té de papá. Pasó el pan, la mantequilla y la salsa y le recordó a papá que no se olvidara de rellenar los platos.

Cuando todos los platos estuvieron de nuevo vacíos, mamá llenó las tazas y Laura trajo las tartas y el pastel.

Permanecieron mucho tiempo sentados alrededor de la mesa hablando del invierno que acababa de transcurrir y del verano que pronto llegaría. Mamá dijo que estaba impaciente por ir a vivir a la cabaña del campo. En aquellos momentos, el impedimento lo constituían las carreteras embarradas pero papá y el señor Boast estuvieron de acuerdo en que pronto se secarían. Los señores Boast estaban contentos de haber pasado el invierno en su cabaña porque ahora ya estaban allí y se ahorraban la mudanza.

Por fin abandonaron la mesa. Laura trajo el mantel rojo y Carrie la ayudó a extenderlo bien por encima de la mesa para ocultar la comida y los platos vacíos. Después se reunieron con los demás junto a la ventana soleada.

Papá estiró el brazo sobre su cabeza. Abrió y cerró los dedos, luego se los pasó por el cabello hasta que éste estuvo todo de punta.

—Creo que este clima cálido ha hecho desaparecer la rigidez de mis dedos —dijo—. Si me traes el violín, Laura, veré lo que puedo hacer.

Laura se fue a buscar el estuche del violín y permaneció junto a él mientras papá lo sacaba de su nido. Rasgueó las cuerdas con el pulgar y mientras tanto tensaba las cuerdas.

Sonaron unas suaves notas claras y certeras. A Laura se le hizo un nudo en la garganta que por poco la ahoga.

Papá tocó unos cuantos compases y dijo:

—Ésta es una canción nueva que aprendí el otoño pasado cuando fui a Volga a despejar las vías del tren. Usted, Boast, toque la melodía con el violín y yo la cantaré. Si la repetimos unas cuantas veces aprenderéis todos las palabras.

Todos se pusieron alrededor de papá para escuchar cómo iniciaba de nuevo las primeras notas de la canción. Después, entró el señor Boast con la melodía y se oyó la voz de papá cantando:

Esta vida es un acertijo muy difícil,
porque, ¿a cuántas personas vemos
con la cara más larga que un violín
y que deberían estar resplandecientes de felicidad?
Estoy seguro que este mundo está lleno
de muchas cosas buenas para todos,
y sin embargo hay uno entre veinte
que cree que su parte es demasiado pequeña.

Entonces, pues, para qué sirven las quejas
ya que cuando hay buena voluntad, todo se consigue,
y mañana quizás el sol brille
aunque hoy el cielo esté encapotado.

¿Crees que sentándote y suspirando
obtendrás todo lo que quieres?
Sólo lloran los cobardes
y es estúpido decir ¡no puedo!
Es tan sólo con el trabajo laborioso y el esfuerzo
y remontando la empinada cuesta
de la vida, que conseguirás prosperar
cosa que lograrás si tienes buena voluntad.

Ahora todos tarareaban la melodía. Entró otra vez el coro; la señora Boast de alto, mamá de contralto y la dulce voz de soprano de Mary. Después la voz de tenor del señor Boast y la hermosa voz de bajo de papá. Laura también cantó con su voz de soprano:

Entonces pues para qué sirven las quejas
ya que cuando hay buena voluntad todo se consigue,
y mañana quizás el sol brille,
aunque hoy el cielo esté encapotado.

Y mientras cantaban, el miedo y los sufrimientos experimentados durante el largo invierno parecían elevarse como una nube oscura para desaparecer flotando con la música. La primavera había llegado. El sol brillaba cálido, el viento era suave y la hierba estaba creciendo.

ÍNDICE

CAPÍTULO UNO. Forrajeando mientras brilla el sol 5
CAPÍTULO DOS. Hay que ir al pueblo a por un encargo 15
CAPÍTULO TRES. El invierno se adelanta 23
CAPÍTULO CUATRO. La tempestad de octubre 30
CAPÍTULO CINCO. Después de la tormenta 35
CAPÍTULO SEIS. El veranillo indio 41
CAPÍTULO SIETE. La advertencia del indio 45
CAPÍTULO OCHO. El traslado al pueblo 49
CAPÍTULO NUEVE. Cap Garland 55
CAPÍTULO DIEZ. Tres días de tormenta 68
CAPÍTULO ONCE. Papá se va a Volga 74
CAPÍTULO DOCE. Solos 81
CAPÍTULO TRECE. Resistiremos a la tormenta 86
CAPÍTULO CATORCE. Un día luminoso 91
CAPÍTULO QUINCE. Los trenes no llegan 96
CAPÍTULO DIECISÉIS. Llega el buen tiempo 102
CAPÍTULO DIECISIETE. La semilla de trigo 109
CAPÍTULO DIECIOCHO. Feliz Navidad 114
CAPÍTULO DIECINUEVE. Cuando hay buena voluntad 126
CAPÍTULO VEINTE. Antílopes 133
CAPÍTULO VEINTIUNO. El duro invierno 141
CAPÍTULO VEINTIDÓS. Frío y oscuro 149
CAPÍTULO VEINTITRÉS. El trigo en la pared 160
CAPÍTULO VEINTICUATRO. No estamos realmente hambrientos 167
CAPÍTULO VEINTICINCO. Libre e independiente 170
CAPÍTULO VEINTISÉIS. Un respiro 173
CAPÍTULO VEINTISIETE. En busca del pan cotidiano 176
CAPÍTULO VEINTIOCHO. Cuatro días de ventisca 189
CAPÍTULO VEINTINUEVE. La última milla 195
CAPÍTULO TREINTA. No podrá con nosotros 204
CAPÍTULO TREINTA Y UNO. Esperando a que llegue el tren 208
CAPÍTULO TREINTA Y DOS. El baúl de Navidad 214
CAPÍTULO TREINTA Y TRES. Navidad en el mes de mayo 217

ÍNDICE